Bille Haag

Königin der Nacht

Bille Haag

KÖNIGIN DER NACHT

Roman

KLÖPFER&MEYER

Ouvertüre
1905

Vom Himmel herab habe im November neunzehnhundertfünf eine Kette gehangen mit einem Kessel daran, in dem Kinder aus dem Friedrichstadt-Viertel in Düsseldorf Hexensuppe bereiteten, um den Nebel zu vertreiben, der den Eltern als Vorwand diente, das Spielen auf der Straße zu verbieten. So erzählt das Franz Schmitt, der Zigarrenfranz, seinem spät geborenen Sohn, und so erfährt es schließlich auch der Erzähler dieser Geschichte.

Franz Schmitt war als Kind selbst dabei und ist beim Erinnern so aufgeregt, als wäre das Geschehen noch in Reichweite. Die Hexensuppe hätten sie zunächst kalt angesetzt mit fiesen Zutaten, frag nicht, was. Dann sei Feuer unterm Kessel gemacht worden, zunächst schüchtern, danach aber mit Kohlen so heiß, dass die Flüssigkeit bald verdampft war. Hastig, schnell, schnell, hatte jedes Kind in den Suppenkessel zu pinkeln, Jungen und Mädchen, und nur deshalb sei das passiert, wovon noch erzählt werden muss. Doch der Erzähler der ganzen Geschichte, der auch weiß, dass die Kette nicht vom Himmel, sondern nur von der Regentraufe herabhing, tritt vorerst hinter die Geschichte zurück. Auf ihn kommt es noch nicht an, er ist nur der Vermittler und lässt erst einmal den Zigarrenfranz erzählen.

Wegen der Hitze nicht richtig in den Kessel gezielt, und die Mädchen sowieso daneben, beinahe wäre davon das Feuer erloschen, hätte nicht einer Petroleum auf die Glut. Eine Stichflamme sei hochgeschossen wie aus einem Teufelskästchen, habe in Schuhe und Kleider gebissen, sei ins Haar gezischt, über die Haut gefaucht und dann ins Stroh zu den Hühnern geflogen.

Die Töchter vom Schuhmachermeister Kordewan sind blindlings davongerannt, zwei Häuser weiter, die Treppe hinauf in den ersten Stock, wo ihre Mutter immer Klavier spielt, wenn sie nicht die Geschäftsbücher führt. In der Atemlosigkeit des Erschreckens erzählt das der Zigarrenfranz bis ins Alter und versieht sein Erinnern mit Einsprengseln aus Mozarts »Zauberflöte«. Sein Lebtag begleitet ihn diese *deutsche Oper*, man wird sehen.

Die Mädchen riechen nach Rauch, sind versengt, schreien und zeigen der Mutter und auch der Kleinsten, dem Lottchen: Da hinten brennt es, dem Bäcker sein Hühnerstall brennt. Ihre Stimmen sind so sehr verbrannt, dass die Mutter ihre Hände von den Klaviertasten nimmt, nach dem Vater ruft, der aber, Gott weiß wo, bei Kunden mal wieder. Mutter Louise fleht laut durchs Haus Eimer und Lappen herbei, Lehrling und Geselle rennen, der Klumpfuß-Beheim hintennach, bei Feuer muss jeder ran. Auch der Bäcker, dem die Hühner gehören und der Zigarrenfranz, der beherzt das versengte Federvieh rettet. Menschen sind nicht zu Schaden gekommen, nur der Schuppen ist futsch, heißt es in Notizen zu diesem Ereignis.

Louise Kordewan kann beim Löschen nicht helfen mit ihrer empfindlichen Lunge und dem brüllenden Lottchen, das mit dem Plärren nicht aufhört. Mutter Louise schreit das

Kind an. »Bete!«, schreit sie, mit einer kleinen Drehbewegung in der Stimme, »bete so laut du kannst!« Sie schreit zu ihrem Gott: »Lieber gütiger Vater! Großer Gott, hilf!« Und dann wieder zum Kind: »Lottchen, hör auf zu plärren! Sei endlich still! Sprich mir nach: Lieber gütiger Vater! Mach die Zähne auseinander! Auf der Stelle! Lieber gütiger Vater! Na, wird's bald!«

Daran soll am Ende das Feuer erstickt sein.

Nicht so der Zorn von Vater Adam Kordewan. Als der von den Kunden zurückkommt, ist alles gelöscht, aber Louise und die Kinder sind immer noch völlig verdreht, als seien sie selbst geschädigt. Louises Gejammer, das bringt Adam schon lange auf, jetzt ist es wie Öl auf seinen schwelenden Zorn. Wie Mutter Louise die zarte Madame gibt, wie sie nachschluchzt und betet, je nach Bedarf, wie sie »luthérisch« sagt zu ihrer Glaubensausrichtung – lutheerisch – und zeigefingernd Bibelsprüche parat hält für alles und jeden und mit Losungen des Tages die Töchter verdirbt. »Wie lautet die Losung für den heutigen Tag?«, fragt er sie höhnisch und herrisch, und Louise antwortet tatsächlich mit der passenden Losung: »Alles, was ihr bittet im Gebet, so ihr glaubet, werdet ihr's empfangen.« Die Töchter stehen um sie herum wie Trabanten und nicken.

Lisbeth erzählt ihrem Nachbarsfreund Franz, dem Zigarrenfränzchen, ihr Vater habe ihre Mutter beschimpft, und dann habe er seine Töchter versohlt, habe sie Mores gelehrt und ihnen Vernunft eingebläut. Zuerst sei sie, Lisbeth, als die Älteste dran gewesen. Dann Leonie. Die habe den Vater schon immer zur Weißglut gebracht mit ihren hungrig gläubigen Augen. Und zum Schluss habe Vater Adam auch Lottchen verhauen, ein bisschen, weil sie immer noch plärrte, obgleich sie gar nicht dabei gewesen war. Das sei ihr ganz recht geschehen, hat Lisbeth ihrem Kinderfreund, dem Zigarrenfranz, gesagt. Und bei jeder der Töchter habe Vater Adam Kordewan bedauert, dass sein Sohn nicht mehr lebt. Wäre der ihm geblieben, den hätte er richtig verhauen.

An diesem Abend heulen die Mädchen noch eine Weile still vor sich hin. Dresche und Feuerschrecken, brennende Hühner, schreiende Nachbarn und dann ohne Essen ins Bett, wo sie wie geräucherte kleine Schinken nebeneinanderliegen, das werden sie ihr Lebtag nicht vergessen. So verzankt sie auch oft sind, an diesem Abend schluchzen sie sich im gemeinsamen Leid in den Schlaf.

Adams Zorn dagegen ist noch immer nicht versöhnt, ist längst nicht verraucht, sucht noch Nahrung und flammt wieder auf bei Louises Gejammer, ihrem leidenden Rechthaben. Wie ihn das in Rage bringt, diese peinigende Macht ihres schwachen Geschlechts und ihr Unschuldsgewese: Die Töchter, die seien doch nur so dabei gewesen, er habe kein Recht, sie zu verhauen. Wie sie ihn seit der Weltausstellung in Paris immer wieder ins Unrecht stichelt: Schuld haben und er, das sei ein und dasselbe. Seit dem Tod ihres einzigen Sohns geht das so. Wenn sie das wieder auftischt, dann gnade Gott.

Und schon ist es so weit, schon kommt Louise auf den Kleinen zu sprechen: Der Alexander, wenn er noch lebte, der wäre auch nur so dabei gewesen, redet Louise vor sich hin, als meine sie niemanden. So sanft, wie der Alexander gewesen sei. Und so unschuldig. Aber nein, Paris musste sein. Weltausstellung und Olympia. Louise wird laut. Und diese Verfehlung, die musste ja ins Blut gehen, sagt sie in Richtung

Küchenbüffet. Sündenschuld, sagt sie und wischt dabei den Küchentisch ab, wo noch unberührt der Kartoffelsalat steht, mit Speck, schon durchgezogen und glitschig, den will Louise nur eben noch, während sie redet, in der Speisekammer versorgen, will Adam beleidigen mit ihrer Hantiererei, bei der er im Weg steht.

»Lass das!«, droht der.

Sie hält inne, blickt aber nicht auf, hat ihren Part längst gesagt. Will dann nur fertig aufräumen. Und sagt dann doch noch: »Der Kleine, der Alexander, der wäre nicht tot, wenn nicht du unbedingt zur Jahrhundertwende, zur Weltausstellung nach Paris …«

Und dann ist nichts mehr da, was sich zwischen sie werfen könnte, zwischen diesen Mann und diese Frau. Schuld sein. Abtrotzen. Abzwingen. Abrechten. Wie das aufkocht. Wie das hinter den Augen anfängt zu dröhnen und Adam stichflammenheiß in die Glieder fährt. Er reißt Louise zu sich herum, will sie schlagen, überall hin, der Teufel soll ihr in die hochmütige Demut fahren. Und an Teufels statt fährt nun er ihr unter die Röcke, mit seinen Knien, mit seinen Händen, tritt ihr mit dem Fuß gegen die Knöchel. Sie will nicht, schon gar nicht heute, schon gar nicht hier, schon lange nicht mehr, seit dem Kleinen, der tot ist.

»Die Kinder können dich hören«, zischt sie und hält das hoch wie ein Kreuz gegen den Leibhaftigen. »Lass mich los. Lass mich in Gottes Namen in Ruhe. An dir ist der schließlich gestorben.« Das schleudert sie ihrem Mann flüsternd entgegen, das sollen die Töchter nicht hören.

»Sei bloß still«, zischt der Mann durch die Zähne zurück, packt ihren gebauschten Ärmel wie einen Henkel, reißt Louise herum, damit er ihr Gesicht nicht sehen muss, greift ihr ins Nackenhaar, will ihr wehtun, will, dass sie sich bückt. Wehe, wenn die wagt, sich zu wehren. Er zwingt sie über den Tisch und fährt ihr dazwischen. Sie aber ist gepanzert. Novemberverpackt gegen die feuchte Kälte. Er zerreißt und zerfetzt das, und die Schüssel mit dem Kartoffelsalat kracht auf den Boden, egal, alles egal, jetzt nur er, bis ihm Hören und Sehen vergeht, alles egal, so egal. Louise hört, wie der Stoff reißt, sagt still wie im Gebet die Losung des Tages: Alles, was ihr bittet im Gebet, so ihr glaubet, … sie starrt auf die Küchentür gegenüber, wo plötzlich Lisbeth erscheint. »Ich kann nicht schlafen«, klagt die. »Mach, dass du ins Bett kommst!«, herrscht der Vater sie an.

1906

Aus den Novemberzutaten des Vorjahres, aus dem Brandgeruch und dem Außersichsein hat sich etwas zusammengeklumpt und zappelig ausgewachsen. Etwas, was Sommer Nullsechs zur Welt kommen will. Rechtzeitig vor Louises Niederkunft werden die drei Kordewan-Töchter in die Sommerfrische geschickt, ins Bergische Land zu Louises kinderloser Kathrine-Cousine und deren Ehemann Karl, einem Lehrer im Geist der Reformpädagogik. Ein Fotograf hat das kleine Familienensemble auf Platte gebannt, No. 990, Nachbestellungen jederzeit möglich. Man sieht die fünf Personen wie festgewachsen an ihrem Platz. Onkel und Tante lehnen an einem Geländer aus echtem Birkenholz vor einer gemalten Birkenlandschaft, von wo aus sie die arrangierten drei kleinen Damen mit Kinderkutsche und Holzpferd überwachen.

Das teigige Lottchen sitzt in Positur, zentral im Bild auf der Kutschbank, rundum mit weicher Trägheit gepolstert. Hält die Peitsche wie eine Angel über das Pferd. Jetzt nicht mehr bewegen, hat der Fotograf gesagt, das fällt Lottchen nicht schwer, ihre wässrigen Augen ankern im Ungefähren.

Leonie steht am Trittbrett der Kinderkutsche und reißt ihre hungrigen Augen weit auf. Nicht mehr blinzeln, hat der Fotograf gesagt. Um die mageren Knie wellen sich weiße Strümpfe, eine große Schleife sitzt ihr rückwärtig im Haar wie ein höherer Auftrag, der sie auszeichnet vor den andern, denn Mutter Louise betet am liebsten mit ihr. »Dermaleinst«, hat diese Leonie dem Fotografen gesagt, ehe sie den Mund halten muss, »dermaleinst werde ich eine Dame.«

Lisbeth greift dem hölzernen Zossen energisch ins Zaumzeug. Ihr freches Gesicht spricht dem Halsbündchen Hohn, das streng eng bis zur Würgegrenze den Kinderhals einfasst. Sie reckt ihre schwarze Brosche dem Fotografen entgegen, trägt die Nase etwas hoch und durchbohrt mit ihren Mausaugen das Bild durch die Zeiten hindurch bis hin zum heutigen Betrachter.

Tante Kathrine-Cousine am Birkengeländer blickt aus dem Halbprofil von oben ernst auf das fotografische Erstarren der drei Trabanten, aus den Augenwinkeln sieht sie zu ihrem Ehemann hin, zu Onkel Karl. Dessen wissender Blick ruht auf der Kordewan-Brut zu seinen Füßen.

Die Fotografierten richten sich aus auf das, was sie wohl erwartet, wenn der Sommer vorbei ist, in der Hoffnung, dass dann auch vorbei ist, was hinter ihnen liegt. Denn seit November Nullfünf lebt der Vater im Parterre, neben seiner orthopädischen Schuhmacher-Werkstatt und seinem Ladengeschäft, die Mutter mit den Kindern im ersten Stock, bei ihrem Klavier und der Buchhaltung. Zwischen oben und unten wird nur noch schriftlich verkehrt. Neun Monate geht das schon so, aus dem Orchestergraben zum ersten Stock und wieder hinunter. Die Trabanten als Kuriere.

Lisbeth weiß auf dem Foto noch nicht, was hinter den Kulissen gespielt wird, ahnt nicht, dass man sie nach diesem Sommer weggeben wird, für immer, zu Onkel Karl und Tante Kathrine-Cousine, von der niemand weiß, warum sie so genannt wird, sie ist nur angeheiratet, doch zusammen mit ihrem Karl gehört sie zu den Eingeweihten. Mutter Louise erträgt Lisbeths Blick nicht mehr seit dem letzten November, weil herauskam, dass Lisbeth herumerzählte, Vater habe Mutter von hinten das Kleid zerrissen und Kartoffelsalat hineingeschüttet und Mutter habe im Streit um den Feuersbrand, den alle Mädchen, ohne zur Nacht gegessen zu haben, ja sicher, das wissen die Mädchen noch sehr genau, weil Mutter angeblich dem Vater das Hemd aus der Hose und die Hose runtergeströppt, ist doch nicht wahr, weil also herauskam, was Lisbeth erzählt, ist auch Vater Adam dafür, dass sie wegkommt, wenn das neue Kind erst mal da ist.

Die Fotografierten fixieren den weißen Fleck auf der Familienlandkarte, das neue Menschchen, das während der Abwesenheit der Sommerfrischler auftreten will. Wenn es ein Mädchen wird, hat Lisbeth ihren Schwestern auf dem Weg zum Fotografen zugeflüstert, dann kommt es zu Tante Kathrine-Cousine und Onkel Karl ins Bergische Land. Die haben noch keins. Einverstanden, sagen Lotte und Leonie, und wenn es ein Junge wird? Dann stirbt es an der französischen Krankheit, weiß Lisbeth. Wie Alexander. Das tut gar nicht weh, wenn man klein ist.

Es ist wieder ein Mädchen, und diesmal so klein, wie keines der anderen vorher. So piepsvögelchenklein, wie das jetzt ist, wird es die ersten Wochen wohl kaum überstehen, ist zu hören, Louise brauche das Verreckerchen gar nicht erst zu stillen. Doch das Mädchen erweist sich als zäh, das klammert sich so ans Leben wie das Mausekätzchen der Kordewans, das der Onkel aus Stoffeln im Vorjahr im Düsselbach hatte ertränken wollen, und das sich als Einziges im Ufergestrüpp festgekrallt hielt und dermaßen maunzte, dass die Kordewan-Mädchen auf dem Weg zum Gasthaus eben dieses Onkels in Stoffeln es bemerkten und rausfischten. Sie kehrten sofort um nach Hause, nannten es Moses und zogen es auf. Aber Moses wurde kein Kater, sondern jungte im Frühjahr, und der zupackende Onkel aus Stoffeln brachte die neuen Kätzchen nun nicht mehr zum Düsselbach, sondern zum Rhein, diesmal mit Steinen, damit das nicht noch mal passiert.

Das neue Kind mit dem Kleinkatzenwillen wird registriert unter No.: 3069 im Düsseldorfer Geburtsregister; geboren am fünften August neunzehnnullsechs. Kordewan, Lilith Maria Kathrine. Der Pfarrer sperrt sich, das Kind auf den Namen Lilith zu taufen, er nimmt Louise beiseite nach dem Gottesdienst. Lilith sei ein verruchtes Weib, gibt er zu bedenken. Er gibt zu, dass Lilith Adams erste Frau gewesen sein soll, aber mehr einem Ondit zufolge und von Gott nicht legitimiert. Sondern von ihm verstoßen. Warum nur dieser Name.

»Der Name bleibt«, sagt Louise verstockt, ohne aufzusehen. Niemand erfährt jemals, was sie sich bei dem Namen gedacht hat.

Wenn das Kind Lilith gerufen werde, hätte das einen Hautgoût. Der Name des Vaters, Adam, der gehe nicht mit Lilith zusammen. Lilith und Adam sollen Mann und Frau gewesen sein. Unmöglich als Vater und Tochter. Blutschande klinge da an, so beschwört der Pfarrer Frau Kordewan, und macht bei dem schlimmen Wort einen ganz engen Mund.

Mutter Louise sieht an ihm vorbei, spricht an ihm vorbei, Lilith Maria Kathrine, so heiße das Kind seit zehn Wochen im zivilen Register, die Namensgebung sei vollzogen, jetzt bei der Taufe gehe es nur um die Aufnahme in die Gemeinde. Der Herr Pfarrer habe das Kind dem Herrn vorzustellen, Gott werde Lilith als die Seine erkennen, egal wie sie heißt.

Der Pfarrer versucht es noch einmal, in der Rolle des Hirten. Jedes Schäfchen liegt ihm am Herzen. Irrwege, sagt er, zurückführen auf den rechten Pfad. Louise legt ihren Blick auf sein Beffchen, redet dann mit weher Stimme gegen den Pfarrer an, »mein Herz, meine Ohren«, und nicht ohne Grund befürchtet der Pfarrer einen Leidensausbruch. Er kennt das, er weiß, wie Louise Kordewan dieses Register beherrscht. Um Gottes willen, nur das nicht. »Gut. Also: Lilith Maria Kathrine.«

Während der Taufprozedur macht der Pfarrer seinen verkniffen bedenklichen Mund. »Hühnerarsch«, flüstert Lisbeth ihren Schwestern zu. Leonie und Lotte starren nach vorne zum Taufstein, wo der Pfarrer für das Lilith-Kind einen wuchtigen Taufspruch stemmt, Jeremia 32, 40+41:

»Und will einen ewigen Bund mit ihnen machen, dass ich nicht will ablassen, ihnen Gutes zu tun; und will ihnen meine Furcht ins Herz geben, dass sie nicht von mir weichen; und soll meine Lust sein, dass ich ihnen Gutes tue; und ich will sie in diesem Lande pflanzen treulich, von ganzem Herzen und ganzer Seele.«

»Versteht ihr das?«, fragt Lisbeth ihre Schwestern, eine rechts, eine links. Die schütteln den Kopf. Nein. Seit Lisbeth nicht mehr bei ihnen zu Hause ist und nur selten noch zu Besuch kommt, verstehen die kleinen Schwestern nichts mehr.

»Getaufet seiest du Lilith Maria Kathrine im Namen des Vaters, des Sohnes, und des Heiligen Geistes. Amen«, sagt der Pfarrer hastig wie in einem Wort dem Taufspruch hinterher. »Hühnerarsch«, flüstert Lisbeth noch einmal nach rechts und nach links zu den Schwestern, die sich wegducken im Lachen. Leonie petzt nach dem Gottesdienst. Lottchen dagegen hat nichts gehört, das beschwört sie, nein, auch vor Gott nichts gehört. Was es denn dann zu lachen gegeben habe? »Nichts. Einfach nur so.«

Ungute Stimmung. Eingefroren auf dem offiziellen Foto vorm Kirchenportal. Das Taufkind ist nicht zu erkennen, zu klein, zuviel Taufkleid und von dem massiven Taufspruch ins Taufkissen gedrückt. Gut erkennbar dagegen die Wortlosigkeit zwischen den Eltern, Louise und Adam, zusammengehalten von den drei Paten: dem pädagogisch-ernsten Onkel Karl, der Patentante Kathrine-Cousine und dem zupackenden Patenonkel aus Stoffeln. Am oberen rechten Bildrand knickt sich der Pfarrer ins Bild, mehrfach gebeten und nur, weil es sein muss. Am linken Bildrand klemmen wie Orgelpfeifen die drei schon vorhandenen Töchter, Liliths Schwestern: Lisbeth. Leonie. Lottchen. Hochmütig. Bußfertig. Unbedarft.

Von solchen Akteuren umstellt tut Lilith gut daran, sich im Windschatten der Schwestern zu halten. Vor denen versteckt sie sich hinterm Klavier, das schräg in der Wohnzimmerecke hinterrücks einen Platz freilässt, wo Lilith im Verborgenen dem Klavierspiel und dem Alltagsgeschehen zuhören kann, ohne dass jemand es merkt. Der Spalt zwischen Klavier und Wand, durch den nur ein Verreckerchen wie sie sich hindurchzwängen kann, ist ihre Bühnengasse. Von dort bekommt sie Einblicke ins Familienleben, die ihr versperrt wären, wüsste man um ihr Versteck. Aber niemand bemerkt sie, niemand vermisst sie, also schickt auch niemand sie fort.

Nur in der Schumacherwerkstatt im Parterre, wo der Klumpfuß-Beheim das Sagen hat, wenn Adam Kordewan außerhalb ist, bei Kunden, und das ist er immer öfter, da ist Lilith wer. Dort hockt sie wie ein Hühnchen auf der Querstange im Galgengestell, an dem die Leisten hängen, sitzt da umbaumelt von den hölzernen Leisten-Füßen, die paarweise an den Fersen durchbohrt miteinander verbändelt sind und alphabetisch gereiht. Dort lernt sie ihr erstes ABC: Arens mit einem A wie Vater Adam, Bosenius, Clemen, Dreist, Feyerabend, Lorenz mit einem L wie Mutter Louise, wie die Schwestern und sie selbst. »Schwestern in L« wurden sie genannt, so wie man sagt »Ei in Aspik«.

Mit dem seltenen Q gab es einen Quandt und bei Z einen Zarteck.

Lilith weiß nicht, dass Beheim schon das Feuer im Hühnerstall löschen half, er redet nicht viel, er hört zu, wenn sie ihm erklärt, wie die Welt geht, und er nickt, als sei ihm das neu. Er ist es, der Lilith die ersten Stiefelchen richtet, die vom kleinen Bruder, von Alexander mit A wie Vater Adam. Der Vater selbst hatte sie für seinen Sohn angefertigt. »Jammerschade«, meint er zum Beheim, »wirklich schade, wenn Lilith, die doch dem Alexander so ähnelt, nicht die Stiefelchen auftragen würde, die sind noch wie neu.« Kaum vier sei Alexander gewesen, als er keine Schuhe mehr brauchte, die könnten doch der Lilith … Und Beheim macht sie passend. »Ich bin ein Wundarzt für alte Schuhe; wenn's gefährlich mit ihnen steht, so mache ich sie wieder heil.« Das sei von einem alten Dichter, der schon alles wusste. »Wenn du da rausgewachsen bist«, sagt Beheim bei der Anprobe, »dann bist du groß.«

Viel mehr ist über Lilith nicht zu erfahren. Sie kommt als Kind kaum vor. Sie läuft irgendwie mit in Alexanders Schuhen und, als die durch sind, und sie sich neue eigene Schuhe vom Vater wünscht, speist der sie ab, der Beheim solle die machen, der sei ein Orthopädischer wie er selbst und die Orthopädischen seien die Könige unter den Schuhmachern, der Beheim habe das sogar von der Pike auf gelernt, sozusagen am eigenen Leib, da läuft sie eben weiter so mit, nun in den neuen Schuhen vom Klumpfuß-Beheim. Und als sie das im Bergischen Land auf Besuch bei Onkel, Tante und Lisbeth erzählt und die neuen Schuhe vorzeigt, prophezeit Lisbeth ihr, mit den Schuhen vom Beheim werde sie orthopädische Füße bekommen. »Ist nicht wahr«, wehrt sich Lilith, »wieso denn?«, und fürchtet sich.

»Alexander hat diese Französische Krankheit gekriegt, weil Vater eine Ansteckung aus Paris hatte, als er die Stiefelchen für Alex anfertigte. Wenn jetzt der Beheim dir welche anpasst, dann kriegst du den Klumpfuß.« »Du lügst«, schreit Lilith.

»Hört auf zu streiten«, mahnen Onkel und Tante.

1913

Erst als Lilith schon ein Schulkind und in der Volksschule ist, etwa sieben Jahre alt, gerät sie an den Nachbarsjungen aus der Friedrichsstadt, den Zigarrenfranz junior, der inzwischen fünfzehn ist, wie Lisbeth. Bisher beargwöhnte er Lilith, wenn er sie überhaupt wahrgenommen hat, war doch ihretwegen seine Kinderfreundin Lisbeth weggegeben worden. Seit Lisbeths Verschwinden mied er alle Kordewans.

An dem Tag jedoch, als der Zeppelin über Düsseldorf zieht und der junge Franz Schmitt das mit seiner Plattenkamera festhalten will, da gerät ihm die kleine Lilith in den Blick. Er möchte Fotograf werden und hat bei den »Jugendbewegten« schon Preise für Fotografie gewonnen. Sein Vater, Franz Schmitt senior, Inhaber von Zigarren = Zigaretten = Tabak und Tabakwaren, erwartet von ihm ein künstlerisches Lichtbild vom zigarrenförmigen Zeppelin, um es für eine moderne Dekoration der Geschäftsauslage zu verwenden. Jetzt kann der Junior beweisen, dass der viele Aufwand, den er mit dem Fotografieren bei den »Jugendbewegten« treibt, einen praktischen Wert besitzt, denn darauf kommt es im Geschäftsleben schlussendlich an.

Der jugendliche Franz Schmitt zieht also an dem Tag, als das halbstarre Luftschiff von der Golzheimer Heide über den Rhein dahinschweben wird, mit seinem Stativ-Apparat zur Rheinpromenade, umringt von den Kindern aus dem

Friedrichstadt-Viertel. Fachmännisch baut er sein fotografisches Gerät auf. Der Zeppelin kann kommen.

Surrend erscheint er am Himmel, und Franz Schmitt legt sein linkes Auge an den Sucher, richtet das andere auf das Flugwerk, die rechte Hand am Auslöser, die linke am Stativ, für den entscheidenden Augenblick, der unwiederbringlich verstreichen würde, wenn er ihn verpasste. Da drängelt sich eine Kinderhand neben seine Linke am Stativ. »Lass mal wieder los«, sagt er unaufgeregt, aber dringlich, ohne aufzublicken. »Geh einen Schritt zur Seite. Bitte. Ich muss das Luftschiff einfangen, dazu brauche ich beide Hände. Bin gleich fertig.« Und Lilith lässt den Stativfuß wieder los, das Stativ wackelt nicht, der Blick bleibt scharf und die schwierige Momentaufnahme geht nicht ins Leere. Beweglichkeit in der Fotografie, das hat Franz Schmitt als oberstes Gebot gelernt, verlangt ein bewegliches Gemüt und einen sicheren Umgang mit dem Objektiv, mit dem Objekt und mit der Umgebung. Erst dann sieht er hin, wer ihn da beinahe gestört hätte. Und er sieht eine Kleinausgabe seiner Lisbeth, spürt einen Stich von Glück: »Wer bist denn du?« »Lilith Kordewan.« »Ach so«, plötzlich weiß er wieder, hört trotzdem ihre Frage noch an: »Warum brummt das?«

»Das ist der Zeppelin-Gesang. Ein Zeppelin bewegt sich mit Brummen voran«, redet er, während er sein Fotogerät verpackt. »Das ist wie bei den Hummeln. Die bewegen sich auch durch Brummen.«

»Wirklich? Und wozu ist dein Apparat?«

»Das ist meine Lichtstrahlenfalle. Darin habe ich den Zeppelin-Vogel gefangen.« Diese Lilith rührt ihn irgendwie an. Er lässt sich verzaubern von der kleinen Schwester seiner Lisbeth, von ihrer Zutraulichkeit, mit der sie ihm sein Gerede abnimmt. Und weil er erleichtert ist über das Gelingen seiner fotografischen Tat und weil ihn sein Einfall mit der Hummel vergnügt, lädt er Lilith ins Papiertheater ein, das ist bezahlbar. Dort, am Rathausplatz beim Jan Wellem, wird die »Zauberflöte« gegeben. Da wollte er sowieso hin. Das könnte auch was für die kleine Kordewan sein.

In einer Guckkastenbühne wird ihnen diese *deutsche Oper* im überschaubar verkleinerten Rahmen geboten, in einem Modelltheater mit Bühnenmaschinen und beweglichen Kulissen. Dazu eine wilde Geschichte, in deren Verlauf die Papierfiguren mit Gesang und Klavier, mit echten Geräuschen und unter Lichteffekten Abenteuer erleben: Papageno und der Prinz kämpfen mit einer Schlange, die Sarastro gehört, oder der Königin der Nacht. Drei Frauen helfen, weil die beiden es alleine nicht schaffen. Der alte Sarastro und die Königin der Nacht streiten sich um ihre Tochter, und die Tochter weiß nicht wohin zwischen Vater und Mutter. So ist das auch bei Lilith zu Hause, das kennt sie.

Der Prinz, der die Prinzessin retten soll, ist allerdings keine Hilfe. Er fürchtet sich selber. Papageno dagegen, der rettet mit seiner Flöte, wo er nur kann. Als die Königin unter einem funkelnden Sternenzelt ruft: »*Rache!*« »*Tod und Verzweiflung!*« und keiner mehr mit ihr zu tun haben will, wird sie von Donner und Blitz verschlungen. Papageno singt und redet alle Schrecknisse beiseite, dass selbst der Mördermohr tanzt und Lilith vor Aufregung einen Knopf von ihrer Jacke abdreht. Papageno lernt am Ende diejenige kennen, die er sich mit seinem schönen Lied herbeigewünscht hat. Der Prinz kriegt die Königstochter Pamina, obgleich er gar nicht nett zu ihr war und dann ist die Königin wieder da mit ihren drei Damen. Sie hat sich mit dem Mördermohr zusammengetan, um die

Macht zu ergreifen, aber es klappt nicht. Der Schluss ist dann nicht mehr so spannend. So weit Liliths erstes Opernerlebnis. Und wer meint, die »Zauberflöte« besser zu kennen als Lilith, der irrt. Nur ihre Sicht gilt, und wird gelten.

Beim Applaus ist Lilith plötzlich verschwunden, im Handumdrehen, wie von der Erde verschluckt. Franz Schmitt sucht und findet sie hinter der Bühne. Dort steht sie vorm Figurenbeweger. »Da bin ich schon«, sagt sie zu dem. Und Franz Schmitt sieht von fern, wie sie dem etwas hinhält.

»*Ist das für mich?*«, fragt der.

»*Ja*«, antwortet Lilith schüchtern.

»Ein Knopf«, sagt der Figurenbeweger erstaunt, »*nicht mehr und nicht weniger. Sag mir, wie alt bist du denn,* meine Kleine?«

»Bald acht«, behauptet Lilith, fasst ihn am Ärmel und fügt kichernd hinzu: »*und zwei Minuten*«.

Beide lachen. Er fragt: »*Hast du auch einen Freund?*«

»*Ja*«, sagt sie.

»*Sagst du mir auch, wie er heißt?*«

»*Papageno.*«

Da ist dann auch schon der junge Franz Schmitt zur Stelle, bedankt sich bei dem Verzauberer, nimmt die Verzauberte bei der Hand, und gemeinsam singen sie auf dem Nachhauseweg das Papageno-Lied. »*Ein* Männchen *oder Wa-ha-ha-heib-chen*«, singt Lilith mit Überzeugung.

Franz unterbricht: »Es heißt *Ein Mädchen oder Weibchen*, ein Mädchen, nicht ein Männchen!« »Ein Mädchen? Das ist doch Quatsch. Ein Männchen oder ein Weibchen muss das heißen, entweder oder«. Lili ist sich ganz sicher. Warum nicht ein Männchen, sagt sich Franz Schmitt.

»Und jetzt noch einmal von vorne. Da capo. Bis nach Hause.«

Drei Schwestern
1918

Seit sie schreiben können, wechseln die Schwestern schriftliche Botschaften miteinander. Darin aber kein Wort über Not oder Kriegstod, über das Organisieren von Mangel zum Beispiel im Kohlrübenwinter. Es ist als hätte der Krieg vierzehn-achtzehn nicht stattgefunden, sondern nur der Kleinkrieg zwischen den Schwestern.

Neunzehnachtzehn, einen Monat nach Kriegsende, schreibt Leonie an Lisbeth, die inzwischen Junglehrerin ist im Bergischen Land und von dort aus weiterhin oberste Instanz im Schwesterngeschehen zu bleiben versucht, und teilt mit:

»M. lb. Schwester! Wie geht es Dir? Mir geht es gut.«

Nach dem fürsorglich klingenden Auftakt geht es *a tempo* weiter. »Unsere Lilith hat einen Verehrer. Den Zigarrenfranz. Er hat einen Narren an ihr gefressen seit der Zauberfl. Jetzt Einladg. z. e. Lichtbilder-Ausstellg. mit Musik! Lilith will unbedingt hin, dabei ist sie doch erst 12, und er 20! Sie wird nichts verstehen.« … *sie wäre gern mit ihm allein* … ein ätschiger Vorhalt … *Ei, ei, wie fein* … und ein kleiner gemeiner Akzent: »Wolltest nicht Du mit ihm gehen?« Ha. Wie das ungut in Lisbeth einsickern wird und sie kränken. »Hoffentl. geht es Dir gut. Hrzl. Grüße bis zum Hlg. Abend, den wir ja gem. feiern werden. Deine lb. Schwester Leo.«

Hoffentlich wirkt das bei der großen Schwester so wie bei Leonie, als sie erfuhr, der Zigarrenfranz junior habe das spindelige Nichts von kleiner Schwester und nicht sie, Leonie, eingeladen. *Was wollte ich darum nicht geben, könnt' ich mit diesem Jüngling leben.* Der Zigarrenfranz und sie, das wäre richtig gewesen. Er mit ihr, Leonie, irgendwohin, oder eine kleine Aufmerksamkeit von seiner Seite für sie. *Hätt' ich ihn doch so ganz allein.* Ja, so hätte es sein müssen, sie als Dame, er als Prinz. Höchstens noch Lotte und er, das hätte man irgendwie verstehen können, fast sechzehn ist Lotte, aber Lilith? Dieses unbedarfte Gänschen, dieses Hühnchen, sie ist doch erst zwölf. Der macht sich ja lächerlich, und in der Folge auch sie selbst mit ihren Gefühlen. Jemand muss das büßen, warum nicht Lisbeth. »Wolltest nicht Du?«

»Wahrscheinlich ist der Franz gar kein richtiger Mann«, hatte Lisbeth bei Gelegenheit Leo zugeraunt, als die, zu Besuch im Bergischen Land, der großen Schwester ihre Gefühle für den jungen Mann andeutete.

»Der tut jedem gegenüber freundlich«, erstickte Lisbeth das Geständnis. Ihr habe der ach so freundliche Zigarrenjunior nicht beigestanden, als sie wegkam. Wegwerfend sagte Lisbeth das, als bestünde ein Zusammenhang zwischen der Papiertheatereinladung an Lilith und Lisbeths Verfrachtung ins Bergische Land. Franz Schmitt sei für sie erledigt, verfügte Lisbeth an Leo, das solle ruhig jeder wissen.

Leonie musste ihre vertrauliche Mitteilung verschlucken, hatte zu lange nach den richtigen Wörtern gesucht. Lisbeths Urteil war ihr über den Mund gefahren, »der ist doch kein richtiger Mann, hör mir bloß auf mit dem.«

Wenn aber nicht mal der Zigarrenfranz als rettender Prinz taugt, wie soll Leonie es bewerkstelligen, dermaleinst eine Dame zu werden.

Mutter Louises Vertraulichkeiten haben Leonie festgeklebt an Glaubensbekundungen. Täglich muss Leonie mit Mutter beten; mit Leonie gebetet ist besser als Sommerfrische in Bad Salzuflen, lobt Mutter Louise die beflissene Leonie. Die wiederum schämt sich ihrer heimlichen Hoffnung, die ewig kränkelnde Mutter könne, vielleicht, in absehbarer Zeit, das Zeitliche segnen, denn wenn nicht, dann ginge das immer so weiter, bis an ihr eigenes, Leonies Ende. Beten mit Mutter, dessen ist sie sich sicher, wird ihr den Weg in die oberen Kreise, wo sie als Dame verkehren will, nicht ebnen. Sie verachtet sich für ihre Sucht nach den kleinen Gaben, die Mutter als Entlohnung für die Bet-Kur bereithält: mal eine Brosche, eine Schleife, ein Stöffchen für eine Bluse. Eine richtige Kur zum Beispiel in Bad Salzuflen käme die Mutter teurer. Leonie schämt sich bei jedem Betgang, doch aus eigener Kraft kommt sie davon nicht los. Sie sehnt sich nach einem Retter, und Franz Schmitt kommt für sie nicht mehr infrage.

»Leonie hat keinen Charakter«, gibt Lisbeth hinter Leonies Rücken den beiden Kleinen zu wissen; Lotte und Lilith hängen an ihren Lippen. Lisbeth auf Besuch ist immer erhebend. »Leonie ist süchtig. Die will immer haben, haben, haben.« Die Kleinen nicken mitleidslos: ja, genau so ist es. »Aber Leo kann nicht genießen«, doziert Lisbeth, »sie hat nämlich immer ein schlechtes Gewissen.«

»Ist das falsch, ein schlechtes Gewissen?«, fragen Lotte und Lilith überrascht. Die beiden drückt das schließlich auch, wenn Vater sie ins Parterre ruft und sie für ihn kleine

Dienste verrichten, die nicht in Mutters Sinne sind. Schon für ein bisschen Bitterschokolade verraten sie Mutter. Wegen ihrer schnöden Naschsucht verrichten sie dies und das für ihren Vater, wovon Mutter nichts wissen darf. »Zur Strafe wird uns jedes Mal schlecht«, gestehen sie Lisbeth. Die winkt ab. Bei ihnen, Lotte und Lilith, sei das was anderes. Leonie aber werde dumm von ihrem Betdienst bei Mutter. Das sei ein wesentlicher Unterschied.

Die abwesende Leonie ahnt die Intrige. Jetzt endlich kann sie kontern. Sie zieht über Lilith her, Lisbeth soll aber auch ihr Fett abkriegen: »Wolltest nicht du?«

Lisbeth weiß sich zu behaupten. Kränkend fürsorglich sein, eifersüchtelnd gemein, das können die Schwestern gleich gut. Lisbeth kann außerdem ihre jüngeren Schwestern in Aufgaben gegeneinander verpflichten:

»M. lb. Schwester! Hab hrzl. Dank f. d. Zeilen. Franz Schmitt hat mich nie interessiert. Achte auf Lilith! Sie hat einen schwärmerischen Charakter, der Festigkeit verlangt. Im Lehrerinnen-Seminar lernte ich, welche Herausforderung für das Pädagogische ein solcher Charakter ist. Hüte Du Dich Deinerseits vor Franz Schmitt! Er ist von unklarem Charakter, seine Freundlichkeit ist verdächtig. Tu Dich mit Lotte zusammen wg. Lilith. Ihr vertraut sie sich eher an als Dir.

Lb. Grüße von D. Schw. Lisbeth.«

Lisbeth will Recht haben und Satisfaktion dafür, dass man sie weggeschickt hatte, gleich nach dem Foto aus der Sommerfrische vor dreizehn Jahren, als sie ihren Platz als Älteste noch einmal hatte behaupten können, den Mittler- und Stellvertreterplatz zwischen Eltern und Geschwistern, auf der Schwelle stehend, die Hand auf der Klinke, das Ohr am

Geschehen im Parterre und im ersten Stock. Und dann wegen Lilith von zu Hause entfernt. Das ist ganz frisch immer wieder da, wenn sie nur daran denkt. Die Lilith hätte man weggeben sollen. Die war ja noch gar nicht gewöhnt.

Und Leonie tut nur unschuldig, sie verdient keine Schonung. Sie hat zugeschaut, als das geschah. Sie gehört geschüttelt, damit sie begreift. Die soll sich hüten, mit dem Zigarrenfranz etwas anzufangen.

Und Lotte, nur weil sie dösig ist und woanders hingesehen hat, verdient auch kein Pardon. Der muss man beibringen, dass sie hinsieht, wenn etwas geschieht. Die soll lernen, wie man Fragen stellt.

Auch Lilith ist nicht ohne Schuld, wenn auch ahnungslos und damals frisch geboren. Gerade Lilith mit dem überkandidelten Namen darf Lisbeth nicht durch die Maschen gehen, diese Prinzessin, deretwegen sie weggegeben wurde wie ein überzähliges Stück Möbel.

Lisbeths pädagogische Sendbriefe sind gefürchtet bei den Schwestern und zugleich begehrt. Sie machen einen nieder, sie richten einen auf, man wird süchtig nach einem Auftrag: Lilith dürfe sich nichts unterstehen mit dem Franz Schmitt, die Schwestern müssten das verhindern. Es folgen Vorschläge. Es folgen Einzelbriefe, die stille Eifersucht säen und die Schwestern gegeneinander ausspielen.

Ob die dicke dumme Lotte zur Durchführung der notwendigen Maßnahmen taugt, das sei fraglich, schreibt Lisbeth an Leonie. Lotte sei ein Kapitel für sich, zuviel Gefühl und schwer von Kapee. Nur sie, Leonie, habe kapiert, worauf es ankomme. Leonie sei wenigstens gewieft.

Leonie fühlt sich gelobt und spielt das Spiel mit: »Lotte stellt sich nie etwas vor«, klagt sie postalisch ins Bergische

Land an Lisbeth. »Alles muss man ihr vorkauen. Keine Phantasie. Die ist zu dösig für alles. Sie würde Franz Schmitt nie einen Korb geben. Die weiß gar nicht, wie Neinsagen geht. Lotte kann nicht einmal neidisch sein auf Lilith! Nicht einmal das!«

Lisbeths Kommentar: »Stimmt genau. Selbst dazu ist die zu träge. Sie neidet niemals. Niemandem. Nichts.«

In einem eigenen Anschreiben weist Lisbeth aber ihre »lb. Schw. Lotte« ein, sie solle sich von Leonies Harschheit nicht entmutigen lassen, die habe kein diplomatisches Gespür, kein Feingefühl. Lotte selber solle ihr besonderes Temperament mitempfindend an Lilith herantragen und die kleine Prinzessin aushorchen, niemand könne das so einfühlend wie sie.

Gleichzeitig schreibt Lisbeth an Leo: »Lotte saugt ja gerne etwas auf, was ihrer faden Substanz Geschmack gibt. Sie kann deshalb besonders gut aushorchen, weil ihr selbst nie etwas Spannendes geschieht. Ihr geschieht kein eigenes Leben.«

Auftragsgemäß macht sich Lotte an Lilith heran: »Was ist denn das mit Franz Schmitt?« und nach einer Pause, »ist es schön, mit ihm? Mir kannst du es sagen, bei mir ist es gut aufgehoben.«

Und von Lilith kommen nur »Papageno-Antworten«, so nennen die Schwestern Liliths Ausflüchte ins Spintisieren mit dem »Zauberflöten«-Kram. Lotte bringt nichts aus Lilith heraus.

»Lotte lässt zu, dass Lilith ihr naive kleine Unverschämtheiten auftischt«, klagt Leonie ins Bergische Land hinüber.

»In Lottes dämlicher Freundlichkeit dümpelt alles herum«, kommt es von Lisbeth zurück, »wo es verrottet zu einem Sumpf, in dem Lottes Karpfenseele gründelt.« Lehrerin Lisbeth liebt bildhafte Sprache, die verdeutliche mehr als jede Abhandlung. Trotzdem. Ohne strikte Anweisungen an Lotte kommt man nicht mehr weiter: Sie solle sich nicht mit Liliths Papageno-Antworten zufriedengeben. Was denn bloß immer: Papageno. Papageno. Das sei Liliths Fimmel, Lotte dürfe sich davon nicht einwickeln lassen.

Also nimmt Lotte noch einmal Anlauf. »Sag mir, was ist mit Franz Schmitt? Ich behalte es ehrlich für mich.« Lotte umzingelt Lilith mit Fragen, aber Lilith ist auf der Hut, sie bleibt beweglich, umsingt und umtanzt eine Antwort, da kann Lotte sich mühen, wie sie will, aus Lilith bringt sie nichts heraus.

Den Schwestern bleibt nur, das volle Orchester zu markieren, fortissimo, unisono: »Habt ihr poussiert?«; »Habt ihr Händchen gehalten?«; »Habt ihr Geheimnisse miteinander?«; »Macht er Geschenke?« Und dann wie mit Trompeten und Pauken: »Macht er fotografische Bilder von dir?«

Das nämlich interessiert die drei Schwestern besonders. Jede von ihnen ließe sich liebend gern portraitieren von diesem jungen Mann, der ein Lichtbildner von Rang zu werden verspricht, wenn er nicht im Tabak verbleibt. Beinahe artet das den jungen Damen zum Streit aus, welche wohl infrage käme an Stelle von Lilith: *Ich! Ich! Ich!* Doch jedes Mal kurz vorm endgültigen Zerwürfnis tun sie sich wieder zusammen, wringen gemeinsam die kleine Schwester aus, die nicht weiß, wie ihr geschieht. Katzenhaft spürt Lilith, die Wahrheit sollten ihre Schwestern nicht erfahren, das wäre nicht gut. Lilith krallt sich fest im Wörtergestrüpp, erwischt einen Halt mit der Frage: »Poussieren, was ist das?«

Sie ist gerettet für einen Moment, hält mit der Gegenfrage die Schwestern in Schach.

»Frag das besser nicht, lass nur einfach die Finger davon«, winden die sich.

»Poussieren«, triumphiert Lilith, »ihr wisst ja selber nicht, was das ist.«

»Küsst er gut?«, hämt Leonie, mit dem Rücken zur Wand, hat noch keinen geküsst, kann sich aber nicht vorstellen, dass der Zigarrenfranz so ein Kind wie Lilith küsst, trotzdem will sie es genau wissen, will das kleine Biest von Schwester beschämen.

Lotte wiederum weiß von Lisbeth, einer wie der Zigarrenfranz lege es bloß darauf an.

»Ihr seid widerlich, ihr seid gemein. Richtige Säue seid ihr«, schreit Lilith schließlich ihre Schwestern an.

»Das sagen wir Mutter«, drohen die, wütend, dass ihr Triumph zerfällt. Ihr Auftritt ist misslungen.

»Ich höre, du hast schon einen Kavalier«, stellt Mutter Louise Lilith zur Rede. »Ich höre, du benutzt schmutzige Wörter. Was steckt dahinter? Ist da etwas, was ich wissen müsste? Ich sehe es dir an.«

Nichts hat die Mutter gesehen. Das weiß Lilith inzwischen, sie übt regelmäßig vorm Spiegel, wie man unschuldig aussieht. Die Schwestern, die Mutter, die behaupten, sie könnten erkennen, wenn jemand lügt. Selber gelogen von denen.

»Vater hat mir erlaubt, in die Lichtbilderausstellung zu gehen, wegen der Musik«, lügt Lilith frech. Unwahrscheinlich, dass Mutter vom ersten Stock runter das nachprüft, deshalb schnell noch eins drauf: »Nachträglich zu meinem Geburtstag. Von euch gab es ja nichts.«

»Ist doch nicht wahr«, empört sich Mutter Louise, »außerdem, bis jetzt war Krieg, die Zeiten sind immer noch schlecht, mein liebes Fräulein. Vater verkuppelt dich an Schmitts Tabakgeschäft, so sieht das aus! Dein Vater ist ein Lebemann und braucht seine Zigarren, das ist es! Also raus mit der Sprache, ist mit dem Zigarrenfranz etwas, was ich wissen müsste?«

Lilith versteht nichts. Außer, dass die Meute an ihr Papageno-Geheimnis will. Das geht aber keinen was an. Das ist ihr Geheimnis. Nur, wo bleibt ihre Abwehr, die hatte sie doch vor dem Spiegel geübt, diese Gegenfragen in Notwehr.

»Lebemann, was ist das?«, fällt Lilith schließlich ein. Sie schiebt die Frage wie eine Kulisse zwischen ihr Geheimnis und die Mutter und tatsächlich, *die Szene verändert sich*, Lilith hat Glück. Heimlich, ohne dass Mutter Louise es merkt, fasst Lilith ihren Papageno in Gedanken am Ärmel und ist gerettet. Vorerst. Für die Dauer von Mutters Erklärung, die an Lilith vorbeirauscht, zum einen Ohr rein, zum anderen raus. Denn noch ist Lilith nicht wirklich in Sicherheit, da ist ihr schlechtes Gewissen vor, das bekam sie schon mit der Muttermilch und von da an täglich. Schnell schickt sie ein stilles Gebet hinauf zu dem Gott, der über allem thront, der alles sieht und dort oben darauf wartet, na wird's bald, dass Lilith ihn überzeugt. Und sie bietet ihm im letzten Moment einen Pakt an, während unten auf Erden Mutter Louise noch immer erklärt, was ein Lebemann ist.

»Wenn, lieber Gott, meine Mutter mich dreimal fragt«, ruft sie den da oben an, »dann gebe ich ihr mein Geheimnis preis, das mit dem Zigarrenfranz, mein Papageno-Geheimnis. Dreimal gefragt und beim vierten Mal gebe ich alles zu. Versprochen und Amen.«

Die Mutter fragt noch ein drittes Mal: »Ist da nicht doch etwas, was ich wissen müsste mit dem Zigarrenfranz?«

Schulterzucken. Fest in die Augen schauen. Es kommt keine weitere Frage.

Seitdem weiß Lilith, dass es einen Gott gibt, der zu ihr hält, und nicht zu Mutter Louise, womit deren Anspruch auf Auskunft verfällt. Was für ein lieber Gott! Welch ein Glück! Reden und dabei nichts sagen, die Gegenfrage finden. Danke, danke, danke, lieber allmächtiger Gott, danke für dieses Geschenk.

Mutter Louise kann von nun an so viele Gebete zum Himmel schicken, wie sie will, kann sich Leonie oder Lotte zu Hilfe nehmen. Ihr Gejammer: Herr, stehe bei. Sorge um die Jüngste. Adam hat sie mir zum Trotz zu seiner Lieblingstochter gemacht. Er wird das Lilith-Kind verderben. Herr, mache, dass.

Das will der liebe Gott doch gar nicht mehr hören.

Über Mutters Kopf hinweg hat Liliths Herr anders entschieden, hat ihr ein heimliches Versteck geschenkt, hinter dem Klavier, das schräg im Wohnzimmer steht, und dort lässt er sie herumspinnen nach Herzenslust. Neuerdings mit dem Fundevogel, der so ein Kerl ist wie Papageno. Mit dem Märchen hebt sie sich über alle hinweg, hinaus aus der Welt, aus Düsseldorfs Friedrichstadt, verwandelt sich in das vergessene Kind, das der Mutter geraubt wird, was diese nicht merkt, weil sie sich in einen Tiefschlaf gebetet hat. Ein Adler trägt das Lilith-Kind fort in einen Horst im Bergischen Land, wo es in einem Nest aufwächst, ohne runterzufallen. Ein Förster auf der Pirsch erwischt das Vogelwesen bei seinen ersten Flugversuchen, weiß aber nichts mit dem Fundevogel anzufangen. Zufällig fährt jemand genau zu der Zeit in einer Kutsche durch den Wald, ein Lebemann auf Geschäftsreisen, der nimmt das Kind wie sein eigenes, als Ersatz für den verstorbenen Sohn. Drei Schwestern und eine Stiefmutter machen dem Fundevogelkind das Leben schwer und wollen ihm nichts abgeben. Ja, sie trachten ihm sogar nach dem Leben. Eines Tages aber wird etwas geschehen, und dann heißt es: »Verlässt du mich nicht, verlass ich dich auch nicht.« »Nun und nimmermehr.«

Sie lebten glücklich und zufrieden bis an ihr Lebensende.

1919

Für den Fall, dass der Tag des Aufbruchs plötzlich kommt, übt Lilith sich im Pfeifen. Sie pfeift sich und den anderen die Seele aus dem Leib. »Mädchen, die pfeifen und Hühnern, die krähen, denen soll man beizeiten die Hälse rumdrehen«, drohen die Familienmitglieder. »So kriegst du nie einen Mann«, wird sie angezischt. Die Schwestern hämen: »Höchstens so einen wie Papageno. Ha. Ha. Ha. So einen wie den Zigarrenfranz. Der ist nämlich gar kein richtiger Mann.«

Mutter Louise schimpft und verlangt Rücksicht auf ihre Ohren. »Mein Herz!«, jammert sie, »Mein Herz! Meine Ohren!« »Was denn nun?«, fragt Lilith patzig, »Herz oder Ohren?« Lisbeth, die zu Besuch ist, rettet die Lage: Klavierunterricht unter der Bedingung, dass das Pfeifen aufhört. Klug ist das eingefädelt. Lilith will schon lange ans Klavier, Mutter Louise findet das rausgeschmissenes Geld für die Kleine. »Wieso?«, meint die kluge Lisbeth, »Das macht drei Fliegen mit einer Klappe: Vater muss zahlen, Lilith hört auf mit ihrem Gepiffere und sie hat tagsüber eine Aufgabe: täglich eine Stunde Klavier!«

Mutters gewohnter Klavierlehrer ist leider auf dem Feld der Ehre geblieben, an der Somme, wo er gegen die Franzosen gekämpft hat, die den kleinen Bruder mit der tödlichen Krankheit angesteckt hatten, vor Liliths Zeit, keine Ahnung, wie das geschehen konnte, aber den Franzosen geschieht es recht, dass man sie bekämpft. Gottseidank kehrte ein anderer Klavierlehrer unversehrt von der Somme zurück. »Wie sich das fügt«, seufzt Mutter Louise.

Auch Franz Schmitt ist im Krieg gewesen, muss ja wohl, redet aber nicht davon, vielleicht als Kriegsfotograf, könnte man mutmaßen, was denn sonst, etwas anderes kann er doch nicht, als Bilder in der Strahlenfalle einfangen.

»Ein komischer Vogel ist das geworden, dein Zigarrenfranz«, warnt Leonie ihre kleine Schwester. »Der versteckt sich hinterm Fotogerät, der sieht einem nicht in die Augen. Irgendwie hintenrum ist der Franz Schmitt. Fängt Mädchen in Bildern ein. Ein Mädchenfänger ist der, nicht ganz geheuer. Pass nur auf, dass du nicht eines Tages verschwindest in seiner Lichtfalle.«

»Gut gemacht«, lobt Lisbeth ihre »lb. Leo.«

Bald ist außer Lilith keine Tochter mehr im Haus für Mutters Bet- und Geständnislust. Sie sind vor Louises Gewese und deren Schwerhörigkeit und vor Louises Hör-Trichter geflohen. Lieber lernen sie auf Lehramt und erziehen fremde Kinder. Können sich dann einmal selber ernähren, auch ohne Gatten, mancher Mann blieb ja im Krieg, und wie man an Vater Adam sehen kann, ist auch ein Gatte kein Garant.

Lilith stellt ihre Ohren auf Durchzug. Vor dem Spiegel im Wohnzimmer aber, wenn sie alleine ist, ahmt sie die Mutter nach, spricht mit spitzer Stimme in ihr Spiegelbild: »Ohne

Hör-Trichter nichts hören, ist denn das ein Leben?« und behält dabei das Trichter-Ohr auf dem Wohnzimmertisch im Blick, beargwöhnt das Gerät, das womöglich Geräusche, wenn nicht sogar Gedanken in sich einzusammeln vermag.

Unvergessen der Tag, an dem sie merkt, dass die Mutter gar nichts weiß. Dass, im Gegenteil, die Mutter bedürftig ist, um Gehör bettelt, weil sie außer Lilith niemanden mehr hat, der ihr zuhört, seit die großen Töchter fort sind. Und so begibt es sich, dass Lilith eingeweiht wird, wie das Leben wirklich ist. »Nur wir beide«, flüstert Mutter, »keiner außer uns. Also. Der Ehemann und Vater. Aber nicht dem Vater weitersagen.«

»Nun und nimmermehr. Was denn?«

»Vergnügungssucht, und eine schlimme Krankheit im Männlichen, die Kinder töten kann.«

»Ist nicht wahr.«

»Doch, doch, aber nicht weitersagen, sonst wird es noch schlimmer. Der Sohn ist nur wegen dieses Schlimmen dem Vater weggestorben«, erfährt Lilith von der Mutter. Paris. Olympia. Weltausstellung 1900. »Es war nicht der Krieg. Es war nicht die Bosheit der Franzosen. Sondern allein Vater. Er selbst, aus freien Stücken und im Frieden. Aus Sühneschuld ist ihm der Sohn genommen worden.«

»Der war doch auch dein Sohn.«

»Schon, schon«, sagt die Mutter, »aber ich habe ja jetzt dich«, und sie lacht, »an dir ist doch ein Junge verloren gegangen.«

Mutter Louise gefallen die Stunden mit Lilith fast noch besser als das Beten mit Leonie. Stöffchen kaufen wird wieder eine Lust, und Maß nehmen, Muster anlegen, zuschneiden, abstecken, nähen. Knabenhafte Mädchenmode. Ihrem

Lilith-Kind wie auf den Leib. Und an manchen Abenden vierhändig am Klavier, dazu gesungen, dass der Vater im Parterre hört, hören muss, wie gut es Mutter und Tochter im ersten Stock geht. So harmonisch. Liliths schöner Sopran, noch ganz jung.

Und so wächst Lilith heran.

1920

Sein Lilith-Mädchen sei befähigt, die Klavierbegleitung zu machen für die Sangesbrüder von der Liedertafel, das behauptet der Vater, »man muss sich hohe Ziele setzen, dann wächst man über sich hinaus.« Das reizt Lilith.

Wichtige Männer versammeln sich bei Vater, der ruft ins Treppenhaus: *Herbei, mein Täubchen, herbei!*, und sofort weiß Lilith, *das geht mich an.* Was sie in der ersten Etage bei dem Lehrer lernt, der die Somme überlebt hat: Technik, vom Blatt spielen, Fingerübungen nach Czernys Etüden mit einem Groschen auf dem Handrücken, den sie behalten darf, wenn er nicht runterfällt, Harmonielehre, das kann sie jetzt im Parterre anwenden. Dort wird verlangt, von einer Tonart in die andere zu »transponieren«, je nach Alkoholpegel und Rauchschwadendichte. »Hochmusikalisch.« »Begabt, begabt.« »Unentbehrlich«, sagen die Herren und spendieren ihr höchstes Lob. »Lilith-Mädchen, ohne dich ginge nichts. Du kannst wirklich alles.« Das hört sie gern, wenn Vaters »Herren« ihr schmeicheln. Sie hat das Gefühl zu wachsen, sie findet sich schön. Geschmeidig bewegt sie sich zwischen Mutter-Etage und Vater-Parterre, wählt zwischen den Ködern aus, nimmt längst nicht alles an und achtet darauf, nicht am Haken hängen zu bleiben wie Leonie, die von Kaiserswerth aus noch immer nach Mutters Tand und Kram lechzt. Für ein paar hübsche Knöpfe, für eine Brosche, für ein Samtband kommt die, um mit Mutter zu beten.

Lilith ist froh, dass Leonie für das Beten zuständig bleibt, Mutters Wachsamkeit bekommt dadurch Löcher und Lilith kann sich tagträumend entfernen: Eines Tages wird ein Besonderer kommen, den es irgendwo gibt, den sie nur noch nicht kennt. *Bald, bald. Oder nie …* Mit vierzehn nicht mehr Kind, noch nicht Frau wie ihre Schwestern, da träumt es sich frei herrlich weg aus allem. Einer wird kommen, mit dem sie Pferde stehlen kann, abenteuern, aufbrechen in ein anderes Leben. Bis der auf den Plan tritt, macht Lilith sich firm im strategischen Spiel. Sie übt, wie man Begegnungen zwischen dem ersten Stock und dem Parterre verhindert. Sie lernt, sich als Kurier zwischen Vater und Mutter unentbehrlich zu machen und sie weiß, wie man Botschaften überbringt, ohne als Überbringer erschlagen zu werden. Sie verfeinert ihr Dolmetschen, sie interpretiert, setzt Akzente und trägt immer öfter den Sieg davon. Auf der Treppe zwischen den Stockwerken lernt sie fürs Leben, versucht, die lachende Dritte zu sein. Sie gibt Vaters Auftrag an die Mutter weiter, während der Auftraggeber im Parterre bei angelehnter Tür alles mithört, so wie umgekehrt die Mutter unter dem Türsturz sitzt, das Hörrohr auf einer Biedermeier-Konsole abstützt, alles mithört und so tut, als sei sie nicht da.

Man rügt und korrigiert, man spricht voneinander in der dritten Person. Es gilt allerdings nur, was aus Liliths Mund kommt, alles andere gilt als nicht gesagt.

Mit der Zeit macht Liliths Geschick das Mithören der Eltern entbehrlich. Vater bleibt hinter der Türe im Bureau,

Mutter bleibt in ihrem Salon. »Lass mich nur machen«, sagt Lilith zum Vater wie zur Mutter. »Ich passe den günstigsten Moment ab.« Sie verfeinert ihr taktisches Geschick, macht Fingerübungen für die Kunst der Lüge in allen Variationen. Bald kann sie das aus dem Effeff: Beweglichkeit, die passende Miene zum Spiel. Gewinn oder Verlust. Es liegt nur an ihr. Es ist wie beim Üben der Czerny-Etüden, fällt der Groschen nicht vom Handrücken, gehört er ihr. Das geht in Fleisch und Blut. Aus dem Tiefschlaf gerissen würde Lilith jede Frage mit einer Gegenfrage parieren. »Weshalb willst du das wissen?« Spielend beherrscht sie die Abwehr. »Wie du meinst«, sagt sie oft. Und in die Enge getrieben kontert sie geschickt: Ausfallschritt, verdeckt durch eine scheinbare Entschuldigung und Angriff. »Ich wollte doch nur, aber du hast gesagt, ich konnte gar nicht anders …«. Im Handumdrehen verwandelt sie eine einfache Feststellung des Gegenübers in eine Unterstellung. »Willst du mir etwa …?«

Misstrauen ist das Salz ihrer Erde. Nur keine Blöße. Rechtzeitig den anderen in Verlegenheit bringen. Nichts auf sich kommen lassen. Nichts auf sich sitzen lassen. Wenn sie von draußen ins Haus kommt, horcht sie beim Öffnen der Tür auf das atmosphärische Knistern, weiß jede Spannung zu deuten. Und irrt nie. Sie hat das absolute Gehör.

Lili
1921

Die Abschlussfeier der Mädchenmittelschule beschert Lilith Kordewan ihren ersten wirklichen Auftritt. Ein »Sehr gut« in Singen, das war das Sesam-Öffne-Dich für ihre Darbietung in der Aula, wo sie die Ehre hat, des Musiklehrers Eigenkomposition »Aufbruch« vorzutragen. Ausdrucksgesang, expressionistisch. In fünf musikalischen Schritten erwächst mit »volksliedhaftem Anhauch« die Zukunft der Mädchen, die ins Leben hinausstreben. »Lichtgewimmelstille«, »Waldgehaben«, »Blumungsglut«, »Jungmädchenblüte« und »Waldeswalzer«.

Aus der schmalen Melodie wird breiter Schwung. Ganze Stimme, großer Atem. Crescendo und Subitopiano. Die Mädchen laufen singend auseinander, lachen, treffen sich wieder, flüstern sich Heimlichkeiten zu, bestehen Gefährdungen und Mühen. Schwer zu singen.

Großer Applaus für das Werk des Musikpädagogen und Kompositeurs. Besonderer Applaus für den Vortrag der Lili Kordewan. Das in ihre Kladde eingeklebte Programmblatt weist fett gedruckt aus:

Lili Kordewan (Sopran) bringt den Liederzyklus »Aufbruch« zum Vortrag, eine Eigenkomposition von Herrn C. Weyand.

Zum ersten Mal ist Liliths Künstlername gedruckt. So will sie heißen: Lili Kordewan. Von nun an für immer. Zwar hat sie als Lilith Maria Kathrine an eben diesem Tag das Ziel der Schule erreicht, doch ihr persönlicher Aufbruch heißt Lili. Lili mit Bubikopf. Den hat Vater Adam spendiert, extra zu diesem ersten öffentlichen Anlass. Ein Bubikopf. Weg mit der hochgesteckten Frisur, die Ähnlichkeit mit Mutter Louise beweisen sollte. Der »Coiffeur & Friseur« kappte Lilis langes Haar professionell, jeder ist entzückt, nur Mutter stößt einen spitzen Schrei aus.

Ach, und dann dieses reizende Kleid, das Mutter Louise ihr auf den Leib geschneidert hat, den Schneiderkünsten ein großes Lob: schlichte Linienführung, korallenrot.

»Das Kleid hat Furore gemacht«, weiß Franz Schmitt, »die Leute haben sich das Maul zerrissen.« Er hat das fotografiert. Auf dem Foto im ovalen Rahmen, das Lili bis an ihr Lebensende hüten wird, tippt sie mit der rechten Schuhspitze, halbhoher Spangenschuh, taillierter Absatz, vor ihren linken Fuß, tänzelt auf der Stelle in Künstlerpose, sechzehnjährig, als wolle sie gleich nach vorne ausbrechen, hielte sie sich nicht selbst mit ihrem angewinkelten Arm vorm Losstürmen zurück. Auch auf späteren Fotos zeigt Lili gerne diesen Sprung ins Bleiben, wobei ihr feines, keckes Gesicht mit dem Bubikopf über dem Körper steht, als hätten Kopf und Körper nichts miteinander zu tun.

Franz Schmitt fängt auch Herrn C. Weyand, den Kompositeur des »Aufbruch«, mit seinem Fotoapparat ein: Vor Zeugen und fotografisch belegt musste das sein, so war es abgesprochen zwischen Franz Schmitt, Herrn C. Weyand und Vater Adam, um Mutter Louises strikte Haltung gegen Künstlertum zu brechen. Festgehalten ist, wie der Kompositeur und Pädagoge Weyand nach dem offiziellen Teil zuerst auf Louise Kordewan zueilt, ihre Hände ergreift, um zur begabten Tochter zu gratulieren und sie zu beschwören: Eine Schande wäre es, ließe man Lilis Talent verkümmern! Und wie er erst dann auf Adam Kordewan zustrebt, und wie der Musikpädagoge jetzt dem Vater die Stimmbegabung der Tochter ans Herz legt, »verpflichtend.«

Eindringlich fordert er vor dem Fotoauge des Franz Schmitt die Zukunft der jungen Sängerin ein, legt einen Arm um ihre Schulter, rückt sie ins Bild. »Wenn die Zeiten auch schlecht sind, ein solches Talent darf nicht verkümmern«, mahnt er, »Lilis Stimme ist eine Verheißung. Ein Wechsel auf die Zukunft. Zahlt Lilis Gesangsunterricht mit Naturalien, wo doch jetzt das Geld nichts wert ist.«

Adam versteht. Er nickt. Hat das ja vorher abgesprochen. Hat auch eine Vorstellung, wie das zu bewerkstelligen sei. Lilis Talent gehe nicht verschütt, nein, keine Sorge. Franz Schmitt dokumentiert auftragsgemäß diese Zusage.

Mutter Louise bleibt skeptisch, sie hat den Kohlrübenwinter noch im Gemüt, leidet an Lungenspitzenkatarrh und hört schlecht, auch mit Hörrohr, was ihr Misstrauen nährt. »Eine Singstimme als Wechsel auf die Zukunft! Das kann nicht gutgehen«, darauf beharrt sie, »in Kalkulation bin ich besser als mein Herr Gemahl!« Dem Lebemann Adam Kordewan traut sie nicht über den Weg. »Ein Wechsel auf die Zukunft! So groß ist Liliths Stimme nun auch wieder nicht«, gibt sie zu bedenken. »Für den Hausgebrauch, ja. Aber Sängerin. Als Beruf. Gott bewahre.« Vergebens ringt sie Hände und Stimme, Vater Adam will seinem Sangesbruder Weyand imponieren, da ist jeder Widerspruch zwecklos.

So kommt es, dass Lili noch vor der vollen Reifung ihrer Stimme professionellen Gesangsunterricht bekommt. Eine Claire Fischer von der Oper gibt der jungen Tochter erste Hilfen für Ausdrucksverstärken, Luftstütze, Bauch und Flanken. Professionell! Als Entgelt bekommt Claire Fischer warme Mahlzeiten für sich und ihr vaterloses Kind. Hände auflegen, Luft einströmen lassen, ausströmend Töne formen: meh me me me me me me me meh. Stielmus mit Pellkartoffeln und ausgelassenem Speck. Einfache Tonfolge im Terzumfang, auf und ab, halbtonschrittweise aufwärts über die Kopfstimmenschwelle hinüber und halbtonschrittweise wieder abwärts zum G. Himmel und Erde, gebratene Flöns. In chromatischer Rückung Arpeggien im Oktavumfang. Bohnen durcheinander.

Rheinlandbesetzung durch die Franzosen. Sie haben es sich jetzt in Düsseldorf bequem gemacht, und Vater Adams leutefrohe Art erschließt neue Kreise. »Den Franzosen ist Kunst noch etwas wert«, verkündet er eines Tages, »Lili und ich werden singen gehen, auf Tausch.« Lili ist Feuer und Flamme. Erhielt nicht auch Papageno Kost von der *nächtlich sternflammenden Königin*, im Tausch für die Vögel? Brot für Kunst. Was Lili lernt bei Claire Fischer und was die mit ihrem vaterlosen Kind bei Kordewans dafür verzehrt, das bringt Lilis Gesangeskunst bei den Franzosen wieder ein. Der Onkel in Stoffeln, »Winkelier und Wirt«, der bietet draußen vor der Stadt »seinen Franzmännern« Unterhaltung mit Tanz, mit Sängerinnen und Sängern, und tauscht dafür Waren ein. »Annektion hin, Annektion her, der Franzose an sich ist sehr kultiviert«, verkündet Vater Adam. Mutter Louise keift: »Dir hat er die Franzosenkrankheit angedreht.«

Vater bleibt bei seinem Vorhaben. Der Franzose an sich habe einen erlesenen Geschmack und gute Umgangsformen, und im Stoffeler Gasthaus verkehrten nur die höheren Chargen aus dem Stahlhof, nämlich nur die Herren Militärs von Degoutte. Außerdem springe für ihn und seine begabte Tochter eine »Sondererlaubnis« heraus, »das Betreten der Straßen zur Nachtzeit betreffend«, und für Gattin Louise Unschätzbares für den Haushalt: Butter, Kaffee, Zucker, sogar Suppenfleisch und Huhn. – Müsse Louise eigentlich immer alles mies machen?

Sie tönt von oben herab aus ihrer Etage, Lili werde verschachert. Sie schreit durchs Treppenhaus nach unten: »Lili verfällt in Koketterie! Bei den Franzosen ist alles auf Täuschung berechnet! Das gibt Gefallsucht! Alle Töchter sind unbeschadet durch den Krieg! Und jetzt prostituiert der eigene Vater die Jüngste!«

Und als Vater und Lili das Haus verlassen, schrillt Louise zum Fenster hinter ihnen her: »Selber den Kopf nie hingehalten, aber Etappenhengst spielen!« Passanten drehen sich um und Lili schämt sich den ganzen Weg bis nach Stoffeln. »Wir dienen der Kunst«, befindet Vater und beendet die unfrohe Stimmung. »Geld stinkt nicht. Kunst adelt und in der Kunst tritt man hinter sich selbst zurück.« Lili tritt in Stoffeln als ›Fritzi‹ auf, das war Vaters Idee: ›Fritzi‹, das gefiele den Franzosen, meinte er, die denken an die berühmte Fritzi Massary, und gleichzeitig ein bisschen an den deutschen Fritz. Für Lili wird ›Fritzi‹ zum Schutzmantel gegen Louises Tiraden. Adam selbst bleibt natürlich Adam, das versteht jeder Franzose.

Erst der Gesang vor erlesenem Publikum macht sie wieder froh. Trotzdem schlägt sie nach im Familien-Brockhaus

Band 13, »Perugia bis Rudersport«, findet dort zwei Spalten über Prostitution. Preisgebung. Schon zu Moses Zeiten beim Pharao bekannt, eine Sache aus der Bibel. Die Frau gibt Geschlechtliches gegen Geld.

Mutter ist gemein. Immer zieht die alles in den Schmutz.

Auf Mutters Drängen kommt Claire Fischer nicht mehr ins Haus, Mutter wurde es zuviel mit der Kostgängerin und deren Bankert. Dass Lili nun zu Claire Fischer in die Oststraße geht, ist ihr aber auch nicht recht. Zu ihrem Leidwesen ist der Nutzen aus Lilis Gesang inzwischen unentbehrlich für den Haushalt. Ungern würde Louise auf die ersungenen Lebensmittel verzichten.

Lili geht gerne zu Claire Fischer. Einmal die Woche mit der Person sein können, die ihr die Vertrauteste wird, ist ihr noch viel zu wenig, aber mehr wird nicht erlaubt. Mit Claire Fischer übt sie hingebungsvoll für die Liederabende mit Vater. Mutter braucht nicht zu wissen, wie und was sie dort singen vor den Franzosen, Lili hält trotzig das Repertoire geheim. Soll sie doch vermuten, was sie will.

Die Auftritte mit Vater haben etwas, da ist Lili sich nicht sicher, was das ist. Etwas fesselt und geniert sie gleichermaßen. Wie »Adam und Fritzi« miteinander, zueinander, das, meint Vater Adam, das sei so speziell, das mögen die Franzosen, das habe nichts mit der Wirklichkeit zu tun. Die phantasierten sich dies und das. Reifer Mann, junges Mädchen, Erfahrung und Unschuld, da müsse man nichts drauf geben, Hauptsache es wirkt. Und sie, seine Fritzi-Lili, sie könne das wirklich meisterhaft. Sowohl auf den Klaviertasten als auch stimmlich. Man spüre das Flair, die Schulung durch Claire Fischer. Sichere Stimmführung durch das zwittrige Repertoire, Lili singe die Volkslieder von Brahms sehr herzlich und innig und frech im deutsch-französischen Wechsel. Auf Deutsch mahnt Adams Bariton: »Feinsliebchen, du sollst mir nicht barfuß geh'n.« Fritzi trotzt im Sopran auf Französisch: »Pourquoi n'irai-je pas nu-pieds?«, begleitet sich selbst und den reifen Kavalier auf dem Klavier, nach Anweisung des Komponisten *heimlich und zierlich bewegt*. Tippt mit dem rechten Schuh den Takt, hübsche Schuhe übrigens, die mit dem taillierten Absatz, die ihr der Klumpfuß-Beheim zum Schulabschluss fertigte. »Innocente, je ne connais point l'amour«, singt sie in aller Unschuld vom Klavier her, für die Franzosen im Gasthof des Onkels. »Ich bin, wie ich von der Mutter kam«, heißt es im deutschen Original.

Gegen neun Uhr abends beenden »Adam und Fritzi« das Programm der vieldeutigen Geschwisterlichkeit mit dem Lied Nr.15. Adam drängt im Dreivierteltakt »Schwesterlein, Schwesterlein, wann gehen wir nach Haus?«, *nicht zu langsam und mit inniger Teilnahme*. Sie vertröstet auf Französisch »Demain quand les co-oqs chanteront, … cher frérot« …, alle fünf Strophen, *leiser und etwas langsamer werdend*. Das Lied geht nicht gut aus, weder auf Deutsch noch auf Französisch. Man spürt, wie delikat Adam und Fritzi einander verbunden sind, man ist berührt, man verharrt einen langen Moment, dann Applaus. Ihre Auftritte sind geschätzt. Die Franzosen sagen »Le Lied«, weiß Adam, sie haben kein eigenes Wort für das Kunstlied, deshalb vergeben wir uns nichts, wenn wir die Franzosen mit dem deutschen Liedgut bekanntmachen. Ist sowieso nur auf Zeit, irgendwann ziehen die wieder ab. Warum nicht, wenn sich so eine Chance bietet, französische Kreise zu erschließen. Auf die Kreise kommt es an. In jeder Nation. In jeder Lage.

Das weiß auch der Zigarrenfranz, der die beiden begleitet, wann immer er kann. Er hat mit Hilfe von Herrn Kordewan eine französische »Sondererlaubnis für das Betreten der Straßen zur Nachtzeit betreffend« erhalten. Als Fotograf. Weil er geschickt darin ist, Foto-Postkarten zu fertigen. ›Adam und Fritzi‹ mit original Künstlersignatur. Sehr beliebt bei den Franzosen. Beiläufig nutzt Franz Schmitt junior diese neuen Kontakte auch für das Tabakgeschäft, was Franz Schmitt senior imponiert.

Manch schöne Trophäe habe er in seiner Lichtfalle gefangen, verrät der Junior der Sängerin Lili. »Lichtfalle«, das klingt wild und exotisch. Wie ein Aufbruch. Vater Adam hebt die Augenbraue, sagt: »frivol«, und sieht wohlwollend zu, wie Lili sich in Koketterie übt am Zigarrenfranz, der nicht nur ein fotografisches Auge auf sie hat. Sie scheint dessen Aufmerksamkeiten zu ignorieren. Ignorieren ist ihre Stärke. Es verpflichtet zu nichts und tut gut. Und Franz Schmitt? Eine Art stummer Diener. Ganz Ohr für sie. Ganz Lichtbildnerblick, der den direkten Blick in die Augen meidet, den zupackenden, den fordernden Blick in ihr Gefühl, damit er sie nicht vergrämt. Sie ist noch jung. Er hat Zeit.

»Gesang ist eine zweifelhafte Kunst«, hetzt Mutter Louise bei jeder Gelegenheit, »entweder man kommt ganz groß raus, oder man bleibt im Zwielicht. Nimm bloß einmal das Fräulein Fischer, wenn du sehen willst, wie dicht das beieinanderliegt, beinahe zwangsläufig: Singen und Fehltritt, der blieb gar nichts anderes.« Gehässig setzt Mutter Louise ihre Sticheleien. Vater Adam solle Lili nicht ins Milieu hinabziehen, sondern eine solide Ausbildung zahlen, nicht das

Tüdelü im Halbdunkel, sondern solides Lehramt. Das höhere Lehramt bewahre vor dem Abrutschen ins Halbseidene.

Natürlich werde er dafür sorgen, dass seine Fritzi-Lili bestmöglich fürs Leben ausgebildet wird, verspricht Adam Kordewan, selbstverständlich. Höheres Lehramt, warum nicht, und weil Lili keine Aussteuer beanspruche wie ihre Schwestern, habe sie Anrecht auf Gesang. An Stelle von.

Louises Besorgnis, Lili könne in falsche Hände geraten, kontert Lili patzig: »In wessen Hände denn zum Beispiel? Wenn ich euch ansehe, wird mir klar: Ich will nie einen Mann und nie Kinder!« Tür-knallender Abgang.

Lili will knabenhaft bleiben, Bubikopf, unabhängig. Unbelästigt von Männern wie von Frauen. Doch sie spürt, dass mit ihr etwas geschieht, etwas Ungutes. Etwas Unentrinnbares. Ihr Körper wächst sich aus. Gegen sie. Schmerzhaft die Stellen über den Rippen. »Du entwickelst dich«, heißt es von Schwestern und Mutter, »wird auch Zeit«. Für Lili klingt das wie eine Drohung. Busen. Hüften. Schenkel. »Glaub bloß nicht, du bliebest verschont«, heißt es von Leoniedermaleinst-eine-Dame. Mutter gibt Lili als Hausaufgabe für den Fall, dass »die Tage« eintreten, »Tageswaschlappen« zu stricken. Dabei hasst Lili Handarbeit. Mutter widert sie an mit intimen Ratschlägen. Und dass die dicke, gutmütige Lotte ihre Hilfe anbietet, das macht die Sache nicht besser. Tatsächlich tritt ein, was die Schwestern mit ihrem Weibergetue herumgeunkt haben. Regelmäßig nun die Angst, es ginge was daneben, man könne riechen, was da in die Tageswaschlappen geht. Lili sperrt sich dagegen und hofft wild entschlossen, dass alles Fiese vorbeigeht, wenn sie nur fest genug ignoriert, was geschieht. Wenigstens soll ihr Körper nicht weiter so dicklich werden wie der ihrer Schwestern.

Grauenhaft. Ihr ist, als lebte sie in einem fremden Gehäuse, als sei sie von einer schändlichen Krankheit befallen, wenn sie »die Tage« hat.

Mit ihrer Sorge, es könne ein Zusammenhang bestehen zwischen dem Singen und ihren körperlichen Veränderungen, denn seit sie singt, wächst der Körper sich aus, mit dieser Not wendet sie sich an Claire Fischer. Die, glaubt Lili, die könne, die müsse es wissen.

»Natürlich ist da ein Zusammenhang«, meint Claire Fischer, »man singt schließlich mit dem ganzen Körper.« Sie nimmt die verstörte Lili in den Arm. Das geht Lili dann doch zu weit, das will sie nicht. Sie hört nur noch halb hin, es rauscht an ihr vorbei, als die einzig vertraute Person zu beschwichtigen versucht: »Ich dachte schon, das käme nie bei dir. Es sah so aus, als würdest du keine richtige Frau. Es ist gut, wie es sich jetzt entwickelt.« Lili sieht sich bedroht, flieht, läuft nach Hause, doch zu Hause ist es nicht besser.

Die Mutter spricht von Veranlagung. Von Drüsen und Natur, die Schwestern tuten ins selbe Horn, wenn sie da sind. Lili hört da nicht hin, hört trotzdem alles und leidet verzweifelt. Die Rockhosen passen nicht mehr, auch ihr Lieblingskleid nicht. Sie sieht sich im Spiegel, und findet sich fett, meint, Mutter habe ihre Kleider zu heiß gewaschen. Die will trösten, »mit geschickter Kleidung kann jede etwas aus sich machen.« »Ich bin nicht jede«, schreit Lili, schließt sich in ihrem Zimmer ein und notiert im Tagebuch: »Ich werde mich niemals gewöhnen. Widerlich. Kopfschmerzen, Schwindel und Erbrechen. Ich will die Natur nicht. Ich will keine Veranlagung, ich will keine Drüsen. Ich will nur singen. Selbst Claire ist komisch geworden. Nur Vaters Herren scheint es zu gefallen, sie werfen komische Blicke. Wenn ich so tue, als kriegte ich das nicht mit, dann lachen sie erst recht und Vater lacht mit ihnen. Ich will nicht. Ich will nicht. Ich will nicht!«

1923 – 1925

Lili sperrt sich gegen die musikalischen Abende im Parterre und sie brüskiert Vaters Sangesbrüder. Adam ist aufgebracht. Lilis Bockigkeit lasse er sich nicht bieten und er lässt Lili, seine Fritzi-Lili links liegen. Weil sie soviel Zicken mache, behauptet er. Aber es kursieren Gerüchte ganz anderer Art. Lili hat da etwas gehört, was sie erst nicht glaubt, dann doch für möglich hält. Feinhörig lauscht sie dem Getuschel ab, dass da eine Frau im Spiel ist. Dass bei Adam Kordewan, wenn er »außer Hauses« zu tun hat, nichts Geschäftliches dahintersteckt. Lili hält im Tagebuch fest: »Vater ist für mich nicht mehr zu sprechen, selbst wenn er im Hause ist. Will auch nicht mehr mit mir singen.«

Ob Franz Schmitt ihr erklären könne, was geschehen ist, fragt sie ihren Papageno, ihren Fundevogel, ihren Kinderfreund. »Mein Freund, mein Papageno, das bist du doch, oder?« Der zögert sich um eine Antwort herum, Adam Kordewan könne er ihr nicht erklären. Gerüchte, vermutlich, oder Geschäfte und Neid. Er bietet ihr ersatzweise seine Begleitung, wenn sie wolle, zu musikalischen Darbietungen oder Kino. Doch das fühlt sich unheilvoll an für Lili, nicht nach väterlich, nicht nach Freund, nicht nach Papageno. Sie möchte nicht mehr in ihrer Haut sein, sie sehnt sich nach den Zeiten bei ihrem alten Freund, dem Klumpfuß-Beheim, als sie auf der Querstange hockte im Galgengestell für die Schuster-Leisten und mit den Beinen baumeln konnte, während er schusterte und ihr zuhörte und sie ermutigte in allem, was sie sagte. Sie notiert an ihrem siebzehnten Geburtstag, »Ich will nur singen, nichts anderes, gar nichts. Keiner kann mich verstehen.«

Die Auftritte für die Franzosen in Onkels Gasthaus sind passé, ohne sichtbaren Grund.

Und im August fünfundzwanzig, da ist Lili gerade neunzehn geworden, ziehen die Franzosen ab aus Düsseldorf, ziehen durchs Ratinger Tor zwischen den Gerüsten für die Erweiterungsbauarbeiten hindurch, über die Oberkasseler Brücke gen Westen, auf ihren äpfelnden Pferden. Lili sieht ihnen nach, findet keine Eleganz mehr bei dem Anblick von hinten, die Decken wurstförmig hinter den Sattel geschnallt, die Waffen geschultert, unterm Helm den Blick starr nach Oberkassel gerichtet, als gäbe es dort was zu sehen. Lili sinniert ins Pferdegetrappel hinein: Soldaten von hinten sind keine echten Soldaten. Wichtig genug für einen Eintrag in die Tagebuchkladde.

Es ist, als wäre auch Vater Adam mit den Franzosen aus Lilis Alltag verschwunden. Wie beiläufig ist er aus der Kirchfeldstraße in sein neues Bureau in der Ratinger Straße gezogen und gleich darauf weiter auf Reisen. »In Geschäften unterwegs«, heißt es in Lilis Geräuschkulisse, mit leichtem Unterton.

Kurz darauf das Gleiche mit Claire Fischer. Ohne Vorherankündigung kann sie nun keine Gesangsstunden mehr geben. Ein Engagement habe sie gerufen. Die Vertraute, die Lehrerin, von jetzt auf gleich, weg von Lili in eine unbekannte Stadt, flüsterndes Stillschweigen. Die wichtigsten Menschen bewegen sich fort von ihr, meiden sie. Außer ihr scheint jeder zu wissen warum.

Oh, das ist mehr als Kränkung – mehr als Tod!

Und ehe sie sich einen Plan ausdenken kann, erfährt sie genau und haarklein und gehässig, dass Fräulein Claire Fischer mit Kind ohne Kindsvater ein Verhältnis mit Adam Kordewan hat. Seit einiger Zeit schon, plötzlich ist das gewiss, das wird nicht mehr nur so geredet. Die kennen sich doch schon lange, redet Lili sich ein im ersten Schrecken, wie Franz Schmitt und ich. Wie Freunde. Doch wenn sie daran denkt, dass Vater statt mit ihr jetzt mit dem Kind von Claire Fischer Kahn fahren geht, zum Picknick. Das frisst ihr Herz auf, sie könnte schreien, sie weiß, dass da was dran ist. »Die Leute sollen nur reden, ich höre da gar nicht hin«, trotzt sie in ihrer Kladde.

Mutter Louise krankt seit dieser Offenbarung dem Weihnachtsfest entgegen und vergiftet leidenssüchtig die Tage. Fräulein Fischer, biestert Mutter Louise, habe durchsichtigst Lilis Stimme gelobt. Nur wegen Vater Adam, nicht wegen Lili. Lilis absolutes Gehör, ihr schöner Sopran, klar in der Höhe, obgleich eher Mezzo. »Dass ich nicht lache, bilde dir bloß nichts darauf ein«, sagt Louise, »in Wirklichkeit ist alles gelogen von diesem Fräulein Fischer mit Balg. Die hat sich bloß rangeschmissen. Künstlerinnen sind schamlos. Die fliegen auf alles, was Hosen an hat. Kommt ein Hosenträger in Sicht, dann kennen die nichts. Schluss jetzt mit dem Gesang.« Nur einmal noch, zum letzten Mal, dürfe Lili öffentlich singen. Nur dieses Mal noch die Weihnachtskantate in der Neanderkirche, das sei zugesagt und christlich. »Danach ist endgültig Schluss«, bestimmt Mutter Louise. »Du wirst mir nicht auch noch, das kannst du mir glauben.«

Als aber Adam Kordewan zur Christmette in der Neanderkirche auftaucht, unschuldig und dreist, ist der Skandal perfekt. Er kommt verspätet, nach dem Introite, und er ist nicht allein. Er schiebt sich und Fräulein Fischer mit Kind, bemüht unauffällig, in die kleine Hallenkirche in der Bolkerstraße, deren Eingang nur einen richtigen Auftritt zulässt, man ist gleich wie auf der Bühne, man bleibt nicht ungesehen, schon gar in Begleitung einer Opernsängerin, tz tz tz.

»Das hat er mit Absicht getan«, schluchzt Mutter Louise auf dem Nachhauseweg und zermürbt ihre Töchter, die extra zur Christmette und Lilis Auftritt gekommen sind. »Lilis letzter Auftritt! Und dann er ... schamlos ... uns zur Schande mit dieser Operettensoubrette ... die Heilige Nacht ... mit dieser Hurenkehle, die ihre schmierigen Hände meiner Lili auf den Bauch und die Flanken ... wegen der Stimmbildung ... verlogenes Weib! ... Lieber Gott ... Gib ... Und mach, dass ...« Eine endlose Litanei bricht aus ihr heraus, »Nattern am Busen gezüchtet! An meinem Busen!«

»Dein Busen ist groß genug«, heult Lili auf, malt sich aus, wie auch sie, bald vielleicht, so viel Busen und Hüften, weiß nicht, wie weiter. Die wichtigen Kreise, das Künstlertum. Alles zu viel. Nachts, wenn sie einschlafen will, fährt ihr von innen heraus, bevor heimelige Schlafwärme sich einstellt, eine Scham in die Kehle. Keinen Ton könnte sie jetzt. Ihr Herz schlägt so hart, dass es schmerzt, und messerscharf weiß sie, dass sie alles daransetzen muss, dass ihre Stimme nicht verloren geht. Atemleer nimmt Lili ihre vorletzte, ihre Lehrerinnen-Hürde, holt mit Entschlossenheit tief Luft und schafft mit diesem neuen Atemzug die Aufnahmeprüfung für Klavier und Gesang in Köln. Dorthin wird sie sich retten.

Köln
1926

Lilis Patentante Kathrine-Cousine und deren Mann Onkel Karl werden Lili bei sich aufnehmen. Sie sind *die Eingeweihten* in Lilis Lebenswelt, diese beiden vernunftpriesterlichen Pädagogen. Die *wissen alles, und das nur zu gut.* Sie wissen schon seit längerer Zeit von Adams »Krösgen« mit der Sängerin Claire Fischer. Nicht gutzuheißen, aber auch nicht zu ändern, erklären sie Mutter Louise. Deren ewiges Beten konnte ja nur erfolglos bleiben, war vorauszusehen, zuviel Gejammer, zuwenig Tatkraft, nicht im Sinne der Kirche, kein gutes Beispiel für die Jüngste, die Lili. Aber bitte, Louise ist nicht nur schwerhörig, sondern geradezu taub gegen Ratschläge. Da ist nichts zu machen, Louise ermüdet jeden. Nur Lili sollte aus diesem schlechten *Wirkungskreis* entfernt werden. Sie selbst, im Bergischen Land, sie beten und packen an, sie klären auf, nach lutherischer Art, nicht »lutheerisch« mit Louises geziertem Akzent. Bereits Lisbeth haben sie rechtzeitig vom unseligen Elternhaus fort und in Obhut genommen, auf den richtigen Weg gebracht, und Lisbeth ist ihnen wohlgeraten, steht auf eigenen Füßen als Lehrerin, gut verheiratet mit dem Fabrikanten Werner Simon, einem aufgeklärten Geist, der stolz darauf ist, seine Lisbeth so sinnvoll tätig zu sehen. Das hätten Louise und dieser Windhund Adam nie geschafft.

Jetzt haben Onkel Karl und Kathrine-Cousine wieder die Hände frei für eine Ziehtochter, ihre *Schritte zu lenken und mit Geduld sie zu stärken.* Das gibt ihrem kinderlosen Leben Sinn und verlängert ihr eigenes Wirken in die Zukunft. Lili kommt gerne. Hauptsache weg von zu Hause. Selbst wenn die Paten meinen, am Taufnamen »Lilith« festhalten zu müssen. Einen Künstlernamen könne Lilith später annehmen. Hier und jetzt und für die Dauer bei ihnen werde sie Lilith sein, aus Gründen der Festigkeit, denn ohne Festigkeit bekäme kein Mensch auf seiner Lebenswanderung ein vernünftiges Bein auf den Boden, höchstens Flausen in den Kopf.

»Nicht doch«, sagt Lilith. Nach einer strengen Pause von Onkel und Tante: »Ja doch. Einverstanden. Zuerst Musik für das höhere Lehramt. Und dann Gesang.« Vater Adam hat sich verpflichtet – wegen Claire Fischer? Wegen der Schande? – Liliths Ausbildung großzügig zu bezahlen. Ohne Nichtdoch. Sogar der Onkel mit dem Gasthaus in Stoffeln, gerade er als Liliths Pate besteht darauf, dass Kordewans Jüngste aus der Schusslinie kommt, der Onkel weiß, wovon er redet.

Kaum aber ist die Jüngste weit genug weg, geht der Kleinkrieg zwischen Adam und Louise über in offenen Angriff. Anwälte verfassen Schriftsätze, undichte Stellen geben nun jedem, der es wissen will, Einblick, wie bei den Kordewans schmutzige Wäsche gewaschen wird. Eine gekündigte Hausangestellte der »Gnä' Frau« wird zitiert. Man trifft sich vor dem Richter. Louise Kordewan hatte ihrer »Perle« gekündigt wegen »Unsauberkeit«. Die Hausangestellte rächt sich mit Details zu Frau Kordewans Allüren, da könne man als Herr Gemahl nur »fortgehen«.

»Fort- oder fremdgehen? Bitte genauer.« Den Richter interessieren Details. Frau Kordewan habe den Gatten wortwörtlich in fremde Arme getrieben … Wodurch? Sie habe ihn gedemütigt, ihm seinen Platz aberkannt, ihn der Unzucht beschuldigt und zum Fenster heraus ihm hinterhergerufen, er solle in die Gosse gehen, wo er hingehöre.

Louise kontert: Eine Hausangestellte zu befragen in puncto Herrschaften! Degoutant! Dann zieht sie vom Leder und lässt keine von Herrn Kordewans Windigkeiten ungesagt, nicht zuletzt sei von eben ihrer »Perle« nämlich »Unsauberes« ausgegangen, nicht nur in Bezug auf das Putzen. Das sei der Kündigungsgrund gewesen. So. Jetzt wisse man es genau. Die unbedeutende Hausangestellte zieht daraufhin den »unsauberen« Herrn Winkelier und Wirt aus Stoffeln ins Zweifelhafte. Der spiele eine herausragende Rolle im Vergnügungswesen. Sie selbst habe dahingehend mit eigenen Augen … dazu ist nichts Genaueres mehr zu erfahren, angeblich habe die »Perle« Geld bekommen, von wem, weiß man nicht. Einmal taucht sogar Louises Anwalt im Bergischen Land auf und befragt Lili, ob es etwas gegeben habe in Stoffeln, bei den »Soireen« mit Vater Adam und den Franzosen. Nein, nicht dass sie wüsste. Man habe gemeinsam gesungen und für Fotopostkarten posiert, Franz Schmitt könne das bezeugen. Der Anwalt ist enttäuscht, Onkel und Tante atmen auf, dem Franz Schmitt ist zu trauen. Gut, dass ihre Lilith weitab von den Unappetitlichkeiten in feste Hände genommen wird, zu ihrem eigenen Heil. Was für Lisbeth segensreich war, das wird auch für Lilith gut sein.

Unbemerkt von den vernunftpriesterlichen Onkel-und-Tante-Zieheltern verwandelt sich Lilith montags, auf der Fahrt mit der Eisenbahn, in die kecke Lili, in die Lehrerinnen-

Seminaristin mit großen Ambitionen in Gesang und Klavier. Unter der Woche wohnt sie bei Frau Jacobi nahe Severins-Kirchplatz, bei einer wachsamen Witwe, Zimmerchen hintenraus, Licht löschen um zehn, kein Herrenbesuch, auch tagsüber nicht. Frau Jacobi war den Zieheltern empfohlen worden. Samstags, auf dem Rückweg ins Bergische Land, verwandelt sich Lili während der Zugfahrt wieder in Lilith, für die nur dem Schein nach in alles eingeweihten Zieheltern.

Drei Schwäger haben in der Zwischenzeit das Familiengeschehen erweitert. Als Erster kam Werner Simon ins Spiel, Lisbeths Gatte, der erfolgreiche Unternehmer für elektrische Geräte aus Wuppertal. Werner Simon ist neben Onkel und Tante eine Autorität und immun gegen Liliths heischendes Gebaren, wie er ihre Auftritte nennt, wenn sie zu Besuch bei Lisbeth ist. Manchmal gibt er sich gönnerhaft gegenüber der kleinen Prinzessin: Lilith müsse sich noch mausern, meint er, bisschen Futter auf die Raufe. Dann steckt er ihr etwas zu, gnädig, herablassend. Lili ärgert sich und nimmt trotzdem sein Geld, das sie für Schuhe ausgibt, für Noten, für Opernbesuche und für kleinere Reisen mit dem Zug, sie hat »Hummeln im Hintern«. Lili vermutet, dass Werner Simon mit »Mauser« etwas meint, was sich nutzen lässt, und der Brockhaus gibt ihr Recht, mausern leitet sich ab von lateinisch mutare = tauschen. Das ist ihr vertraut, das hat sie längere Zeit mit Vater Adam in Stoffeln geübt. Das schaut sie sich immer wieder gerne an in dem Fotoalbum von Franz Schmitt »Französische Soireen«.

Franz Schmitt nimmt auch an ihrem neuen Leben wieder Anteil, als ihr Leibfotograf. Aus seinen Fotos entsteht die Sammlung »Lili und ihre Schwäger«. Man sieht als Erstes ein Foto mit Lisbeths reserviertem gediegenem Ehemann Werner, wie er gemeinsam mit Lottes Ehemann Heinrich den Arm um Lilis Taille legt, Werner von rechts, Heinrich von links. Und Lili tänzelt ihren berühmten Ausbruch nach vorne, deutet ihren bekannten Ausfallschritt mit der linken Fußspitze an, tippt die vor den rechten Fuß, ganz nach ihrem stets abrufbaren Repertoire, und wieder hält ihr angewinkelter Arm sie im letzten Augenblick davor zurück, sich aus den Armen der Schwäger zu lösen.

Mehr Platz bekommt die Bildfolge mit Heinrich Heisterkamp. Als Ehemann an Lottes Seite ist er für Lilith ein Versuchsobjekt ganz nach ihrem Geschmack. Betört von der kleinen Schwägerin kann er dennoch nicht, »wie er wöllte«, die Familienbande halten ihn an der Kandare, was Lili vor Zudringlichkeiten schützt. Heinrich Heisterkamp hat die gutgläubige Lotte geheiratet, weil er an Lili nicht herankam, glaubt Lili. Glaubt auch Lotte, die es Lisbeth gestanden haben soll. Die Hochzeit mit Lotte habe ihm eine hübsche Nähe zur kleinen Schwägerin gestiftet. Die hätte ihn normalerweise nicht beachtet. Einer wie er, klein, rundlich, unsportlich, wenig Haare und noch weniger Temperament, sei chancenlos bei Lili gewesen. Lotte nimmt hin, was sie nicht ändern kann. Sie scheint sogar noch dankbar dafür zu sein, dass Lilis Glanz auf sie abstrahlt.

Lotte ist tatsächlich aufgeblüht, seit sie die Frau Heisterkamp in Aachen ist. Füllig freundlich und sogar mit einem gewissen Strahlen kommt sie zu Besuch ins Bergische Land. Ohne Lilis Anziehungskraft hätte sie keinen Mann abgekriegt, davon ist Lotte ohne Groll überzeugt. Das Fotoalbum gibt ihr Recht. Franz Schmitt hat das ein wenig inszeniert. »Lili und ihre Schwäger« ist auf dem Albumdeckel eingeprägt und mit einer Banderole versehen, wie zu einer Einladung ins Varieté. Franz Schmitt gibt dezent den Conférencier.

Man sieht Schwager Heinrich, wie auch er den Arm großzügig um Lilis Schulter gelegt hat, sodass seine Hand die Biesen an der Vorderpartie ihres Kleides berührt, wie zufällig.

Auf einem anderen Foto sieht man Lotte, Schwager Heinrich und Lili im Düsseldorfer Hofgarten. Lili hält eine geflochtene Kurzleine in der Hand, eine Art Hundepeitsche, mit der sie auf Lotte zielt, die saure Miene zum Spiel macht. Heinrich lacht, Lili hat einen Fuß vorgestellt, lächelt, auf genau die Art, die Lisbeth auf die Nerven geht. Warum eine Hundepeitsche, das ist nicht mehr erinnerbar. Eine Zeit lang hatte sie diese Marotte. Eine Zeit lang hatte sie auch einen Hund, einen Dobermann, passend zur Hundepeitsche. Das Auftauchen des Dobermanns blieb ebenso ungeklärt wie sein Verschwinden.

Das Glanzstück der Fotosammlung ist eine Folge in drei Bildern: Lili mit Leonies Gatten, ihrem Schwager Albrecht, dem letzten Mann, der sich hineingeheiratet hat in die Kordewan-Sippschaft. Erst nachdem dieser Albrecht als Arzt von der Diakonie ein gewisses Format erreicht hatte, konnten Leonie und er den Schritt wagen, hieß es. Erst dann endlich die Hochzeit. Leonie war da schon über dreißig! Man sieht Lili und Albrecht bei der Hochzeit, die so spät und dann übereilt stattgefunden hat, als sei etwas Kleines unterwegs gewesen. Was für ein Theater um nichts, Leonie bekam nie Kinder.

Erstes Bild: Albrecht und Leonie grüßen als Paar, Lili eilt vom Bildrand kommend hinzu.

Zweites Bild: Lili küsst die Braut.

Dann, großes Foto: Lili gratuliert dem Bräutigam Albrecht mit Temperament und so intensiv, dass Albrecht, wie vom Blitz gestreift, erkennen muss: Leonie, seine frisch Angetraute, ist nur zweite Wahl. Am Hochzeitstag brennt Lili ihrem Schwager Albrecht diese sehnsüchtige Gewissheit ein, und sie ätzt tatsächlich in den Fotofilm ein solch scharfes Strahlen, dass der Bildabzug überbelichtet erscheint. Er habe aber nicht falsch belichtet, darauf besteht Franz Schmitt, Lilis Ausstrahlung sei das gewesen.

Gleich danach bestärkt Leonie ihren Mann in dem Plan, das Heil in Afrika zu suchen, im ehemaligen »Schutzgebiet Deutsch-Südwest«, bei Albrechts missionarischem Bruder in Okahandja. Sie geht davon aus, dass Okahandja ein Ort ohne Opernhaus sein wird, weshalb dort mit Lili nicht gerechnet werden muss. Leonie bereitet sich in aller Eile, aber gründlichst, auf das afrikanische Leben in der Frauenkolonialschule Rendsburg vor. Um ihrem Gatten am Augustineum der Rheinischen Missionsgesellschaft in Okahandja zur Seite zu stehen, und um alles zu tun, was ihren Albrecht aus Lilis Wirkungskreis entfernt.

So sieht das männliche Personal aus, an dem Lili sich übt neben Franz Schmitt. Der steht ihr stets zur Seite, unaufdringlich, wann immer er sich freimachen kann vom Tabakgeschäft. Düsseldorf – Köln ist keine Entfernung mehr. Franz Schmitt ist ihr ständiger Begleiter beim Flüggewerden. Er heftet sein Foto-Auge auf Lili, hält den Finger am Auslöser, will den Moment nicht verpassen, versucht ihr so nahe wie möglich zu sein, er gibt die Hoffnung nicht auf und setzt in dieser Zeit Lilis Strahlkraft ein Denkmal.

Sie ist das *Original.* Wer in ihren *Wirkungskreis* tritt, der verblasst. Für das Gewöhnliche ist sie unerreichbar, es muss schon ein Märchenprinz kommen. Franz Schmitt wartet. Franz Schmitt hat Zeit. Er will keine andere. Er glaubt unbeirrt, à la longue werde Lili erkennen, dass er derjenige ist, den sie sucht: ihr verzauberter Prinz, seit der »Zauberflöte« im Papiertheater.

Als Lili, untergehakt bei Franz Schmitt, ihre neue Bühne in Köln betritt, sie kennt ja noch niemanden hier, und ihr alter Freund ist der beste Begleiter in der neuen Freiheit, da glaubt der sich fast am Ziel. Sie vierundzwanzig, er einunddreißig, gerade richtig, um ein bisschen weiterzudenken, Pläne zu schmieden. Die durchkreuzt aber nun aus heiterem Himmel ein junger Mann: Jochen Hoch, ein farbentragender cand. jur. von den Schlagenden. Der tritt plötzlich auf den Plan, sieht an Franz Schmitt vorbei nur Lili, spürt eine Herausforderung und nimmt sich vor, diese kecke Person auf seine Fechtbahn zu ziehen. Er schmeichelt, lockt, bewundert, und ohne dass er viele Finten anwenden muss, quasi im Handumdrehen, bringt er Lili dazu, die Aufforderung anzunehmen. Sie gibt frisch und unbekümmert die übermütige und freche Gegnerin auf der »Planche«, wo mit der studentischen Freiheit gleichzeitig das Leben an sich erobert wird, meint sie, sagt das so auch ihrem Freund Franz. Der versucht zu warnen vor den Schlagenden, vor dem Korpsgeist, dem rückwärtsgewandten Unwesen. Er sei selber spießig, altmodisch, rückwärtsgewandt, findet Lili und geht nicht mehr untergehakt mit ihm »wie ein altes Ehepaar«. Sie kann alleine gehen, sie ist erwachsen, kein Gängelkind mehr, was er sich nur einbildet!

Ihr Programm für die nächste Zeit heißt nicht mehr Papageno, sondern Tamino. Und die Probe aufs Leben. Sie fordert diesen Jochen heraus. Dem will sie es zeigen, was genau, weiß sie nicht. Sie nimmt ihre persönliche Fechtstellung ein, den Ausfallschritt, die leicht geöffnete Hand, und Jochen Hoch nimmt die Herausforderung an. Er provoziert zum Angriff. Fünf Einladungen gebe es beim Fechten, erklärt er, einladende Blößen. Man öffnet die Faust, um dem Gegner die Blöße anzuzeigen. Quart, Terz, Sekond, Cercle, Prim.

»Und die Quinte«, fragt Lili, »die berühmte Quinte, wo bleibt die?«, und meint, damit den farbentragenden schlagenden Jochen parieren zu können, »die Quinte ist die Stabilste von allen«, trumpft sie mit ihrem Musikverstand auf. »Kennt man die nicht bei der schlagenden Verbindung? Von Musik, mit Verlaub, keine Ahnung«, spottet sie und befiehlt lehrerinnenscharf: »Hinsetzen, Jochen Hoch, Harmonielehre sechs.«

»Gut pariert, Lili Kordewan«, gibt er zu, »die kleinstmögliche Trefffläche gezeigt, so ist es richtig.« Auf musikalischem Paukboden hat den juristischen Korpsstudenten noch niemand gefordert. Ein bisschen geht ihm das an die Ehre, ein bisschen prickelt es ihm in den Fingern. Finte, Parade. Die Fechtbahn, die »Planche«, das ist sein Terrain. Jochen Hoch sammelt sich, spricht von Mensur und vom Pauken, erklärt den echten Zweikampf mit blanker Waffe, nur mit Hiebwaffen geführt, was ganz anderes als das ziselierende Geplänkel beim Degenfechten, und Lili darf seine Schmisse ansehen, rechts und links über die Stirn gezogen, dort wo dem Teufel die Hörner wachsen. Lili lacht ihren Akkord aufwärts, wirft den Kopf in den Nacken, lacht ihre zwei kleinen Terzen, wie im Tritonus, lacht sich den Jochen Hoch zurecht, verminderte Quinte oder übermäßige Quarte, satanischer

Akkord, Dissonanz, im Mittelalter verboten, schon einmal gehört? Nein. Noch nie. Er gibt sich gerne geschlagen. Auf ein Wortgefecht kommt es ihm nicht an. Ihm ist darum zu tun, dass dieser Bursche verschwindet, mit dem Lili bisweilen untergehakt geht. Der gehört außen vor. Ein Tabakhändler, ein Koofmich, der über schlagende Verbindungen herzieht. Nicht satisfaktionsfähig ist dieser Kerl, der aus dem Hinterhalt agiert und auf den Lili zu hören scheint. Finte, Parade, Angriff, den fast unsichtbaren Gegner zur Blöße zwingen.

Franz Schmitt verschleißt sich. Macht sich lächerlich mit seiner Papageno-Gefühligkeit, tu das nicht, gib dich nicht preis, alles, nur das nicht, nicht mit diesem Schlagenden. Das geht Lili zu weit. Sie nimmt seine Begleitung nicht mehr an. Vermutet den verlängerten Arm der *Eingeweihten:* Überall wird da Verführung gewittert, ständig klingt der Vorwurf hindurch, der cand. jur. sei ein Rechtsverdreher, im Hinterkopf hört sie Mutters Gezeter.

Mit »jetzt erst recht« trotzt Lili sich näher an den feschen Jochen heran, und wenn er des Teufels wäre. Den Franz Schmitt, den braucht sie nur noch, um Jochen Hoch eifersüchtig zu machen. Sie wirft ihren treuen Freund und ihr Papageno-Geheimnis dem neuen Kavalier wie einen Köder hin: Der Zigarrenfranz, der sei einfach ihr Papageno, und, bei aller Verschrobenheit ihrer unausrottbaren Kinderliebe seit dem geheimnisvollen Ereignis »Zauberflöte im Papiertheater«, sie könne nicht anders, die Liebe zu Franz sei für immer.

»Wer ist dann Prinz Tamino?« Lili lässt das offen. Franz Schmitt sei immer dabei, unverbrüchlich. Aber der Tamino? Ach, wer weiß.

Muss das eine Liebe sein, spöttelt Jochen Hoch versuchsweise, hat sich in »Zauberflöte« kundig gemacht, um auf Lilis

Terrain Boden zu gewinnen, jede Finte ist dem Korpsbruder recht. Er lauert auf ihre Antwort. »*Ach, die Liebe*«, seufzt Lili beziehungsreich, »*ich höre das Wort so gerne. Doch, im Grunde, was nützt es mir*, wenn einer sich verzehrt.« Sie verlacht den abwesenden Franz, lacht ihn von sich weg, aber nicht ganz. »Der ist wie ein Bruder, etwas langweilig, kein Temperament. Hat vielleicht zu viel Tabaksoße im Blut, bildet sich manchmal einen blauen Dunst ein, trotzdem«, sie lässt offen, was das für sie heißt.

Jochen Hoch ist auf die Fährte gesetzt. Wenn er etwas kann, dann ist das Rivalität, darin ist er stark, dieser Jochen. Entschieden tritt er an gegen den unsichtbaren Pakt zwischen Lili und Franz Schmitt. »Kindereien«, sagt er und macht das gering. Lili lässt es geschehen. »Stimmt«, sagt sie, »der Papageno ist ein komischer Vogel, aber mit einem gewissen Etwas.« Unwidersprochen lässt sie Jochen Hoch urteilen: »Egal: Einer, der so daherkommt, der ist kein richtiger Mann.«

Er dagegen, Jochen Hoch, das wird Lili bald begreifen, er ist ein richtiger Mann. Mit ihm muss sie rechnen. Und ehe sie nachgedacht hat, im Handumdrehen, geht sie mit ihm, noch im selben Semester, Winter dreißig/einunddreißig. Er setzt sich bei ihr fest. Noch schmeichelt es ihr, noch ist es aufregend bedrohlich, ein schwindelndes, ein wildes Geheimnis. Manchmal bedrängt er sie unschön, und seine Behauptung, das gehöre dazu, dieses Unausgesprochene zwischen Mann und Frau, besonders wenn man jung ist und der Mann ein richtiger Mann. Schön ist das nicht, grübelt sie nachts, für sich allein, in ihrem Zimmerchen bei Frau Jacobi, zum Glück auch tagsüber kein Herrenbesuch. Schön ist es überhaupt nicht, aber muss wohl so sein, obgleich sie sich nicht richtig vorstellen kann, wie das gehen soll. In dem

Punkt waren auch die Schwestern plötzlich verschwiegen, dabei hätten die ja wohl berichten können, wie das ist mit einem Mann. Die Liebe, ach, die hat Lili sich anders vorgestellt. Sehnsuchtsvoller. Wie die *Bildnisarie.* Wie ein Duett.

Jochen Hoch ereifert sich an der *spröden Schönen*, die darf ihm nicht durch die Lappen gehen, zu viel hat er schon den Korpsbrüdern erzählt, eine Niederlage ginge gegen seine Ehre. Der Alte Herr wird zu Rate gezogen, Vater Hoch kennt sich aus im Leben. Hat den Jungen ermuntert, sich die Hörner abzustoßen, der weiß, was zu tun ist und wie. »Zauberflöte«, pfeift er kumpelhaft durch die Zähne, »›Zauberflöte‹ ist ausgezeichnet. Bestes Damenprogramm. Große Oper. Frauen wollen Sehnsucht, Träume, schönen Schein.« Recht hat er, der Alte, gegen Lilis Papageno-Zauber und Papiertheater-Kinderkram, gegen ihre Schwärmerei hilft nur große Oper. Danke, sagt der hoffnungsvolle Spross dem Alten Herrn, der die Karten spendiert, der sich nicht lumpen lässt, wenn es um den Filius geht: Parkett, siebte Reihe, teure Plätze. Sein Junge soll sich standesgemäß die Hörner abstoßen.

Franz Schmitt erfährt von dem Operngang der beiden. Er besorgt sich seinerseits Karten, zweiter Rang, zweite Reihe links. Nimmt das auf sich, von oben zuzusehen, wie Jochen Hoch daherkommt, wie ein Tambourmajor, die Brust mit dem Band, wie ein Rind. So einer ist das. Der schnobert, der brüstet sich mit Lili. Lili in Satin und Samt, so unschuldig, so beschwingt, so durchsichtig verrucht. So eine hat der Jochen bisher noch keine gehabt. Auch das kann jeder sehen. Und im zweiten Rang leidet Franz Schmitt.

Lili notiert in ihrem Album für Musikerlebnisse: »Auftritt Tamino. Strahlend. Groß. Beweglich. Im Auftreten wie in der Stimme. Mit exzellenter Innigkeit, auch im Piano. Dieses Piano! Leicht nimmt er die Sehnsuchtshöhen. Pure Verzweiflung liegt in seinem Verzagen. Jubilierend seine Verzückung. Er tritt auf, und der Bühnenraum ist gefüllt. Tamino zieht das Publikum zu sich heran. Tamino! Bei seiner Suche steht er dort oben allein, als gäbe es nicht das atemlos lauschende Parkett, die reglosen Menschen in den Rängen. Tamino ist schmerzhaft allein. Mir so verwandt, dass mein Herz sticht. Ich musste es festhalten.«

Jochen Hoch beginnt zu begreifen, was Musik anzurichten vermag, er spürt Lilis Verlangen nach etwas sehr Starkem, sieht, natürlich, ihre Hand auf ihrem Herzen. Franz Schmitt im zweiten Rang beobachtet, wie dieser Mensch mit dem zweimal unmusikalischen »och« im Namen, wie der sich sammelt, um Lili näherzurücken.

Sie ist bereit, ihren Prinzen zu suchen, zu finden, zu empfangen, mit ihm den ziehenden Schmerz des Verlorenseins aufzuheben. *Dies Bildnis*. Einen Moment lang überlegt Lili, dass Franz Schmitt solch ein Bildnis von ihr fertigen sollte, lässt sich dann aber wieder forttragen, hinwegschwemmen von der Musik, so wie sie es in ihrem ledergebundenen Poesiealbum für Musikerlebnisse später nachempfindet.

»Es-Dur. Rhythmisch-melodische Seufzer, diese alles Fassbare übersteigende Innigkeit. Die klingende, lebenswarme Gestalt. Noch weiß Tamino auf der Bühne nicht, dass er die Liebe finden wird, aber ich weiß es. Die Liebe hebt alles auf, was vorher war, was ist und sein wird. Mozarts Musik zeigt den Weg. Es-Dur, die Tonart des glücklich erfüllten, von reiner Zuneigung erfüllten Augenblicks. Ich erfahre Es-Dur am eigenen Leib. Werde davon umfangen, durchdrungen, möchte die Arme ausbreiten, diese Töne festhalten, Tamino geleiten. Er hat das spüren müssen, meinen Blick, und wie ich mich über den Orchestergraben hinweg in seine Pamina verwandelt habe. *Dies Bildnis.*«

In der »wunderbaren Sextgebärde« umfängt er sie, nein, umfängt noch nicht, alles ist nur »unsagbare Wehmut«, die sich »bedeutungsvoll in einen Kadenzvorgang öffnet.« Tamino singt *Ich fühl es* in Lili hinein. Die Harmonie gerät ins Fließen. Jochen Hoch dicht neben Lili. Franz Schmitt beobachtet von oben aus dem zweiten Rang. Tränen steigen auf, werden im letzten Moment vom Dominantseptakkord aufgehalten. *Ja, ja, die Liebe ist's allein!*

Später in einem Brief an ihre »lb. Schwester Leonie« beschreibt sie dieses außerordentliche Opernerlebnis. Vom Ausgang des Abends schreibt sie nichts.

Für Jochen Hoch ein völlig anderes Erlebnis: Hoffentlich wird das Ergebnis den Einsatz wert sein, denkt er. Denkt auch: ziemlich gefühlig das alles, aber mit Musik ist diese Lili zu erobern.

Im Musiktagebuch heißt es: »Taminos Liebeserkenntnis bleibt in der Schwebe, im Trugschluss, der überschwänglich, aber noch immer unbegriffen keine Auflösung bringt. Und dann die Generalpause! Um endlich in die tonale Erfüllung zu münden. *Und ewig wäre sie dann mein.*«

Mit dem Ende der *Bildnisarie* beginnt vor Lilis rechtem Auge ein Punkt zu tanzen. Flimmert strahlend hell. Verschwindet und wandert wieder durchs Blickfeld, heller als davor. *Kündigt die Königin an.*

Jochen Hoch merkt davon nichts. Er harrt aus unter der Musik. Der hellstrahlende Punkt vor Lilis rechtem Auge sendet Lichtblitze aus, leuchtet Zacken ins rechte Blickfeld. Mit dem linken Auge sieht sie um das grelle Flimmern herum auf die Bühne, wo die Königin der Nacht sich vor der verzweifelten Pamina zur Koloratur anschickt. Als der Schmerz in Lilis Kopf zusticht, spitz wie mit dem Stilett, ins rechte Auge, durch den Tränenkanal, von innen in die Schläfe und messerscharf den Schädel spaltend, singt die Königin … *bist du meine Tochter nimmermehr* …

Lili presst den Daumen an die Schläfe, drückt den Mittelfinger der rechten Hand neben dem Nasenrücken in die Augenhöhle, drückt fest, als wolle sie ihr Auge herauslösen. Das lindert für einen Moment den scharfen Schmerz.

Auftritt Sarastro. Er, der dieser Königin erst den Mann, dann die Macht und den *Sonnenkreis* raubte, und nun die Tochter.

Lili ist in Not, es würgt sie, sie springt auf, zwängt sich an den Knien der teuren Plätze vorbei. Pamina singt: *Die Wahrheit, die Wahrheit und wär sie auch Verbrechen.* Lili übergibt sich in der Toilette, saure Flecken auf Samt und Satin, übler Geschmack im Mund. Sie wäscht sich hastig. Will nach Hause, in ihr Zimmer bei Frau Jakobi, ohne Aufsehen.

An der Garderobe wartet Jochen Hoch, hält wortlos Lilis Mantel bereit, behält den Aufgang zu den Rängen im Blick, lässt Franz Schmitt keine Chance, wie der da steht, auf der Treppe zum Foyer hinunter.

Was Jochen Hoch denkt, wird er später seinen Korpsbrüdern erzählen: imposante Kulissen und schöne Kostüme.

Wenn nur das Gesinge nicht wäre. Das habe sich hingezogen und gezogen, bis es zu spät war für ein Vorhaben mit Lili nach der Oper, und alle Mühe umsonst. Ihr sei vor lauter Gefühligkeit übel geworden. Er werde das beim nächsten Versuch besser dosieren.

Als der stechende Schmerz zu schwinden beginnt, nach Stunden in ihrem Zimmerchen ohne Herrenbesuch, kommt endlich eine Art Glücksgefühl auf, dass bald, bald, der Schmerz vergangen sein wird, dass sie endlich aus einer schweren Verwirrung heraustritt, wie aus einem falschen Kostüm in einer falschen Inszenierung. Beschämt von dem elenden Schauspiel, das sie abgegeben hat und aus diffuser Dankbarkeit, dass Jochen Hoch sie so fürsorglich nach Hause begleitete, lässt sie eher widerwillig zu, den Jochen Hoch machen zu lassen, wovon er meint, dass es dazugehört.

Nein, schön ist das nicht für sie. Und auch die Scham, die verschwindet nicht.

Franz Schmitt geht ungefähr zur gleichen Zeit ohne Abschied auf Reisen. Drei Jahre Türkei, Orient, Ägypten. Erst 1935 kommt er wieder.

Apropos
1935

Lili Kordewan steigt die Stufen hinauf zum Tabakgeschäft Franz Schmitt Vater & Sohn. Orient-Importeur. Zigarren = Zigaretten = Tabak und Tabakwaren. Seit Neuestem Schadowstraße, sehr gute großstädtische Lage, anders als vorher in der Nachbarschaft von Kordewans orthopädischer Schuhmacherei. Lili öffnet die Ladentür, ein aufsteigender Dreiton glong gling gling empfängt sie und umhüllt sie beim automatischen Schließen mit dem abfallenden gling gling glong, dessen Nachklang den Tabakduft ins Schwingen bringt.

Lili trägt asymmetrisch. Die Baskenmütze zum linken Ohr hinübergezogen, ihre Kostümjacke auf der einen Seite diagonal gestreift, auf der anderen uni brombeerfarben, breites Revers, der Rock ist auf der rechten Schenkellinie bis zum Saum durchgeknöpft. Sie durchschreitet den Raum, als sei sie gewohnt, dass man Teppiche vor ihr ausrollt, gelangt zur Verkaufstheke, lehnt leicht ihre Hüfte an, ein junger Herr erscheint: »Sie wünschen?« Lili legt ihr Zigarettenetui auf die Auslage, ein Perlmuttgehäuse mit Strasssteinen besetzt. Franz Schmitts letztes Geschenk durch Boten vor seiner Abreise. »MANOLI-Zigaretten bitte.« Sie spricht laut und deutlich. Ihre Stimme dringt selbst in diesem Raum, der jedes Geräusch verschluckt, bis in den hinteren Bereich, bis zum Büro des Geschäftsführers. Franz Schmitt jun. muss sich einen Moment sammeln. Seit seiner Rückkehr hat er auf diese Stimme gewartet. Schließlich tritt er aus dem Geschäftsraum, steht hinter der Pfeifenauslage, ganz Contenance, groß, gediegen, elegant.

Er sieht sie an.

»Franz Schmitt«, ruft Lili, »Franz Schmitt ist wieder da«, sie tut überrascht. »Wie schön, dich zu sehen!« Seit Wochen weiß sie von seiner Rückkehr, verübelt ihm halbherzig seine Zurückhaltung. Recht hat er. Trotzdem. Wenigstens ein kleines Zeichen. Gut, der Stolz steht dagegen. Kann man verstehen.

Extra seinetwegen ist sie nach Düsseldorf gekommen. Natürlich auch wegen der Herbstgarderobe, die Mutter Louise ihr schneidern will, und wegen der monatlich einhundertfünfundsiebzig Mark, beim Vater persönlich abzuholen, so ist die Abmachung, seit er ausgezogen ist. Wegen Mutters Bigotterie, wie er behauptet; wegen der Schande, wie Mutter giftet.

Jetzt erst einmal Franz Schmitt. Lili wird herausfinden, ob er noch ihr Freund ist, ihr Papageno-Vogel, der sich ihr entzogen hat, und ihr dann sehr fehlte. Davon war sie besonders überrascht gewesen, wie sehr er ihr gefehlt hat. Sie würde auf der Hut sein müssen. Sie hatte sich seiner zu sicher geglaubt. Nicht noch einmal.

Franz Schmitt begrüßt sie mit einem Handkuss, sie weiß nicht, wie er das meint, ob er sich nähern will, oder ob er sie auf Abstand halten möchte. Er geleitet sie am Ellenbogen beiseite, aber nicht ins Kontor, ins Allerheiligste. Er bittet sie, einen Moment zu warten, nur eben den Mantel, gleich ist er wieder da. »Lass uns etwas an die Luft«, schlägt er vor, nimmt im Vorbeigehen Lilis Zigarettenbehältnis, Perlmutt mit Strasssteinen, von der Theke, es ist wieder aufgefüllt mit den gewünschten MANOLI-Zigaretten; Franz Schmitt lächelt, das Geschenk erkennend, an Lili vorbei. »Geht aufs Haus«, sagt er zum Verkäufer, »bin in einer Stunde zurück.«

Gling gling glong schließt sich die Tür hinter ihnen, Lili summt die Tonfolge mit, sagt »g – e – h«. Sie hat das absolute Gehör. Tänzelt die paar Stufen hinab aufs Trottoir, hakt sich ein bei Franz Schmitt. Er fragt nach ihrem Befinden, sie will alles über seine Reisen wissen, besonders Ägypten interessiere sie. Geplänkel hin und her.

Von diesem ersten Wiedersehen nach drei Jahren werden beide auch später immer wieder gerne und detailgenau erzählen. Ihr Nachmittag im Café Cornelius: Kännchen Kaffee und Windbeutel mit Sahne in Form eines Schwans, ein verschwenderischer Nachmittag nach über drei Jahren Abwesenheit in Sachen Orient, Tabak, Afrika und Ägypten.

Ein Hauch von Ferne hat sich zwischen sie geschoben, hat Fremdheit gebracht aus der anderen Welt, Überdrehtheit bei Lili, verlegene Distanz auf Seiten von Franz. Was mit dem unseligen Opernabend vor drei Jahren beendet worden war, und was davon blieb, das zu benennen umtänzelt Lili lieber und insistiert darauf, alles über Ägypten wissen zu wollen. Doch diesmal bleibt Franz Schmitt fest, das hat er sich vorgenommen: nicht mehr nachgiebig und weich zu sein, wie vor seiner Reise. Nicht noch einmal das Papageno-Geplänkel, die alte Kindervertrautheit. Der Zauber wirkt nicht mehr. Denkt er. Zuerst muss gefragt sein, was mit Jochen Hoch eigentlich war oder noch ist, wer weiß das wirklich bei Lili. Dieser Jochen Hoch mit dem unmelodischen Namen, mit dem doppelten ›och‹, einmal kurz, einmal lang: och – ohch. Ob der auch im richtigen Leben so gewesen sei, will er wissen. »Für seinen Namen kann niemand«, schnappt Lili, »werd nicht gemein, mein Lieber.«

Franz Schmitt bleibt fest: »Der war so einer, der mitnimmt, was er kriegt, der erobert. Und der es fallen lässt, wenn er es hat.« »Was meinst du mit ›es‹«, fragt Lili zurück. Das Gegenfragen hat sie nicht verlernt. Sie hat ihre Stimme geschärft. Was soll sie dem Zigarrenfranz nach diesen drei Jahren erzählen? Dass die Geschichte mit Jochen Hoch genau so war, wie er es vermutet hatte, zum Glück folgenlos? Wenn sie nur an den denkt, wird ihr schlecht, doch was geht den Franz Schmitt das an, »nimm dir nichts raus«, bürstet sie gegen ihr Geständnis an, und gibt schließlich doch zu, ja, sie sei mit Jochen Hoch gegangen, das schon, aber nicht lange. Ein Fant sei der gewesen, ein Blender und Wichtigtuer. Er habe ihrer künstlerischen Entfaltung geschadet. Ein banaler Mensch. Wie recht Franz Schmitt gehabt habe mit dem unmelodischen och und ohch in dessen Namen. Sie fasst mit beiden Händen über das Cafétischchen seinen Arm.

Erst als Schluss war, ja, das sei von ihr aus gegangen, erst da habe sie wieder singen können. Und dann gleich die Pamina! Bei einer Aufführung mit den Besten der Musikhochschule! Professor M. sei nicht ganz von ihr überzeugt gewesen, aber sie werde schon noch beweisen, dass sie das Zeug zur großen Sängerin hat. Bis hin zur Königin der Nacht. Franz Schmitt hört nicht mehr genau hin. Er ist mit den Gedanken hängen geblieben, während Lili weiterredet über ihre Nervosität, den anspruchvollen Professor M. und dieses heikle Organ, was die Stimme sei, und dass dies alles zähle und sich auswirke: Atmosphäre, Gesundheit, innere Verfassung. Besonders heikel dabei die Launenhaftigkeit von Professor M., der ihr, wie gesagt, nicht zutraue, wovon sie durchdrungen sei und wozu berufen: Opernsängerin!

Lili stochert in dem Rest Windbeutel-Schwan auf ihrem Teller, zieht die rechte Schulter hoch, legt den Kopf schief, immer noch Bubikopf, leicht gewellt, die gerade Nase spitzer als drei Jahre zuvor. Ihre Hand legt die Kuchengabel beiseite, greift nach seiner Hand. »Apropos Auftreten«, sagt Lili, »beim Singen ist der Stand von außerordentlicher Bedeutung.« »Und«, fährt sie fort, als wolle sie ihn auffordern oder sich selbst: »Ich brauche dringend neue Schuhe.«

Sie atmet tief ein, für eine kleine Pamina-Einlage: *Freund vergib! vergib! wenn ich dich beleidigte. Du hast ein gefühlvolles Herz, das sehe ich in jedem deiner Züge.* Die Partie beherrscht sie, sie hat bei Professor M. fürs Leben gelernt, und Franz Schmitt hört zu, ist wieder ganz Ohr, ganz Vergebung.

Jochen Hoch sei ein kulturloser Mensch gewesen, keine Tiefe, sagt sie, durchs Examen gefallen übrigens. Mit der Zuckerzange zwickt sie ein Stück Zucker, lässt es in die Dose zurückfallen, beugt sich zu Franz Schmitt und flüstert: »Du hast Recht gehabt. Jochen Hoch war nur darauf aus, Frauen herumzukriegen, das war für den Sport.« Franz fragt nicht, wie das gemeint ist. Beide denken vor sich hin. Migräneanfall in der »Zauberflöten«-Premiere, Schwächeanfall und das mit Jochen Hoch, das sitzt immer noch im Gedächtnis. »Ich bin sehr empfindlich geworden seitdem. Künstlerschicksal«, sagt Lili. »Ich hätte auf dich hören sollen, aber ich bin bockig und noch sehr dumm gewesen, damals vor drei Jahren«, gesteht Lili. Gerührt versucht Franz eine kleine Papageno-Einlage: *Freilich, ich habe ein gefühlvolles Herz, aber was nützt mir das alles?* und, um ihr eine Brücke zu bauen, freundlich: Jochen Hoch sei ihr womöglich wie ein Tamino erschienen, habe sich in ihr Herz eingeschlichen, und sie, als Künstlerin, habe die Bühne mit der Wirklichkeit verwechselt, verwechseln müssen, damals, so wie die Umstände waren. »Nein«, sagt Lili entschieden, mit ihrer ausgebildeten, deutlichen Stimme, »Jochen Hoch ein Tamino? Niemals!« Nicht Jochen Hoch habe sie verführt. Er habe lediglich gut ausgesehen. Mozart habe sie verführt. Sie sei eben verführbar, von einem Klang, von allem, was schön ist, von etwas Großartigem. Sie sei dann nur noch Verehrung. Fanatische Verehrung. Und wisse dann nicht mehr, wie ihr geschieht.

Was das heißt, »von Mozart verführt«, will Franz Schmitt gerne wissen. Und dazu noch »fanatisch«, wie denn das gehe?

Lili möchte lieber aufbrechen als erklären.

Man zahlt und strebt vom Café Cornelius zur »Kö«. Lili tänzelt zwei kleine Schritte auf einen von Franz Schmitt, flattert an seinem Arm neben und vor ihm her, schaut ihn an, von unten, diese kleine energische Person, die entschlossen nicht weiß, was sie will, die sich gibt, als habe sie den Franz Schmitt nie benutzt, nie gering geschätzt, nie gedemütigt, und wenn, dann nur aus Versehen. *Freund vergib*, wiederholt sie. *Vergib, wenn ich dich beleidigte.*

Gutwillig, gutgläubig, bereitwillig, Franz Schmitt wundert sich still. Fragt nicht nach. Nein, willentlich hat sie das sicher nicht getan, seine Lili hat ihn nicht kränken wollen. Seine Schuld, dass er so empfindlich war. Lili hat, was geschehen ist, nicht so gemeint, nicht durchdacht. Franz Schmitt vergibt.

Sie gehen von der Wasserseite der »Kö« zur Flanierseite, wo die Geschäfte sind. Apropos, sagt sie, sie scheint dieses

Wort zu lieben, und das Schuhgeschäft Görtz ist erreicht. Franz Schmitt ermuntert sie, neue Schuhe, das sagte sie doch, der richtige Stand von immenser Bedeutung, damit die Abschlussprüfung gelinge, ja, genau. Franz Schmitt schaut zu, berät, begleicht die Rechnung und genießt, wie Lili sich aufwändig freut und sich bei ihm bedankt. Franz fühlt sich seinerseits beschenkt, so federleicht, wie sie ihn umflattert, leicht wie noch nie. Ihr »Apropos« lässt er sich gerne gefallen. »Apropos unmusikalischer Name. Kennst du die Sache mit Grzezinski?«, Lili karikiert die Aussprache. Franz wartet, hört zu, wie sie noch einmal den Namen vermurkst, vergurgelt, »Grzezinski, der Polizeipräsident in Berlin, der hat gefordert, Hitler mit der Hundepeitsche aus Deutschland zu vertreiben und ihn als unerwünschten Ausländer aus Preußen abzuschieben!« Franz Schmitt lacht. Lili ist empört, dass Franz Schmitt sich amüsiert. Diese Geschichte war alt, er hatte sie kurz vor seiner Abreise vor drei Jahren gehört, und schon damals hatte sie ihm gefallen. Lili, fassungslos: »Grzezinski. Ausgerechnet. Ein Kommunist. Ein polnischer Jude, hört man doch gleich«, wieder bricht sie sich scheinbar die Zunge bei dem Namen, »Grzezinski! Jüdisch beißend, polnisch vulgär.«

Noch ehe Franz Schmitt sich wundern kann über Lilis Eifern, strahlt sie ihn an. »Kein Wort mehr davon. Erzähl lieber von Ägypten. Pyramiden, Tempel, Pharaonen, das interessiert mich viel mehr!« Und Franz Schmitt erzählt gerne: Das Hohe und das Niedrige seien nicht getrennt in Ägypten. Erbarmliches und Erhabenes dicht beieinander. Ziegen und Kamele an den Pyramiden, in Tempeln. Aber auch prächtiges und europäisches Leben in den großen Städten. Das Opernhaus in Alexandria, einfach wunderbar.

Das hätte Lili gefallen. Baumwoll-Reichtum, kurioserweise kein Tabakanbau, sondern nur Handel mit Tabak, weil englisches Protektorat, steuerlich begünstigt gegenüber dem Osmanischen Reich … So genau interessiert das Lili nun doch nicht, sie unterbricht, »Ach ja: MANOLI«, und zeigt, dass sie mitreden kann.

»Ilona Mandelbaum rückwärts gelesen«, weiß Franz Schmitt, »so hieß die Frau des Fabrikanten. Ilona M. = MANOLI, und schon ist man im Orient.«

»Klingt jüdisch: Mandelbaum«, wirft Lili ein, aber Franz bleibt dran: »Architektur-Preise für die Yenidze-Fabrik in Dresden. Trotzdem wurde der Architekt ausgeschlossen aus der Reichsarchitektenkammer, sein Entwurf war nicht genügend germanisch, zu sehr nach dem Vorbild eines Mamelucken-Grabmals. Der wurde sozusagen mit der Hundepeitsche ausgeschlossen«, spitzt Franz Schmitt zu. »Interessant«, sagt Lili automatisch, will nicht unhöflich sein bei diesem spendablen Wiedersehen. »Mamelucken? Interessant.« Sie tut, als hätte sie genau zugehört, will aber lieber hören, dass sie ihm gefehlt hat, will sich vergewissern, dass Franz Schmitt ihr wieder geneigt und gewogen ist wie früher, wieder zu ihrer Verfügung. Der zieht ein Päckchen aus der Manteltasche, ein Mitbringsel für Lili aus Kairo.

»Ist das für mich?« – »Ja, mein Engel.«

Scheinbar in alter Vertrautheit, wieder in ihrem Spiel. Seidenpapier knistert. Eine schmale Figur aus schwarzem Stein, Anubis, die ägyptische Gottheit mit dem Kopf eines Schakals. »Bezaubernd«, ruft Lili aus, »ganz und gar bezaubernd!« »Schwarze Jade«, sagt Franz Schmitt, »sehr selten.« Er gerät in Fahrt, will ausführen, was es mit Anubis auf sich hat, aber Lili fällt ihm ins Wort. Sie erzählt aufgeregt eine wirre Geschichte von einem Hund, von ihrem Hund, dem Dobermann Alex. Sie holt ein Foto hervor. »Die ganze Familie war empört, weil der Hund Alex hieß, wie mein verstorbener Bruder. Kann ich was dafür? Der Hund hieß schon Alex, bevor ich ihn bekam. Vom Stammbaum her. Viele Hunde heißen Alex.« Die Frage, von wem und warum dieser Hund überhaupt, ignoriert sie.

»Wie ähnlich die sich sind, der Anubis und Alex, wie aus dem Gesicht. Wenn man das sagen kann bei einem Hund.« Lili hält die Jadefigur und das Foto nebeneinander. Das Foto habe sie Leonie nach Süd-West geschickt und sogar Leonie habe aus der Ferne von Alex geschwärmt: moderne Rasse, auch in Windhuk und Okahandja sehr geschätzt, wendiger als eine Dogge und leichter auf den Mann zu dressieren, was da unten in Süd-West wichtig sei wegen der Negerbevölkerung.

Lili pfeift das Siegfried-Motiv: da di da dada da didi dadi. Alex sei auf den Pfiff dressiert gewesen. Aber eines Tages habe man ihr den Dobermann gestohlen. Ihr sei nur die Hundepeitsche geblieben.

Sogar ihre Nichte, die Kleine von der dicken Lotte aus Aachen, auch die habe Alex geliebt und dessen Verlust nur verkraftet, weil man ihr schließlich das Foto von Alex mit einem SA-Mann gezeigt habe. Alex wäre nun bei diesem SA-Mann und dürfe immer mitmarschieren, wenn die SA-Männer »Lore, Lore, Lore« singen. Lili zeigt Franz das Foto: Lili und ein SA-Mann am Ulanendenkmal, vor ihnen sitzt der Dobermann Alex wie eine Porzellanfigur, wie Anubis. »Und wer ist der SA-Mann?«, will Franz Schmitt wissen.

»Das ist der, dem der Hund gestohlen wurde. Hab ich doch schon gesagt.«

Tamino
1936

Szenenwechsel. Höchste Zeit, dass Tamino auftritt.

Das erste Hochwasser des Jahres hat ihn in die Großstadt gespült. Er hatte sich von einer vielköpfigen Schlange verfolgt gesehen, er war auf der Flucht vor Geldforderungen, vor missgünstigen Arbeitskollegen und vor einer Frau, die Versprochenes meinte einfordern zu dürfen. Es war, als sei er *der listigen Schlange zum Opfer erkoren. Zu Hilfe! Zu Hilfe! Sonst bin ich verloren!*

So hatte er sich aus dem Staub gemacht, war eines Morgens aus dem Haus, aber nicht zur Arbeit gegangen, hatte sich versteckt und verkleidet, war am Abend nicht mehr zurückgegangen. Anfangs fühlte er sich nicht wohl in seiner Haut, kam sich lächerlich vor, wie *ein Jäger mit einem Bogen, aber ohne Pfeil.* Doch als ihn niemand beachtete und er unter den vielen Arbeitslosen mit seiner Bodenlosigkeit gar nicht auffiel, trat er fester auf. Außer ihm sah niemand das lautlose Untier Angst, dass ihm tagsüber seine Bewegungsfreiheit einschränkte und nachts den Schlaf wegfraß. Je weiter er sich von seiner Vaterstadt Neumarkt entfernte, umso mehr wuchs sein Mut. So gelangte er nach Köln, zur Karnevalszeit.

Als was er denn gehe, fragte der Zimmernachbar aus dem Männerwohnheim. »Wie: gehen?« – »Zum Karneval! Die Verkleidung!« – »Ich geh als unbeschriebenes Blatt.« – »Also nackt?« Die Männer lachten.

Doch im Ernst, das wäre die Rettung: den Namen abstreifen, sich als Prinz ausgeben, unschuldig tun: *wo bin ich?* und abwarten, was geschieht.

Er ließ sich von der Weiberfastnacht verschlingen und nach mehreren Kölsch reifte in ihm der Gedanke, sich als französischer Prinz auszugeben, passend zu seinen neuen Papieren, die nicht mehr auf den Namen Johann Ohne lauteten, sondern auf Jean Aulne. Personenausweis und Führerschein. Es war die Idee des Fälschers, einen Alias-Namen zu wählen, der genauso klang wie der richtige. Das sei Französisch, und im Französischen spreche man »Aul« wie »Oh« aus. Wie in Renault. Das hatte der Fälscher ihm, der kein Französisch konnte, eingeschärft. Man mache weniger Fehler in der Schrecksekunde, wenn es drauf ankommt, und beim Hören sei es egal, wie der Name geschrieben wird. Im Melderegister suche keiner einen »Ohne« unter »Aul.« Der Vorname Jean sei dem Kölner nicht unvertraut, man sage »dä Schäng«, und schon gehöre man dazu. Falls einer blöd frage, woher er komme, könne er was von Metz faseln und dem Wunsch, im richtigen Deutschland zu leben, im Reich, und so weiter, und damit ablenken von dort, wo man ihn suchte.

Ich bin Prinz, prunkte der neu besaitete Jean Aulne bei seiner ersten Bekanntschaft an Weiberfastnacht, ohne Mozarts »Zauberflöte« zu kennen. *Mein Vater ist Fürst, der über viele Länder und Menschen herrscht.* Die Frau lachte sich kaputt.

Angeberei war ihr in vielen Variationen geläufig. Der mit dem Kölner Karneval und seinem neuen Namen unvertraute Jean Aulne fürchtete, durchschaut zu werden und betrank sich sinnlos, versackte, verlallte seinen Versuch, Herr der Lage zu bleiben. Irgendwann hieß es »Lommerjonn«. Er habe das für den Namen einer Kneipe gehalten, wie er später zum Besten gab, und nicht für die Aufforderung, mit der Frau auf ein Zimmer zu gehen. Er landete irgendwie also bei dieser lauten Frau, die ihm was ins Getränk getan haben musste, denn anders konnte er sich nicht erklären, wieso er erst am Rosenmontag wieder zu sich kam. Ein dummes Versehen von ihm aus. Die Frau war es nicht wert gewesen, klagte Jean Aulne im Nachhinein. Eine gebrauchte Frau war das, im schlechtesten Sinn, all sein Geld futsch.

Irgendetwas war da gewesen, sein Kopf brummte. Und als sich der Karnevalszug mit Kölle Alaaf und Heil Hitler aufgelöst hatte, war er durstig. Später, gegenüber Lili, nannte er Schicksal, was dann kam: Hatte er sich nicht *in fremde Gegenden verirrt*, und habe ihn nicht wie von Zauberhand etwas auf den Künstlerball geführt, dorthin, wo er Lili fand?

An eine Säule gelehnt, am Rand des Tanzgeschehens, verwandelte sich allein durchs Zusehen der noch ungeübte Jean Aulne, ein Prinz Ohneland. Hochgewachsen und schlank, ein Gesicht wie gemeißelt, hohe Stirn, graugrüne Augen, gerade Nase, ausdrucksvoller Mund. Die welligen dunklen Haare im Männerwohnheim vorm Spiegel mit Zuckerwasser nach hinten gekämmt und gebändigt.

Er imponierte als Schweiger. Er beobachtete, wollte dazugehören, ohne dass jemand seine Angst bemerkte. Erst nach Mitternacht gestattete er sich den Gedanken, wieso nicht er derjenige war, der die junge Frau im Arm hielt, die er von Beginn an mit dem Blick zu halten versucht hatte. Man sah doch gleich: Diese Prinzessin passte nicht zu ihrem Begleiter, zu diesem komischen Vogel.

Prinzessin Lili lachte und redete laut, ließ ihre Augen mit den großschwarzen Belladonna-Pupillen schweifen, gewährte dem Franz Schmitt im Vogelkostüm, sie im Arm zu halten. Der war ein guter Tänzer, das musste der sehnsüchtige Fremde ihm lassen. Franz Schmitt schien nicht zu merken, dass Prinzessin Lili in seinen Tanzarmen nach einem Tamino Ausschau hielt, sehnsüchtig entschlossen, irgendwann endlich und für immer sagen zu können: *Er ist's.* Der Zigarrenfranz, das war Lili klar, der konnte es nicht sein. Sie übte nur an ihm, auch jetzt wieder.

Bei Männern, welche Liebe fühlen, fehlt auch ein gutes Herze nicht …

Den ganzen Abend schon tanzte Prinzessin Pamina mit ihrem Papageno an diesem Unbekannten vorbei. Er fiel ihr auf, wie er da an der Säule lehnte, wie er nur die Augen bewegte, den beiden entgegensah und sie, Lili mit dem Blick festhielt: *Die süßen Triebe mitzufühlen ist dann der Weiber erste Pflicht*, und beim Vorbeitanzen spürte sie seinen Blick im Rücken: *Wir wollen uns der Liebe freun, wir leben durch die Lieb' allein.* Noch lachte sie ihren Vogelfänger an, meinte ihn aber schon nicht mehr, strebte dem Unbekannten entgegen: *Die Lieb' versüßet jede Klage.* Mit dem wollte sie die Schuhe zertanzen, die sie mit Franz Schmitt gekauft hatte. Lili lachte ihren Tänzer spöttisch-vertraut an, ihr kokettes Dominant-Septim-Lachen, das perlte an ihm vorbei in den Raum: *Mann und Weib und Weib und Mann reichen an die Gottheit an.* Sie strahlte ihn so verschwenderisch an, dass es bis zu dem Anderen hinreichte. Papageno bemerkte nicht

Paminas Blicke auf den Säulen-Prinzen. Franz hatte sich blind und stumm geliebt an der Prinzessin.

Der Unbekannte, dieser Hans Ohneland, der streifte mit seinen grüngrauen Augen Lilis Blickbahn entlang, glitt durch ihre feuchtglänzenden Augen, durch die Belladonna-Pupillen einen nie zuvor gefühlten Augenblick lang *in ihr Herzenskämmerlein*. Unversehens verwandelte sich für Lili der Künstlerball im Kölschen Karneval in große deutsche Oper.

Prinz Tamino mit seinem waidwunden Herzen, verirrt im Dickicht der Großstadt, spürte kaum noch das knappe Entrinnen, sah vor sich nur die Gewissheit: *Sie ist's*. Was sollte jetzt noch seine Tätigkeit als Reisender in Sachen Elektrik und Wärme? Hier jetzt vor ihm tanzte diese Verheißung an ihm vorbei, immer wieder, als meine sie keinen anderen als nur ihn. Ach, wenn doch diese Prinzessin im Arm des komischen Vogels ihrerseits spürte: *Er ist's, ich glaub es kaum …*

Jean Aulne hatte sich an die Unbekannte geheftet, war ihr und ihrem Tänzer gefolgt am Ende der Ballnacht, um zu sehen, ob sie in festen Händen, ob der komische Vogel mit ihr ins Haus. Der aber war nicht mit hineingegangen, weshalb er, aus seinem Nichts kommend, dort herumstrich, auf eine Begegnung hoffend. Der Severins-Kirchplatz schien ihm geeignet, und siehe da, am Samstag nach Aschermittwoch erfüllte sich seine Hoffnung. *Wo bin ich? Ist's Fantasie, daß ich noch lebe? Oder hat eine höhere Macht mich gerettet?* Der Alp, der seinen Schultern aufsaß und nachts seine Brust zusammenpresste, verflüchtigte sich.

»Was für ein Zufall!«, rief Lili froh. Woher er komme, wohin er gehe.

Ein französischer Prinz? Woher denn genau, insistierte sie.

»Jetzt bin ich hier«, sagte er. »Was ich mache? Wozu ist das wichtig?«, fragte er zurück. Und der Name? Ja, den wolle er ihr gerne sagen, wenn auch sie ihren verriete.

»Lili Kordewan? Klingt wie ein Geheimnis.«

Ein Unruhename, sagte Lili. Ziegenhirten aus Portugal seien vor Zeiten nach Osten gezogen, weil sie Sehnsucht hatten und Raum für ihre Herde brauchten. Wurden Lederhändler im spanischen Cordoba und sehr viel später Schuhmacher in Düsseldorf. Kordewan heiße: aus Cordoba kommend.

Interessant, meinte der Unbekannte, auch in seinem Blut sei nomadische Unrast. Lothringen, Zwischenland, immer in Bewegung. Und leider müsse er gleich wieder weg. Ein Auftrag.

Interessant, fand Lili. Fragte nicht nach Herkunft, und wo er denn, ohne herzeigbare Adresse. Fragte sich eher, wie das denn weitergehen könne, wollte von ihm wissen, ob sie sich, na ja, vielleicht einmal auf einen Kaffee, zum Beispiel.

»Wir könnten uns postlagernd schreiben«, schlug er vor, »bin viel unterwegs in Sachen Elektrik und Wärme, künstliche Wärme ist mein Spezialgebiet. Leider noch ohne vorzeigbare feste Adresse.« Er habe ja nicht mit dieser zauberhaften Begegnung rechnen können, sagte er. Briefe, postlagernd, Jean Aulne, Hauptpostamt Köln, das sei eine gute Möglichkeit, fand er und schon war er fort.

Das ist der Beginn der Prüfung, glaubte Lili und ließ sich umstandslos darauf ein. Noch am selben Tag, postlagernd, ein Kartengruß.

Und postlagernd erdichteten sie sich ihre Liebesgeschichte. Um die Welt aus den Angeln zu heben, verliebt wie noch nie.

»Mein liebes kleines Lausemädel!«

»Mein lieber Lausebengel!«

Kosenamen hin- und herschwirrend glaubten sie sich den anderen zurecht. Lili trug fast täglich Botschaften zum Hauptpostamt, hoffte, ihren Prinzen dort zu treffen, hinterlegte Briefe für ihn, sah im eigenen Briefkasten mehrmals täglich nach, ob von ihm etwas … Überall schien es laut und deutlich zu flüstern: *Ich fühl es. Er ist's.*

Schriftlich mogelten und tasteten sie sich aneinander hin, schrieben über Unpässlichkeiten und Missgeschicke, die unbekannte Kräfte wie Kulissen vor ihr Glück zu schieben versuchten und hinter denen etwas ausgehandelt wurde, das die beiden Liebenden hinderte, zu tun, was sie eigentlich vorhatten. Sein schlimmer Husten machte, dass sein Brief »nicht auf dem erwarteten Niveau« zu sein vermochte.

Sie konnte wegen »körperlicher Malaisen leider nicht«, man erfährt da nichts Genaues, »der Arzt musste bemüht werden, welcher Überarbeitung und Nervenschwäche konstatierte.«

Der schöne Prinz war auch im nächsten Brief noch nicht wieder »auf der Höhe. Zwar ist der Arzt mit dem Abklingen der Grippe zufrieden – nur mein Aussehen ist alles andere als ideal, ich soll mich noch schonen.«

Sie: »Da ich auch noch nicht wieder ganz gesund bin, war ich heute nochmals beim Arzt. Ich habe ein Eisenpräparat aufgeschrieben bekommen zwecks ›Mastkur‹. Erschrick nicht – ich wiege (mit Verpackung) 106 Pfund und habe also seitdem wir uns kennen etwa 5 Pfund abgenommen!«

So erklärten sie sich aneinander hin, machten sich attraktiv, dachten sich »ohne Verpackung«, machten sich den Mund wässerig, sahen den schönen Morgen ihrer Liebe anbrechen.

Wenn nur erst die Neue Zeit ohne Kölle Alaaf und nur mit Heil Hitler, ja dann. Das ersehnte Eigentliche vor den Kulissen des Großen Ganzen, vom Führer persönlich entworfene Bühne. Und das »Eigentliche des Seins« wurde dann sogar greifbar: ein ausführliches Picknick bei Himmelgeist am Rhein, ein Nachmittag im Wald bei Grafenberg. »Bei wirklicher Liebe wie unserer muss man sich nicht schämen für unbedingte Hingabe, frei von Sentimentalität«, beteuerte er schriftlich nach diesen Erlebnissen. Und Lili machte sich postlagernd frei von ihren Bedenken: »Das Neue benötigt Mut und eine Kultivierungszeit. Auch wenn nicht alles schön ist zu Beginn, bei guter Bewirtschaftung wird es gedeihen.«

Er ermunterte sie, auf ihn zu bauen, er legte sich ins Zeug, sie müsse bei ihm bleiben, sie sei seine Rettung, seine Lebensversicherung. »Man braucht sich nicht zu schämen, wenn man sich als Teil des Großen Ganzen versteht.« Diesen Ton liebte sie. Unverzüglich jubelte sie in einem Antwortbrief ihm entgegen: »Eigentlich ist es doch alles ganz selbstverständlich, wenn man sich ganz gibt und weiß, dass auch der andere Mensch ein Ganzes, sich selber gibt«, und sorgte erfindungsreich für heimliche Treffen, quasi zwischen den Kulissen ihres Alltagslebens, wo sie Szene für Szene ihr kleines Laienspiel übten.

Ist es Traum oder Wirklichkeit, er wusste es oft nicht mehr. Da war ihm eine in den Schoß gefallen, die ihn größer machte, als er war, die entschlossen war, ihn zu lieben, die glaubte, den gefunden zu haben, den sie schon immer gesucht hatte. »Ohne Rückversicherung, du oder keiner«, beteuert sie ihm, »die Spießer können mich mal.« Und alle Einwände aus ihrem bisherigen Leben trotzte sie beiseite.

»Gab es nicht einen vor mir?«, interessierte er sich.

Ja, ja, einen Jochen Hoch habe es gegeben, leider, aber innerlich sei sie unberührt geblieben. Mit Jochen Hoch, das sei nur äußerlich gewesen.

»Und wen noch?«

Einen Freund, Franz Schmitt, wie ein Bruder.

Nur er, Jean Aulne, ihr lieber Johnny, *er ist's* …

Mit ihm verbringt sie in der Eifel in einem kleinen Hotel für Geschäftsreisende seinen dreißigsten Geburtstag, die ganze Nacht, und löst damit das Versprechen ein, das sie mit verruchter Tief-Stimme während der Autofahrt bei geöffneten Fenstern im Fahrtwind vorgetragen hat, denn auch das Alto-Register beherrscht sie: »Johnny, wenn du Geburtstag hast, bin ich bei dir zu Gast, die ganze Na-acht«, und daher ab jetzt der Name, Johnny und Lili.

Jetzt, wo es beschlossene Sache war, sorgte Lili mit ihrem Temperament dafür, dass er alle Sorgen vergaß, sich ihr überantwortete, bis ihm schwindelig wurde. Blindlings ließ er sich treiben und anlanden, wenn er bei ihr war. Anfangs blieb er oft über Nacht. Blieb allerdings auch oft verschwunden. Tagelang unerreichbar. Ohne Adresse. Tauchte unvermutet wieder auf, hatte kein schlechtes Gewissen, nicht mal einen Anflug.

Lili schluckte, aber rechnete nicht auf, trug nichts nach. Liebte ihn und glaubte an die Liebe: »Deine Freude an mir ist meine größte Freude. Und wenn die Welt in Stücke fällt.« Das brachte den Jean Aulne in Geständnislaune. Erstaunt hörte sie, dass er Hans Ohne hieß, genauer: Johann Ohne. Aus Neumarkt in der Oberpfalz. Ein Geheimnis, nur für sie gelüftet, niemandem sonst, kein Wort, bat er, von sich selbst erschrocken. »Versprochen.«

Durch den großen Sohn seiner Heimatstadt sei er, Johann Ohne, quasi voraus-prädestiniert für die Neue Zeit.

»Den großen Sohn?«

»Dietrich Eckart. Auf den ist man stolz in Neumarkt. Mein Vater hat ihn persönlich gekannt.«

»Dietrich Eckart? Von ›Deutschland Erwache‹?«

»Genau der!« Johnny überließ Lili nicht das Wort, sie sollte sein Wichtiges nicht mit ihrem Überschwang ersticken. »Man schätzte in unserer Familie den Dichter Dietrich Eckart fast so sehr wie Hitler. Er hat uns unsere Größe wiedergegeben.« Das wusste Johnny von seinem Vater, von Ehrenreich Ohne.

Johnny erzählte lieber nichts von seiner Großmutter, von der Magd Auguste Dorothee Ohne aus Neumarkt mit dem unehelichen Sohn Ehrenreich. Im Kirchenbuch lautete der Eintrag zur Geburt dieses Kindes: Kindsvater angeblich Ludwig Brucka, anderweitig kopuliert. Und weil der ein Ehrenmann war, wurde das Kind auf den Namen Ehrenreich getauft. Das verschwieg Johnny. Er sagte nur: »Mein Vater war persönlich bekannt mit Dietrich Eckart, mit dem, der uns die Ehre zurückgegeben hat.« Was Johnny damit meinte, führte er nicht aus, plauderte mehr vor sich hin, dass dieser visionäre Dichter bald nach dem Marsch auf die Feldherrnhalle verstorben sei, dass aber sein Vermächtnis in der Familie Ohne hochgehalten werde. »Dietrich Eckart hat dargelegt, dass die anderen im Unrecht sind, dass man nichts auf sich sitzenlassen darf. Deshalb war er ein ganz Großer, ein Freund von Adolf Hitler. Und von Ehrenreich Ohne.«

Lili nickte und glaubte gerne. Glaubte Johnnys Nähe zu einem Großen. Wie gut das zu ihm passte. Sie hatte das vom ersten Augenblick an gespürt. Ob Jean Aulne oder Johann Ohne, egal, letztlich der gleiche Name. Jetzt war er ihr Liebster, ihr Johnny, ihr Prinz. An der Rampe ihrer Lebensbühne mit der schön gemalten großen Zukunft als Kulisse, so blickten beide entschlossen nach vorne. Malten sich aus: er der Ernährer, sie die künftige Mutter seiner Söhne.

Wenn er erst von der anderen freigekommen sein wird, was aber noch gestanden werden musste. Johnny war ja bereit, die Zukunft zu zwingen. Konnte sich das gut vorstellen mit Lili an seiner Seite. Die hatte etwas Unbescheltbares, die hatte eine Drachenhaut, wie der große Sohn seiner Vaterstadt. Auch sie ließ nichts auf sich sitzen, ließ gar nichts erst auf sich kommen. Und nichts auf ihn.

Sie ist's, ich glaub' es kaum. Ehe er sich hatte umsehen können, war er in der Zauberoper. Lili hatte ihn verwandelt, es gab keine Trennung mehr zwischen Traum und Wirklichkeit. Sie waren dabei, sich in den Hohlräumen der Neuen Zeit ein Nest zu bauen. Schnell wagte er sein zweites Geständnis: dass da eine gewesen war. Eine Frau Ohne. Und noch immer war. Ein Versehen von ihm, nein, ein Betrug seitens dieser Frau. Vorspiegelung falscher Tatsachen. Schwangerschaft vorgetäuscht. Heirat erschlichen. Schlimme Erfahrungen.

Hier und heute aber, ihr, seiner Lili, seinem Lausemädel das alles zu offenbaren, das sei die größte Prüfung in seinem bisherigen Leben. Sie möge sein Geständnis als Auszeichnung verstehen, als Geschenk seines Vertrauens in sie. Sie möge das als Grundstein nehmen für ihre gemeinsame Zukunft, fügte er im mutigen Brustton hinzu. Und sie fühlte sich erwählt, sie war beglückt. Ehe ihn nun noch ein drittes Geständnis überkam, dass da mit der anderen Frau auch zwei kleine Söhne, da war es schon wieder Zeit, sich zu trennen. Sie durften kein Aufsehen erregen, sie fühlten sich wie in geheimer Mission. Es war Weihnachtszeit. Sie nahm fraglos hin, dass sein Expertentum in künstlicher Wärme quasi einer geheimen Mission gleichkam. Diese gemeinsame Aufgabe, noch konturenlos, aber groß, die zerstreute alle Bedenken.

Sie vereinbarten, sich an Silvester, gleich nach Mitternacht, zu schreiben. Und so lauteten die verabredeten Neujahrsgrüße vom 1. Januar 1936:

Mein lieber, geliebter Johnny!
Mein liebes, kleines Lausemädele!
Das wünsche ich Dir im kommenden Jahr,
dass Du nur gute Erfahrungen machst,
Jetzt konnte ich den Brief wegen lauter
Störungen nicht zur vereinbarten Zeit anfangen.
Denn nur durch gute Erfahrungen wird man
gescheiter, das gilt bei Dir und bei mir.
Es war ein Firmentreffen angesagt zum
Zweck einer persönlichen Verbrüderung.
Ich hoffe, dass wenn wir beide gemeinsam
unseren Karren durch Dick und Dünn ziehen,
dann wird's schon gehen.
Es gab eine tolle Sauferei, die sich zu
meiner nicht besonderen Freude bis heute
früh um 4 Uhr ausdehnte.
Ich wünsche Dir viel, viel Freude und
dass Du alles überwinden kannst –
Zweimal machte ich den Versuch mich zu
drücken, aber immer wieder wurde ich
darf ich Dir helfen?
Mit Hallo an den Tisch zurückgebracht.
Und wenn Du viel von mir forderst,
machst Du mir eine große Freude.

So kam ich leider nicht in den Genuss
Deines sicher auf mich wartenden Briefes.

Ich fordere das auch von Dir zurück.

Wenn's nach mir ginge, kämest Du im
nächsten Jahr nicht zur Besinnung vor
Überraschungen.

Dein kleines Mädele

Dein Lausebengel

Für Lili gab es eine einzige große Überraschung. Sie war in eine Bredouille geraten. Wegen ihrer Natur. Wegen ihres Temperaments. Wegen Johnny. Sie wartete unruhig, dass die sonst eher lästigen »Frauengeschichten« einsetzten, doch ihre Tage blieben aus. Außer sich, ratlos, dann aber wild entschlossen, jedes radikale Mittel zu probieren. Zuerst wandte sie sich an Leonie. Telefonisch. Nur zum Vorfühlen, ob überhaupt eine Möglichkeit. Leonie lebte wieder in Deutschland, in Mannheim, mit ihrem Albrecht, dem Arzt, Deutsch-Süd-West war nichts für sie gewesen. Vater Adam hatte für den jungen Arzt Kalenborn über seine Kontakte eine plötzlich vakant gewordene Praxis in der Neckarstadt aufgetan. Das ging ja schnell zu der Zeit, wegen der neuen Gesetze. Bestimmte Ärzte durften keine arischen Patienten mehr behandeln. Leonie und Albrecht befanden sich also unerwartet im Umbruch und Leonie hatte keine Zeit. Lili sah das vor sich, wie Leonie mit ihren damenhaften Allüren Praxis und Ärztehaushalt einrichtete. Kein Zuckerschlecken, sie dabei zu unterbrechen.

Trotzdem. Lili schob eine Freundin vor, eine Seele von Mensch, aber leider etwas dumm. Die Freundin habe sich aus Angst, den Mann zu verlieren, in eine äußerst prekäre Lage gebracht. Ob nicht Albrecht eine medizinische Empfehlung oder gar eine Adresse. Leonie solle doch bitte einmal bei ihm vorfühlen und Fürsprache einlegen, bitte, dringend. Die pikierte Leonie sagte nur dem Schein nach zu. Ihre Antwort stand schon fest und kam postwendend:

»M. lb. Schwesterchen,

es tut mir sehr leid für Deine Freundin. A. ist kein Engelmacher. Er muss das Ansinnen entschieden zurückweisen. Das steht unter Strafe. Sie kann von Glück sagen, dass A. nichts zur Anzeige bringt. Das hat sie meiner Fürsprache zu verdanken, das kannst Du ihr ruhig sagen, denn eigentlich ist A. dazu verpflichtet.

Herzl. Deine Leonie.«

Lili wünschte, das kaum begonnene Jahr wäre schon vorbei, irgendwie vorbei. Oder gar nicht erst geschehen. Sie war froh, dass Franz Schmitt sie ab und zu aus der Tristesse holte, Stadtbummel, Kö oder Kino, ganz wie sie wolle, meinte er. Ach das tat gut. Er hatte gehört, ein Professor M. sei nach dem ›Gesetz zur Wiederherstellung des Berufsbeamtentums‹ entlassen worden. Lilis Professor M.? Lili hatte andere Probleme, Professor M. gehörte nicht dazu. Der hatte ihr gesagt: schöne Stimme, nur zu klein für die Oper, kein Volumen. »Entlassen, weil er Jude ist«, schien Franz zu wissen. »Glaub ich nicht«, wehrte Lili ab, »dass er Jude war, fiel doch gar nicht auf«, ging dann aber ins Detail: »Obgleich, nachträglich gesehen, er hat manches ins Lächerliche gezogen. Das wäre typisch.« Sie wundere sich eigentlich nicht. Prof. M. habe manchen abgekanzelt, vor versammelter Mannschaft! Nein, wo er jetzt sei, wisse sie nicht. Interessiere sie auch nicht.

Franz Schmitt wunderte sich über Lili, spürte, dass etwas sie drückte, fragte und begriff, wie es um sie stand. Genau das hatte Franz Schmitt befürchtet. Nicht groß darüber reden, einfach handeln. Schnell. Diskret. Er wünschte sehr und nicht uneigennützig, dass diese Geschichte schnellstmöglich ins Reine gebracht würde. Fand einen Arzt in Bad Pyrmont, der sofort verstand. Der wusste, wie Lilis Neurasthenie, Neuralgie und die besondere Ursache für ihre Nervenschwäche zu behandeln waren. Franz Schmitt stand ihr bei, Franz Schmitt zahlte.

Hinter seinem Rücken schrieb sie einen Brandbrief an Johnny. Seit dem Neujahrskärtchen mit Besäufnis hatte sie nichts mehr von ihm gehört:

»Kein erhebendes Gefühl, so auf der Folter zu sitzen, auch weil von Dir nichts mehr kommt. Habe leichtes Fieber. Nach mehreren Konsultationen heute Nachmittag die Entwarnung! Meine Krankheit war sehr heftig. Innerlich sehr erleichtert! Wo bist Du? Noch zwei Tage schonen, dann komme ich zurück. Immer Dein Mädele.«

Bei der Rückkehr endlich ein Brief mit seiner Handschrift im Kasten. Vermutlich persönlich eingeworfen. Der Absender mit dem Tarnnamen »Rosemarie Sinzig« signalisierte höchste Geheimhaltung.

»Mein liebstes Mädele, Du armes Wurm, ich wünschte, Du hättest wenigstens ein bisschen Freude mit mir erlebt. Ich gebe zu, ein Riesenrindvieh gewesen zu sein, aber manchmal kann man beim besten Willen nicht gegen die Natur an, schon gar nicht bei Deinem Temperament! Nun hattest Du solche Stunden und Tage der Angst! Und ich konnte Dir nicht helfen! Ich konnte nicht anders handeln und werde Dir, wenn die Zeit gekommen ist, alles erklären.« Seine Worte, seine Schrift heilten sie auf der Stelle. Verziehen das Entbehren und Bangen.

Flüssige Masse
1937

Mit der Abtreibung war etwas geschehen, was Franz Schmitt später, sich erinnernd, dazu brachte, distanziert und nicht mehr im aufgeregten Gegenwartston, von Lili zu erzählen. Er mochte sie noch immer von Herzen, aber in einem Extra-Herzenskämmerlein für unerledigte Angelegenheiten. Er hatte begriffen, dass Jean Aulne sich bei Lili festgesetzt hatte, und dass er das hinnehmen musste. Von da an nahm Franz Lilis Werdegang begleitend in Augenschein, aber er loderte nicht mehr, auch nicht auf seine stille Art.

Ungern schlug er Lili etwas ab, aber er hatte sich verboten, weiterhin auf ein Scheitern der unheilvollen Affäre zu warten. Seine Weigerung im Jahr siebenunddreißig, Lili und damit ihren schattenhaften Geliebten durchzufüttern, kostete ihn eine gewisse Anstrengung. Er gestattete sich nur, in Reichweite zu bleiben. Er war diskret. Lili ihrerseits wollte ihn nicht missen, und davon lebte ihr »Jour fixe«: einmal im Monat »konditern« oder, bei schönem Wetter, raus an die frische Luft. Franz Schmitt hatte immer sein Fotogerät dabei, machte Aufnahmen von Lili, die sie über alle Zeiten aufbewahrte. Man sieht eine schick gekleidete junge Frau mit glänzenden Augen, stets »up to date«, lebhaft und kapriziös posiert sie vor der Pegeluhr an der

Düsseldorfer Rheinpromenade, am Märchenbrunnen im Hofgarten, zwischen Lämmern auf den Rheinwiesen, oder auch beim Schwanenmarkt die »Ballwerferin« nachahmend. Immer eine strahlende Lili.

Nur Franz Schmitt wusste von Lilis großer Liebe zu Johnny. Niemand sonst durfte es wissen. Ein Verhältnis mit einem verheirateten Mann, das war strafbar, das hätte Lilis Referendarium und den sicheren Weg in den Staatsdienst beendet. Als Künstlerin war sie nicht etabliert, vom Gesang allein hätte sie nicht leben können.

Die Treffen mit Franz Schmitt beglückten Lili, ohne dass sie sich eingestand, wie sehr. Für Geldmittel ging sie ihn aber nicht mehr an. Sie bat andere Leute, für sie etwas flüssig zu machen. Die sorglosen Zeiten waren vorbei, wenn sie jemals da gewesen waren. Mit dem Geliebten hatte sich ihr Geldbedarf verdoppelt. Johnny hatte nichts. Aber »flüssige Masse« war die Nährlösung für ihre Liebe.

Lili klapperte ihre Verwandtschaft ab, von der sie nicht viel erwartete. Als Erste war Lotte dran, die ging ihr zwar mit ihrer Langsamkeit auf die Nerven, da gab es aber Wärme, Freundlichkeit und Hilfsbereitschaft. Besuche bei Lotte, Lili gab das nicht gern zu, waren auch eine Freude.

Lotte betätigte sich ehrenamtlich mit Hilfsschülern. »So etwas kann sie«, kommentierte Lili im Brief an Johnny, »das hat sie gelernt, das entspricht ihrem Wesen. Diesmal hat sie mir nur ein Scherflein zugesteckt, weil sie für ihre Kinder – sie meint die Geistesschwachen! – einiges verbraucht hat.« Lotte klagte über ihr kränkliches Töchterchen, die teuren Medikamente, die Buntstifte und das Papier für »ihre Kinder«. Lili hielt dagegen: das Töchterchen nicht so verzärteln, nicht so zimperlich sein. Raus an die frische Luft! Von Lottes Affenliebe wird das Häschen krank! Und ob sich das überhaupt lohnt, die teuren Buntstifte? Lotte schwieg zu allem, schmierte Lili eine Klappstulle für die Rückfahrt, was Lili schnöde fand, denn Lottes Gatte, »der dröge Heinrich Heisterkamp«, der verdiente gutes Geld beim Hüttenmännischen Institut in Aachen. »Wir würden uns die Finger schlecken, hätten wir nur die Hälfte von dessen Verdienst!«, schreibt sie Johnny, fragt aber auch: »Soll ich Heinrich mal fragen wegen einer Stelle für Elektro, darin bist Du doch firm? Liebe Küsse, herzl. immer D. Mädel.«

Bei Lisbeth, von Lili als zweite um Geld angegangen, wurde das Betteln ein totaler Reinfall. Lisbeth war ja schon immer forsch und herzlos, wie viel mehr jetzt als Unternehmersgattin. Lisbeth jammerte nicht wie Lotte, sondern lehnte rundweg ab: »Lern erstmal verantwortlich wirtschaften!« Typisch Lisbeth, war ja wohl nicht anders zu erwarten. Hinter Lisbeths Rücken steckte zwar Werner Simon der kleinen Lili-Schwägerin doch was zu, aber nur ein lächerlich kleines Scherflein, »so von oben herab, gönnerhaft gemein: Für Absonderliches müsste auch ein Fabrikant dann und wann Verständnis zeigen.«

Und Leonie, die dürre Hippe, eine Katastrophe war das. Seit einem Jahr hysterisch im Wahn, sich perfekt einrichten zu müssen an der Seite ihres Dr. med. Albrecht Kalenborn. Keine Bitte, keine Notschilderung erreichte die »Dame«. Leonie war selbst mit den Nerven am Ende, weil sie angeblich seit zwölf Monaten schon im »totalen Neu-Anfang« schuften musste. Unter dem tat sie es nicht. Alles war bei der hysterischen Dame Leonie »total«. Überkandidelt. Unansprechbar. Grelle Stimme. Keine Chance, irgendetwas zu erreichen, pekuniär. Lili hatte telefonisch angefragt, ob sie nicht einmal, nur so, zu Besuch, nach Mannheim, da schrillte bei Leonie der Alarm, es war noch gar nichts gesagt. Lili brauche gar nicht erst zu reisen, schrieb Leonie aufgeregt im Anschluss an den Anruf, hielt sich die kleine Schwester mit einem deutlichen Warnbrief vom Leib: »Lb. Schwester, wie Du weißt, wir heißen Kalenborn, das bedeutet seit einem Jahr: kahle Wände, kein flüssiges Geld, nur Schulden, kein gewachsener Patientenstamm. Bitte verschone uns mit evtl. Geldwünschen und mit einem Besuch! Wir hätten nicht mal ein Bett für Dich. In Eile, Leonie.« Nein, sie wollte nichts erübrigen für Lili. Wollte sie ja noch nie.

Sobald Lili aber Geld hatte ersingen können, bei einer Hochzeit, einem Jubiläum, irgendeiner privaten Feier, dann informierte sie postwendend ihren Johnny, und der stand dann prompt auf der Schwelle. Drei Worte genügten: »Wieder Masse vorhanden!«, und er erschien. Lilis Angebot zum Neuen Jahr: »Und wenn Du viel von mir forderst, machst Du mir eine große Freude«, das war für ihn bare Münze. Sein Wohl riss ihn ins Geld. Sie fegte alle Bedenken beiseite. Sie war glücklich, ihn glücklich zu sehen. Koste es, was es wolle.

Um bei Vater Adam Kordewan etwas zu erreichen, waren andere Töne nötig. Der merkte sofort, wenn etwas faul war. Der war selber einer, der Tricks beherrschte. Adam Kordewan, der orthopädische Schuhmachermeister und Bücherrevisor, verstand sein Handwerk. Für ihn erfand Lili die Schuldenberechnungsgröße: Vaterliebe. Sie hielt ihm einen

Vortrag, den sie selber raffiniert fand: Eigentlich stehe er in ihrer Schuld. Sie habe sich von ganzer Seele immer nach Vaterliebe gesehnt, und er habe sie im Stich gelassen. Allein mit der bigotten ewig jammernden Mutter, vor der er selbst geflohen war. Und Claire Fischer habe er ihr abspenstig gemacht, die habe ihr mehr als irgendjemand sonst gefehlt, sie könne gar nicht sagen wie sehr. Diese mangelnde Vaterliebe entspräche, in Geld umgerechnet, mindestens 150 Mark monatlich bis zu einer festen Anstellung als Assessorin. Sie warf dem Vater vor, dass er verantwortlich sei, wenn sie die Referendariumsprüfung nicht bestehe, weil er den monatlichen Beitrag plötzlich auf 100 Mark gekürzt hatte und sie jetzt nebenher noch dazu verdienen müsse. Mit 150 Mark monatlich wäre seine Vaterschuld einigermaßen abzutragen. In einem der seltenen Gespräche mit ihm gab sie sich Mühe, das Umrechnen von Vaterliebe in Geldwert sanft zu umschmeicheln: Er könne dabei nur gewinnen. Pekuniär schade ihm das nicht, schließlich nütze er die Kontakte zu den »Kreisen«, zum Teil noch aus ihren gemeinsamen Franzosenzeiten, und zwar mit einiger Fortüne, wie sie gehört habe. Lili hatte beim Onkel in Stoffeln aufgeschnappt, mit welchem Instinkt für Gelegenheiten Adam Kordewan ausgestattet sei, sodass ihm in letzter Zeit manche profitable Geschäftsauflösung zufallen konnte. Er war sogar offiziell berufen worden von der Stadtverwaltung, im Einverständnis mit der Industrie- und Handelskammer, als »Abwickler jüdischer Unternehmen«. Dazu ein kleines Augenzwinkern vom Onkel. Da sei Einiges an Adam hängen geblieben, sei dann auch zum Onkel gekommen. Denn der kannte die passenden Abnehmer.

»Vater reüssiert und ich muss darben«, empörte sich Lili. Adam Kordewan nannte Lilis Forderung »Erpressung«, lehnte diesen »Liebeshandel« ab. Lili war außer sich und verfasste noch in derselben Nacht eine Epistel und trug sie zum Briefkasten:

»Lieber Vater, ich werde Dir jetzt sagen, was ich als wahr erkannt habe: Du merkst, dass ich kein Vertrauen zu Dir habe. Du hast selbst Schuld daran, denn Du hast mir keins gegeben. Du glaubst mir nicht, weil Du selber nicht aufrichtig bist. Du hast mir Geld zur Lehrerinnenausbildung und zum Gesangsstudium an der Hochschule gegeben, das ist wahr. Dafür hatten meine Schwestern Lehrerinnenausbildung und Aussteuer. Wir sind quitt. Die Kapitalanlage für mich hat sich gelohnt, ich habe anständige Examina gemacht. Du hast es versäumt, mir Liebe zu geben, trotzdem habe ich Dir immer mehr Verständnis entgegengebracht, als Du eigentlich erwarten durftest.

Kannst Du mir jetzt bitte das Geld drei Tage eher zukommen lassen, damit ich es schon am achtundzwanzigsten erhalte? Ich bin am 29sten zu einer Musik-Tagung in Bonn und nicht zu Hause und wollte am 30sten schon sehr früh zu Lisbeth fahren, ich soll voraussichtlich in Elberfeld singen – wenn meine Bronchitis besser ist und ich nicht wieder Migräne bekomme. Wegen meines schlechten Zustands kann ich das Geld nicht selber im Bureau abholen. Lass es mir bitte mit Brief zukommen.

Alles Gute und herzl. Grüße auch an Frl. Fischer. Deine Tochter Lili.«

Grüße also auch an »Frl. Fischer«. Adam Kordewan antwortete Papier sparend auf der Rückseite abgelegter Geschäftspost, diesmal auf einem Schreiben von Bankier Fritz Klemm aus Wurzen in Sachsen, in dem es um ein Geschäftsgrundstuck in Berlin S.W.19, Lindenstr. 42, ging. Das war mit notariellem Kaufabschluß 1933 an den Verband der Aerzte Deutschlands in Leipzig (Hartmannbund) zu einem Kaufpreis von RM 450 000 »übergegangen«, weshalb Fritz Klemm sich für »moralisch verpflichtet« hielt, unaufgefordert diesen Erfolg dem Berliner Börsen = Courier mitzuteilen. Adam Kordewans Anteil an diesem Vorgang ist unbekannt. Auf der Rückseite dieses Briefes von Fritz Klemm ermahnte Vater Kordewan seine Tochter: »Liebe Tochter, fange endlich einmal an, sparen zu lernen. Nimm Dir eine billigere Wohnung, versuche ernsthaft, nicht nur tingeln zu gehen nach Lust und Laune. Ich bin nun fast 70 Jahre, wo andere schon längst alle Arbeitslust verloren haben. 100 Mark liegen bei. Auf Dank habe ich längst verzichten gelernt. Dein alter Vater.«

»Vater hat keine Ahnung von uns beiden, trotzdem spielt er sich auf wie ein betrogener Liebhaber«, spottete Lili gut gelaunt. Johnny war nämlich ihrem Lockruf gefolgt, und Lili bot ihm eine kleine Sarastro-Persiflage. Mit dickem Hals markierte sie den Bass: *Denn ohne erst in dich zu dringen, weiß ich von deinem Herzen mehr: du liebest einen andern sehr.* Und brüstete sich vor ihrem Johnny-Tamino: *Zur Liebe will ich dich nicht zwingen, doch geb ich dir die Freiheit nicht.* Johnny amüsierte sich, sie machten es sich »schön miteinander« in Lilis »Atelierwohnung« in der schicken Bohème-Gegend zwischen »Malkasten«, Oper und Tonhalle. »Herr Aulne macht einen Abstecher während einer Dienstreise«, witzelten sie, »und wenn etwas schief geht, dann reisen wir zur Kur nach Bad Pyrmont.« Sie waren für kurze Zeit unbeschwert, blieben vorsichtig. Lili wusste eine neue Methode, mit Natur und Temperament liebten sie sich ins nächste Zittern und Bangen:

»Lieber Vater!

Du glaubst immer nur, dass ich ohne Sinn und Verstand das Geld zum Fenster rauswerfe und dabei vergesse, dass Du bald 70 bist. Aber das warst Du selbst, der das in den letzten Jahren vergessen hat. Ich bin nicht schuld, dass Du wegen Deiner doppelten Lebensführung mit Frl. Fischer gezwungen bist, in Deinem Alter noch zu arbeiten! Bitte schicke mir unverzüglich die ganze Summe Geldes, die mir zusteht, nämlich 150 Mark! Es fehlen noch 50 Mark!«

Vom Vater kamen kommentarlos 25 Mark, kurz vor Monatsende. »Etwas für den hohlen Zahn«, meinte Lili und ließ zwei Tage verstreichen, ehe sie antwortete. Sie ging davon aus, dass sie ihn am Haken hatte.

»Lieber Vater – ich habe mir Geld geliehen, um überhaupt leben zu können. Seit Donnerstag habe ich nur von etwas Brot und Butter gelebt – also wirklich halb gehungert. Dass meine Leistungen darunter leiden, kannst Du Dir denken, mit sehr leerem Magen kann man keinen guten Unterricht geben, und für mich hängt die ganze Zukunft von gutem Unterricht ab. Ich stehe kurz vor dem Abschluss-Examen und kann nicht immer hinter dem Geld herlaufen. Eine zweite so hungrige Woche halte ich nicht mehr aus, ich bin körperlich nicht eine der Stärksten im Kollegium. Sei bitte so gut und lass mir ab sofort wieder die ganzen, ungekürzten!! 150 Mk zukommen. Ich musste ein Konzert absagen wegen Migräne, die ich Hungers wegen bekam. Ich hatte Arztkosten von 76 Mk insgesamt.

Gib mir die erste Rate sofort, damit ich wenigstens zu essen habe.

Herzl. Grüße, auch an Frl. Fischer. Deine Tochter Lili.«
Der Gruß an Claire Fischer fehlte unter keinem Brief.

Adam Kordewan glaubte ihr die Arztkosten nicht. Es gab keine Belege. Trotzdem »Ein Kostenzuschuss, ausnahmsweise. Alles Gute. Grüße auch von Frl. Fischer. Dein alter Vater.«

Mit gleicher Post ein Brief von Johnny: »Mein liebstes Mädel, wenn ich Dich doch nur sehen könnte. Es ist alles so niederträchtig! Mein Kollege von dem Trupp in Sachen technische Wärme hatte mir angeboten, bei ihm zu Hause in der Eifel zu übernachten, um Hotelkosten zu sparen. So weit, so nett. Aber als ich beim Frühstück meine momentan prekäre Situation darlegte und um einen Zuschuss anfragte, nur für ganz kurz, mit Sicherheitsgarantie, eine ganz reale Sache, lehnte der Kollege ab. Eiskalt. Der Mann hat keinen erhebenden Charakter. Er steht unterm Pantoffel, schält in meiner Gegenwart Kartoffeln usw. – Geist ist überhaupt nicht vorhanden, keine übereinstimmende Auffassung. Er behauptet, Rosenbergs ›Mythus des 20. Jahrhunderts‹ sei vollkommen überflüssig. Bei einem solchen Ignoranten stehe ich lieber nicht in der Schuld. Ich küsse Dich in Gedanken, immer Dein J.«

Das liebte Lili an Johnny, das hielt sie extra in ihrem Tagebuch fest. »Seine moralische Größe in jeder Lage, sein natürlicher Adel! Sein Tag wird kommen. Meine Aufgabe: diesen Mann auf seinem Prüfungsweg zu begleiten. Die größte Freude macht er mir, wenn er viel von mir fordert. Er gehört zu mir. Ich zu ihm. Er hat das erkannt. Das macht mich sehr glücklich.«

Jean Aulne hatte bisweilen Beklemmungen, sah sich in die Enge getrieben. Andererseits fühlte es sich gut an, vollkommen aufgehoben zu sein in Lilis Liebesentschlossenheit. Lili richtete ihn auf, wenn er ganz unten war, ließ Hoffnung keimen und wachsen, und als er Lilis neue Nachricht vorfand: »Johnny! Es lässt sich einrichten mit Trier und Koblenz! Ich komme 17 Uhr sieben und warte im Bahnhofscafé. Hoffentlich klappt es auch bei Dir. Dein Mädele«, da gab es für ihn nichts, das Treffen musste klappen.

Nach der grauenhaften Dienstreise mit dem geistlosen Kollegen in Sachen Sparöfen, nach der Erniedrigung, nicht mehr alleine den Dienstwagen fahren zu dürfen, da hatte Johann Ohneland eine »leuchtendrote Erscheinung« gehabt. »Ohne Bedenken trat mir eine Anschaffung ins Begehren, ich war ihr auf der Stelle verfallen.« Ohne Lili war das nicht zu tätigen.

»17 Uhr sieben im Bahnhofscafé. Das klappt, ich hole Dich ab. Dein Johnny

P.S.: Mein Interesse für einen neuen Wagen war nicht mehr einzuschüchtern. DKW hat ein Sportmodell ausgestellt, das wirklich einmal fabelhaft ist. Es ist Das Fahrzeug schlechthin für die Zukunft. Wenn nun das Glück mir in diesem Monat hold ist, dann würde ich mich zur sofortigen Beschaffung entschließen.«

Maschinenkomödie

Ein rotes DKW Sportmobil, knapp über tausend Reichsmark, wie neu, man müsste sich etwas leihen und für die Restsumme Bürgen finden, dann ginge das. Johnny bestellte sich ein Alt, Lili eine heiße Brühe. Sie zogen alles in Erwägung, um diesen Plan zu verwirklichen. Es gab keinen konkreten Geldgeber, doch der Gedanke glänzte und sie malten sich aus, das Traumpaar zu sein, von dem alle schwärmten: Rennfahrer Bernd Rosemeyer und seine flotte Testpilotin Elly Beinhorn. Hinaus ins Grüne, ins Blaue, raus aus der Welt der Spießer. Johnny und Lili, er mit ihr. Johnny frisierte sich seit einiger Zeit wie der Rennfahrer, Scheitel scharf rechts und die Haare schneidig nach hinten gekämmt. Mit dem entsprechenden Fahrzeug würde man ihn glatt für Bernd Rosemeyer halten, der mit seiner Liebsten. Und sie, Lili, sah sie nicht aus wie Elly Beinhorn? Wie aus dem Gesicht geschnitten. Elly Beinhorn, die waghalsige Pilotin und über alles geliebte Gefährtin des Rennfahrers. Das passende Fahrzeug war zum Greifen nahe, das wartete in einem Kölner Schaufenster. Einzig der »Mangel an Masse« war ein Problem.

Johnny wurde konkret. Geld flüssigmachen, das dürfte Lili bei ihrem Talent nicht schwerfallen. Lili schlürfte ihre heiße Brühe, es fröstelte sie von innen. Johnny dagegen war erleichtert, er hatte das Nötigste gesagt und Lili drauf angesetzt. Wenn es bald klappte, könnten sie mit offenem Verdeck den schönen Herbst genießen. Er bestellte ein zweites Alt, sie eine zweite Brühe. Sie fror. Denn Johnny hatte keinen Zweifel gelassen: Erfolg und das gemeinsame Glück hingen an dem Automobil. Der moderne Mensch fuhr Automobil. Aber diesmal erschien Lili die Aufgabe eine Nummer zu groß. Zwar versprach Johnny, sich umzusehen, aber momentan hatte er kein Geld. Lili zahlte Brühe und Alt, Johnny strahlte. Er war in Hochstimmung: »Ist es nicht herrlich, in einer Zeit zu leben, die die Menschen mit großen Aufgaben bedenkt?« Führers Denkspruch gab er ihr mit auf den Weg, drückte Lili fest an sich, damit sie sich Hitlers Worte zu Herzen nahm, und dann trennten sie sich auf unbestimmte Zeit, bis getan war, was getan werden musste.

Seit er das Fahrzeug im Schaufenster gesehen hatte, schlug Johnny alle Vorsicht in den Wind. Das war von gestern. Der Aufbruch ins Neue war fällig. Er verfasste einen Brief an die Eltern, forderte seinen Pflichtteil ein, der ihm ohnehin über kurz oder lang zustehen würde. Eigentlich müssten sie nur sein künftiges Erbe beleihen, brauchten nur eine Grundschuld auf das Grundstück des Ehrenreich Ohne in Neumarkt eintragen zu lassen, das würde reichen. Er sei leider vorübergehend in Not geraten. Er schrieb von guter Aussicht auf Besserung, nur eben momentan benötige er Hilfe. Als wäre er nie abgehauen aus Neumarkt. Kein Wort über die verlassene Frau, keine Frage zu den Kindern, von denen Lili noch gar nichts wusste.

Johnny waren die Sicherungen durchgebrannt, als er um baldige Antwort bat zu Händen von Frl. Kordewan bei Schnittger, Scheibenstraße 4, Düsseldorf. Postlagernd würde Vater Ehrenreich ihm keine Antwort schicken. Johnny musste Lili mit hineinziehen, leider. Aber sie würde das verstehen.

Man kann es fast nicht glauben, wie sehr der Anblick des fabelhaften Sportmobils nicht nur ihm, sondern auch Lili den Verstand raubte. Die Aussicht, bald in glücklich entrückenden Fahrten unterwegs zu sein, das war zeitgemäß, das war modern, das war machbar, wenn man nur wollte. Das neue Teilstück der Reichsautobahn bei Hubbelrath, soeben fertiggestellt, wartete auf sie. Ebenso der Zubringer von Ratingen aus. Da musste man einfach diesen Zauberflötenzauber, diese

»Maschinenkomödie« anzetteln mit Fahr- und Flugwerken, da wurde wie von selbst der rote DKW *das mit Rosen bedeckte Flugwerk*. Und erst einmal in Fahrt, würden sie das *üble Geschick* über den Haufen fahren, der Fahrtwind würde die Verhältnisse irgendwie ordnen. Sie schauten entschlossen nach vorn, den *Prüfungen* entgegen. *Zum Ziele führt uns diese Bahn … Männlich siegen. Standhaft. Duldsam. Verschwiegen.* Nur Zauderer und Rückwärtsgewandte hatten Einwände.

Kein echter Prinz ritt auf einem Holzpferd, kein echter Prinz ging zu Fuß. Ihrem Prinzen Ohne-Zweifel stand das rote Automobil zu. Sie sah ihn auf einem feurigen Fuchs der neuen Zeit entgegengaloppieren. Die nötigen Mittel waren zu beschaffen, das war ihre Prüfung, und die würde sie bestehen. Lili packte die Sache umgehend an. Sie hatte doch immer noch den Zigarrenfranz in petto, glaubte sie. Der werde für sie bürgen.

Johnny machte sich derweil unsichtbar, immer noch ohne feste Adresse. Ohne Adresse auch für sie. Er müsse aus Gründen, die er später, aber jetzt noch nicht, ständig die Adresse wechseln. Lili glaubte weiter fest an ihn. Er wartete bangend die Grundstückssache ab, hoffte auf einen Brief aus Neumarkt, unters Schicksal geduckt wartete er, richtig wohl war ihm nicht.

Schmiermittel

Also der Zigarrenfranz. Ihr Papageno. Ihr Freund. Nicht wahr?

Doch da stimmte was nicht. Es war nicht mehr wie früher. Etwas war zwischen sie getreten. Franz Schmitt enttäuschte.

Für den Wagen verweigerte er die Bürgschaft. »Auf Treu und Glauben, ohne den Schuldner zu kennen? Darauf gibt niemand sein gutes Wort, wenn er bei Verstand ist«, sagte Franz ihr ins Gesicht, im Café Cornelius. So hatte er noch nie mit ihr geredet.

Lili nahm einen zweiten Anlauf, Franz müsse verstehen, wenn überhaupt einer, dann er, im Vertrauen, nur ihm, ihrem Papageno, nicht wahr, immer noch ihr Freund, und sie liebe einen anderen Mann. Ja, die große Liebe sei ihr nun begegnet, aber niemand dürfe davon wissen. Noch nicht. Denn dieser Mann sei in eine missliche Lage geraten wegen Missgunst und falscher Anschuldigungen, nichts davon sei wahr. Da müsse zuerst Klarheit geschaffen werden. Wenn man ihn nur ließe, dann kämen *Edelmut, Tapferkeit* zum Vorschein, all diese Tugenden, die sie auch an ihm, Franz Schmitt, so sehr schätze. Ob nicht Franz in dieser Sache *Wohltätigkeit* erweisen … Nein? Ja? Ihr zuliebe. Er sei und bleibe doch ihr Papageno, oder? Wie zur Beglaubigung sang sie ihm flüsternd ein wenig »Zauberflöte« über den Tisch: *Dann wird die Erd' zum Himmelreich, und Sterbliche den Göttern gleich …*

Franz Schmitt war das peinlich.

Außerdem hatte er Erkundigungen eingeholt über den Mann, dem angeblich soviel Unrecht geschehen war. Er unterbrach Lilis Gesinge. »Weißt du, dass dieser Herr verheiratet ist? Hat er sich mit *Edelmut* davongestohlen? Wird er etwa wegen *Tapferkeit* behördlich gesucht? Seine *Verschwiegenheit* hat ganz sicher keine noblen Gründe! Für diese Tugenden soll ich bürgen? Ich bitte dich! Lili! Abgesehen davon ist eine Affäre mit einem verheirateten Mann strafbar. Sie wird dich den Staatsdienst kosten.«

»Braucht doch keiner zu wissen«, zischte Lili. Plötzlich hatte sie genug von dieser blöden Biederkeit. Wollte nichts mehr hören. Wagte kopflos einen letzten Schwenk ins alte Repertoire: »*Pa- Pa- Pa- Pa- Pa- Pa-geno …*«

»Hör auf!«, fuhr Franz Schmitt dazwischen, gab der Bedienung ein Zeichen, die Rechnung bitte. Das war deutlich: kein Geld. Keine Bürgschaft. Kein Mitleid. Nicht mal das. Franz Schmitt konnte hier keine »verzweifelte Lage« erkennen. Ihr, Lili, werde er jederzeit helfen, bei seinem Leben, das wisse sie. Ein Automobil jedoch sei nicht lebensnotwendig, seine Anschaffung eine große Dummheit.

Kleinmütig schickte Lili ihrem armen Ritter eine Eil-Postkarte, darauf zwei Kinder, die einen Bollerwagen ziehen. »So wollen auch wir gemeinsam den Karren aus dem Dreck ziehen. Bitte, verliere die Liebe nicht. Ich bitte Dich sehr!«

Der gab sich postwendend verloren: »Mein liebes, liebes Mädel! Wer soll jetzt für mich bürgen? – Auch Franz Schmitt also nicht, auf den Du so große Stücke hältst. Nicht einmal f. Dich! Meine letzte Hoffnung: Würdest Du jetzt Deine Mutter bitten, für mich die Bürgschaft zu übernehmen und ihr den Sachverhalt erklären, dass ich die Absicht habe, auf mein Erbgrundstück in Neumarkt eine Hypothek aufzunehmen, um den Wagen kaufen zu können? Die Rückzahlung ist durch das Grundstück einigermaßen gewährleistet. Glaubst Du, dass Deine Mutti das für mich – u. f. Dich – tun wird? Wirst Du sie einmal gut bitten? Wenn das nicht geht, weiß ich mir wirklich keinen Rat mehr! Bitte antworte sofort! Also, mein liebes, freches Mädele, sieh doch mal nach, was bei deiner Mutti zu machen ist und schreib mir gleich – auch wenn Du einen anderen Einfall hast, ja?! Und nun sei mir für heute und überhaupt, bis ich Geld habe, Dich zu besuchen – herzlichst gegrüßt von Deinem Johnny.«

Lili verwahrte seinen Brief zwischen Haut und Unterhemd unter der Bluse, fasste sich täglich mehrmals ans Herz, dorthin, wo Johnnys Not knisterte und den Stoff versteifte. Eine Panzerung gegen einfachste Fragen: Wieso überhaupt dieses Sportauto? Was sollte das heißen: Rückzahlung einigermaßen gewährleistet? Nein, so knisterten der Brief und ihr Herzschmerz, liebes Lili-Mädel, nur nicht das Köpfchen verrenken, sein Glück war ihr Glück, alles hing an dem roten DKW mit dem abnehmbaren Verdeck. Es eilte. Der Sportwagen im Schaufenster wartete nicht ewig.

Prinz Irgendwoher tauchte ab und zu auf, um den Stand der Dinge zu erfahren. Stets in Eile, nur eben, um Lili fest in den Arm zu nehmen und ihr in den Ohren zu liegen, wegen der Liebe und der Dringlichkeit. Die Umarmungen waren kurz, fest und streng, Lili spürte eine Wärme, fühlte aber auch mit ihrer Hand des Ritters harte Rippen, und sie fürchtete sich. Alles hing von ihr ab, das Gelingen oder das totale Aus.

Wieder Reisen. Onkel Karl und Tante Kathrine-Cousine, lange nicht gesehen, schön mal wieder, blieben reserviert, als es um Geld ging. Sie schienen mehr zu wissen, als ihre liebe Lili hören wollte. Außer einem guten Rat war nichts zu bekommen. Schnell weiter nach Wuppertal, zu Lisbeth und Werner Simon, das erledigte Lili an einem Tag. Die beiden waren gewarnt, wussten, was Lili wollte, noch ehe sie den Mund aufgemacht hatte. Das Fabrikantenpaar Simon konnte Lili beim besten Willen nichts geben. Ach nein, wirklich nicht?

So viel Geld? Wofür denn überhaupt? Lili versuchte einen anderen Vorstoß: Ein Bekannter brauche Arbeit, er sei in Elektrik ausgebildet und begabt. Der Versuch ging ins Leere, seit wann kümmere Lili sich um Arbeitslose? Das sei doch sonst nicht ihre Art, viele suchten Arbeit. Falls es sich bei dem Bekannten jedoch um den handele, von dem man gehört hatte, solle Lili sich in Acht nehmen. Solche nisteten sich immer gerne dort ein, wo es warm rauskommt. Für Lili selber aber sehe man keine echte Geldnot, keine Not für Leib und Leben, auch nicht für ihr Künstlertum. »Einfach mal ein wenig einschränken«, empfahl Lisbeth. Lili wurde kiebig, beleidigte Lisbeth als »falsches, kaltes Weib« und »blasierte Kuh«, an Lisbeth tropfte das einfach ab, das »verwöhnte Getue«. Sie reichte Lili den Mantel, schob sie in den Windfang. »Jetzt hast du Gelegenheit, dich in Sparsamkeit zu üben. Falls wirklich mal Not am Mann sein sollte, bei dir, dann kannst du auf uns bauen. Glaub mir.« Lisbeth hielt Lili die Tür auf, »wenn wirklich etwas wäre, wir wären die Letzten, die ablehnten.« Lili reiste noch am selben Tag nach Aachen.

»Wuppertal ist eine kniepige Stadt«, Lili ereiferte sich beim Abendbrot mit Lotte und Heinrich, deren kleine Tochter, ihr »Häschen«, lag mit Fieber im Bett. Die beiden hörten Lili ganz gerne zu, sie hatten einen langen Tag gehabt und Lili unterhielt sie gut, wenn sie die Simons durch die Zähne zog. Lotte und Heinrich hatten ihre eigenen Vorbehalte gegenüber dem Herrn Fabrikanten und der schnippischen Lisbeth, die noch immer ungefragt jeden pädagogisch zu belehren pflegte. Die Heisterkamps in Aachen erkannten aber bald, wo der Hund begraben war und warum Lili Wuppertal kniepig nannte. Sie wappneten sich trotz Müdigkeit, um nicht weich zu werden und sich breitschlagen zu lassen von Lilis ewiger Geldnot, Thema mit Variationen. Lili hatte, was ein normaler Mensch brauchte, viel mehr stand auch ihnen nicht zur Verfügung und sie hatten doch das Kind, das zart und immer wieder kränkelnd war. Das kostete teure Medizin. Lili zählte auf Lottes weiches Herz und darauf, dass Heinrich schlecht Nein sagen konnte. Sie erzählte den beiden allerhand von Glück und Liebe und von der Zukunft mit dem Mann, den sie liebte, der aber auf einem Tiefpunkt sei, vorübergehend nur. Doch obgleich sie mit Herzblut zu reden meinte, überzeugte sie nicht. »Vielen geht es schlecht«, räsonierte Heinrich, »wenn wir jeden …«, »Herr Aulne ist nicht jeder!« Lili zog ihre Register. Lotte machte in der Küche Tee. Heinrich rief Lotte hinterher: »Hopfenzapfen. Mach Tee aus Hopfenzapfen!« Und zu Lili: »Das gibt Ruhe. Danach kannst du besser schlafen.« Lili wollte etwas anderes, und Heinrich solle mal nicht so tun, als merke er das nicht! »Hopfenzapfen! Lächerlich! Es geht um die Neue Zeit.« Trotzdem trank sie den Tee, trotzdem blieb sie über Nacht bei dem sanften, blassen Heinrich mit der dicken, dummen Lotte, grübelte die halbe Nacht, wie sie Lotte ins Gewissen reden könnte, wenn Heinrich am Morgen in sein Institut gehen würde.

Auch am nächsten Morgen war nichts zu machen. Lotte sah sich selbst zu sehr in Not mit der kleinen kranken Tochter, die dazwischenquengelte. Lotte selbst wolle ja nicht klagen, fühle sich aber seit Langem schwach und krank. Ihre inneren Organe seien angeschwollen, sie könne nur noch wenig Hausarbeit verrichten, ihre Haushaltshilfe zwar zuverlässig, aber teuer, und die Neue Zeit sei ihr zu laut. Lili rang ihr einen Zuschuss ab für den Zug nach Mannheim. Leonie und Albrecht hätten ganz bestimmt für Lili etwas übrig, meinte Lotte und gab ihr die Fahrtkosten, wollte Lili endlich los sein. Also Mannheim. Ein Überraschungsbesuch.

Was für ein Empfang bei den Kalenborns! Lili hätte sich anmelden sollen, jetzt hatten sie keine Zeit! Lili durfte reinkommen ins ungemachte Wohnzimmer. Leonie und Albrecht richteten immer noch ihre Arztpraxis ein, das war vorrangig, deshalb blieb ihre Wohnung erstmal ein Provisorium. Ja doch, sie hatten die Praxis günstig übernommen. Ja, Vater Adam hatte das arrangiert, doch sie seien weder ihm noch Lili etwas schuldig. Sie hätten keine einzige Mark zu erübrigen. Essen und Übernachten, selbstverständlich, ja, auch einen Zuschuss für die Rückfahrkarte. Ungefragt schob Dr. Albrecht Kalenborn seiner kleinen Schwägerin Lili den Rat unter, hauszuhalten mit dem Geld. Sie bekäme von Vater Adam immerhin die Hälfte von dem, was er als verheirateter Arzt …, wenn stimmte, was sein Schwiegervater Kordewan vorgerechnet hatte, und dann spielte der Doktor das Programm ab, das Lili zur Genüge kannte: Fleiß, Sparsamkeit, Verzicht, Bescheidenheit. Jetzt reichte es. Dann eben nicht, scheinheiliges Pack.

Sie durfte doch tatsächlich sich noch eine Klappstulle schmieren als Proviant für die Rückreise, Leonie begleitete sie zum Hauptbahnhof, zur Vergewisserung, ob nicht der letzte Zug schon abgefahren war, unterwegs die ganze Leier noch einmal: Lili müsse verstehen, sie seien im Umbruch, jeder Pfennig verplant und Schulden, und Albrecht sei gesellschaftlich noch nicht etabliert, auch das koste.

»Geizkragen!«, ratterte es zornig bis nach Düsseldorf durch Lilis Knochen, »alle durch die Bank Raffkes!« Wie erschlagen kam sie an. Johnny klingelte zwei Stunden später, nur für ganz kurz, Umarmung, eine kleine Graupensuppe, nein von Mutter Louise sei auch nichts zu erwarten, das Haus gehöre ihr gar nicht, Vater halte sie kurz, undurchsichtig deren Verhältnisse. Bliebe nur die Hoffnung auf die Neue Zeit. Lili drängte ihn sehr zum Tätigwerden. In die Partei eintreten, später SA oder SS, bei seiner stattlichen Größe, seinem Wissen um künstliche Wärme, bei seinen Elektrokenntnissen. »Einen wie dich braucht man in der Bewegung. Herrliche Fackelzüge, herrlich erwachender volklicher Wille!« Lili schwärmte, Johnny musste los, irgendetwas, irgendjemand verlangte nach Jean Aulne, weiter weg würde das sein, und es würde dauern.

Selten erschien er zur vereinbarten Zeit, tauchte dafür gerne überraschend auf. Man hatte sich gegen ihn verschworen, das gab ihm besondere Wichtigkeit und verlangte unvorhersehbare Bewegungen. Lilis Liebe hielt das aus, ihr war nichts zu bitter, es lag ja nicht an ihm, nicht an ihr, wenn er fehlte. Es waren die Umstände, denen sie trotzten, jeder an seinem Platz.

Man hatte Johnny, seiner Aussage nach, vor einiger Zeit bei Siemens-Protos-Telefon eingestellt, angeblich weil er so solvent aussehe.

Lili ließ das unhinterfragt. Sie fand Johnnys Aussehen in jeder Hinsicht beeindruckend. Plötzlich hieß es dann aber, genau dieser kaufmännische Direktor habe ihm Folgendes eröffnet:

»Sehr geehrter Herrn Aulne,

Ihre Tätigkeit ist keine, für welche eine Beteiligung gezahlt wird. Wir haben keinerlei Provision vereinbart. Die Auszahlung an Sie beläuft sich deshalb auf lediglich 250,- Mk und nicht wie Sie meinen, auf 350,- Mk.«

Diese Auskunft habe ihm dermaßen zugesetzt, wie vor den Kopf geschlagen sei er gewesen, wie betäubt, deshalb keine Nachricht von ihm, sein Zustand sei Lili nicht zumutbar gewesen.

Aber jetzt seien sie doch wieder, freut sich Lili, Hauptsache wir zwei und vorbei die Warterei und vergeben, dass kein Wort von ihm, alles, alles könne, ja müsse er ihr immer sagen. Lili und Johnny, wieder alle beide, froh und zusammen, viel zu selten, so schön miteinander.

Zum Abschied genügte Johnny eine Andeutung, dass der rote DKW noch immer im Schaufenster, wer weiß, wie lange noch. Weiter brauchte er nichts zu sagen, Lili spürte, sie wusste, alles wäre ausgeträumt, »wenn nicht bald irgendwas …«, und endlich, er sprach es aus, dass er sie liebe, so sehr, so abgöttisch, so unendlich, wie Sterne am Himmel. Wieder musste er gehen, auch weil tatsächlich nicht mit Mutter Louises Unterstützung zu rechnen war, wie denn auch. Bis zum nächsten Mal dann, zwischen Tür und Angel ein hastiger Abschied, und weg. Kam ja auch immer wieder, klingelte das vereinbarte Klingelzeichen, dididi dahdahdah dididi, sie eilte, ihre frohe Erwartung wie eine Bugwelle, ihm entgegen, empfing ihn jedes Mal überschwänglich, spürte ihm seine Sorgen ab, versprach, immer tapfer zu sein, Vertrauen in ihn zu haben, nun und nimmermehr, jetzt und immerdar, alles pêle-mêle.

Treibstoff

Johnny brachte eine Sammlung von Arztrechnungen und Rezepten, ausgestellt auf Frl. L. Kordewan. Eine »glaubwürdige Person« hatte sie ausgefertigt und Stempel angebracht.

Insgesamt 112,- Mk für Bemühungen an Frl. Kordewan. Bisher hatte Vater Adam Lilis Krankheitskosten erstattet. Diesmal weigerte er sich. Nach Prüfung der Belege wollte er sogar Anzeige erstatten. Stempel ohne Unterschrift, das sei Betrug! Wie sie an diese Fälschungen gekommen sei? Würde sie belangt, fiele das auch zurück auf ihn. Nur das hielt ihn von der Anzeige ab. Lili schämte sich für Johnnys schlechte Fälschung und kam zornig mit der schlechten Nachricht von Vater Kordewan zurück. Gerne wäre Johnny über Nacht geblieben, jetzt aber kein Gedanke mehr daran. Ob ihm Lili denn nicht trotzdem etwas Geld, fürs Überleben in den nächsten Tagen. Lili konnte, entschuldigte sich sogar für ihr Geschimpfe, sie sei überreizt, es sei nicht leicht im Moment. Sie hatte eine Klassenfahrt vorzubereiten im Rahmen des Referendariums. Das alles lief schließlich auch neben ihrer Liebe, die allerdings nur mit flüssiger Masse als Treibstoff und Schmiermittel rund lief. Ein Wörterbuch könnten sie füllen mit ihren Wörtern für Geld, sagte Lili. Zögerte, schämte sich für diesen Anflug von Unsicherheit, und gab Johnny, was sie eingesammelt hatte in der Schule, für den Klassenausflug in vierzehn Tagen. Johnny schwor ungefragt Stein und Bein: in zwei Tagen, pünktlich, alles Geld zurück. Versprochen.

Johnny kam aber nicht und mit ihm fehlte das Geld. Das sie zu verwalten und veruntreut hatte. Sozusagen. Zwei Tage noch bis zur Offenbarung beim Vorbereitungstreffen.

Sie forschte nach. Fragte sich in Köln durch bei Siemens-Protos- Telefon, bis zum kaufmännischen Direktor. Einen Johann Ohne? Einen Jean Aulne? Wen genau sie denn suche? Einer dieses Namens war im Außendienst, ein paar Wochen her, die Adresse irgendwo, Moment, ja: bei Frau Henni Bardelle, Moltkestraße 4, Köln.

Die Wirtin kannte den Herrn Aulne, immerhin. Logis ohne Kost 45,- Mk, kein Damenbesuch. Selten anwesend, aber wenn, dann höflich. Seit einiger Zeit nicht mehr aufgetaucht. Lili rechnete nach: Sein Verschwinden lag noch vor der Sache mit den Rezepten. Er sei die Miete für den vorigen Monat schuldig geblieben, wo sie doch selber äußerst knapp, ob nicht das werte Fräulein? Nein? Nicht?

Ach ich fühl's, es ist verschwunden! Ewig hin der Liebe Glück!

In der Schule wand sie sich heraus, sie habe das im Moment vergessen, am Morgen in der Eile. Am nächsten Tag meldete sie sich krank: Migräne, Übelkeit, Schwindelgefühle.

»Bekomme ich Dich überhaupt noch einmal zu sehen? Johnny, ich weiß wirklich nicht, was ich tun soll. Ich habe im Café Funke-Kaiser vergebens auf Dich gewartet. Wo steckst Du? Was ich wegen des Klassengeldes machen soll, weiß ich wirklich nicht. Lass nicht alles in Seifenblasen zerplatzen!«

Also doch noch ein Versuch bei Franz Schmitt?

Nein, lieber nicht. Abwarten.

Dreimal kurz, dreimal lang, dreimal kurz, Johnnys Klingeln tief in der Nacht. Die Haustür abgeschlossen, Lili auf Strümpfen durchs Treppenhaus, vorsichtig zurückschleichen hinauf in die Atelierwohnung. Endlich wieder da. Gerettet. Lili glaubte ihm, ehe etwas gesagt war. »Brauchst dich nicht zu entschuldigen«, eilfertigte sie, »fordere nur viel von mir, ich mache das doch gerne, für dich, so eine Freude.« Er hatte das Geld bei sich, er hatte es nicht veruntreut. Sie hatte es gewusst!

Verdient mit der Wartung mehrerer Sparöfen, unter anderem bei einem jungen Pastor, mit dem er viel rumgeulkt habe. Lili nahm schnell das Geld an sich, dass es nicht wieder verschwand, nein, weiter keine Fragen.

Und so weiter. Da capo. Heimliche Besuche, postlagernde Fahrplanmitteilungen, hastige Verabredungen in billigen Lokalitäten am Rand von Dienstreisen, mit dem Zug, in wessen Diensten eigentlich, manchmal stieg sie zu, für ein paar Stationen. In der eigenartigen Idylle eines Kleinbahnhofs pausierten sie, nahmen sich dilettantisch in Acht vor ihrem Temperament, ihren Sehnsüchten und vor ihrer Natur. Dann zog er weiter, zu irgendwelchen Aufträgen, sie sah zu, wie sie alleine zurückkam. Ein eigener Wagen, hieß es ab und zu, *das wäre Seligkeit*. Weiter musste nichts gesagt werden, sie sehnte sich mit ihm. Johnny, Johnny, Johnny. *Er ist's*.

Endlich dann doch einmal eine frohe Botschaft: »Neuerdings geht es nach Elberfeld, wo der Eher-Verlag dem ›Arbeitsdank‹ den alleinigen Vertrieb für die neue Amtl. Zeitung angeboten hat. In dieser Sache habe ich noch ein Treffen beim Bezirksobmann in der Severinstr.« Wie bedeutend das klang, wie zukunftshaltig: ihr Johnny in direktem Kontakt mit dem Eher-Verlag, wo das Partei-Schrifttum der NSDAP gedruckt wurde. Johnny war nahe dran am Erfolg. In den ›Arbeitsdank‹ eingebunden sein, das hieß beraten zu werden, das verhieß Weiterbildung, vielleicht war sogar ein Kredit drin. Türen würden sich öffnen in die »Kreise«. Deshalb also hatte Johnny sich nicht bei ihr melden können, weil er im Aufbruch begriffen war und endlich aktives Mitglied. Beziehungen, ein geregeltes Auskommen. Bald.

Flugwerk
1938

Tage später parkte vorm Haupteingang von Lilis Schule das famose rote Fahrzeug. Herr Jean Aulne saß am Steuer. Hatte das Verdeck aufgeklappt, strahlte Entschlossenheit aus, blickte in die Ferne, als bemerke er weder die Schülerinnen noch die Passanten. Er trug eine Rennfahrerkappe à la Bernd Rosemeyer, offen unterm Kinn, die Seitenlaschen in Erwartung schwingend.

Studienassessorin Kordewan trat aus dem Schulportal: Sie stutzte, konnte es nicht glauben, eilte die Treppe hinunter, flog geradezu. Wie sie überrascht war! Wie sie sich freute! Keine konnte das wie sie. Und als wäre sie immer schon in feuerrote Sportcoupés gestiegen, schwang sie sich, die Zeit dehnend, auf den Sitz neben Johnny Rosemeyer-Aulne, nahm die Testpiloten-Fliegerkappe vom Beifahrersitz, sah damit aus wie die rasante Elly Beinhorn. Als gehöre eine lederne Fliegerkappe zu Lilis gewohnter Bekleidung. Sie winkte den Schülerinnen zu, lachte ihrem Johnny den berühmten Akkord aufwärts. Der startete den Motor, legte den ersten Gang ein, ließ die Kupplung kommen, fuhr an, zweiter Gang, im Rückspiegel winkendes Publikum.

Sie fuhren nach Himmelgeist am Rhein. Für die Rast hatte er ein Kutscherfrühstück besorgt. Man besprach sich bei Knackwurst und Brot. Sie wollte genau wissen, wieso plötzlich das Fahrzeug, er druckste herum, zögerte, sein Fernblick fiel nun nach innen. Nein, er wolle nicht noch ins Bergische Land, um Lisbeth und Werner Simon das Automobil vorzuführen und sich ihnen bekanntmachen, und erst recht nicht zu Onkel und Tante, nein, der Tank sei nicht voll, auch müsse er bald wohin, schwierig zu erklären. Ihr Rennfahrer-Johnny war auf dem Weg nach Himmelgeist in sich zusammengefallen. Lili befürchtete, es läge an ihr, und er liebe nicht mehr sie, sondern vielleicht eine schönere, eine mit noch mehr Temperament, eine mit viel Geld. Nein, das sei es nicht, wirklich nicht. Vielmehr sei der Wechsel für die nächste Rate nicht gedeckt. Ach, nur das, seufzte Lili erleichtert, ach, nur das. »Und wenn die Welt in Scherben fällt«, trällerte sie, warf den Kopf in den Nacken und lachte wieder den Akkord aufwärts. »Lass mich nur machen, lass mich nur.« Sie umarmte den Bedrückten. Sie würde die Mittel für eine ungetrübte Weiterreise beschaffen, sie beteuerte es zum wievielten Mal und wusste nicht wie. Sie hielt seine Hand. Sie suchte seinen Blick. Jetzt wo er beim Arbeitsdank und beim Eher-Verlag, und persönlich einen Termin in der Severinstraße. Jean Aulne wand sich, hielt mit Auskünften hinterm Berg, wies Lilis Annäherungen zurück. Sie vermochte die Schatten nicht zu vertreiben, der Mann blieb vergrübelt. Erfolglos bedrängte sie ihn auf der Wiese in Himmelgeist am Rhein, Knackwurst und Brot waren gegessen.

»Mein liebes Mädelel«, schrieb er tags darauf, »Sei bitte nicht böse wegen meiner gestrigen ›Passivität‹. Es ist keine ›verschmähte Liebe‹. Die Eindrücke der letzten Ereignisse und die Umstände sind so schwer, dass daneben alles – auch ›Das‹ – ganz klein und unbedeutend wird.«

Das Auto war angeschafft, doch die *Seligkeit* musste auf unbestimmt vertagt werden. Johnnys undurchsichtige Verhältnisse lichteten sich angeblich, trotzdem blieb wieder nur schriftlicher Verkehr. Lili erreichte aus heiterem Himmel die Nachricht des kaufmännischen Direktors. »Eine Zumutung«, wütete Johnny im Brief, »eine absolute Degradierung, vor allen Dingen moralisch. Ich habe unverzüglich gekündigt, fristlos natürlich, leider auch ohne Lohnabschlag. Das bin ich mir selbst schuldig gewesen.« Lili wusste durch ihre Nachforschung, dass nichts davon stimmte. Er würde bald ihre Hilfe brauchen, so blieb sie ruhig und gefasst. Fürchtete jedoch eifersüchtelnd, dass Johnny in der Zeit, die er angeblich bei Siemens-Protos-Telefon gearbeitet hatte, sich bei anderen Frauen hatte durchfüttern lassen, oder wie hatte er denn gelebt? Das nagte an ihr und wollte nicht nachlassen. Auch nicht, als er sie mit dem neuen Plan überraschte, sich in Rumänien anzusiedeln. Sie vermutete Kontakte hinter diesem Plan. Es gab da eine Lydia, die kannte er aus Neumarkt, alte Geschichte. Irgendwas mit Siebenbürgen, Banater Schwaben. Johnny hatte schon entsprechende Schritte unternommen. Täglich erwarte er eine günstige Antwort vom rumänischen Konsulat. Er sprach Lili sogar ein paar rumänische Wörter vor, nur dass sie hörte, wie das klang, woher er das hatte, von der Lydia? Da unten spreche man Deutsch in weiten Teilen, sie müsse sich keine Sorgen machen. Und sie beide miteinander wüssten ohne Worte wie Verständigung geht, nicht wahr.

Wenn alles gut liefe, hätten sie sogar noch das Sportmobil zur Verfügung. Viel brauche man da unten nicht, Rumänien sei warm, sogar im Winter. Woher wusste Johnny das? »Sorge dich nicht groß«, meinte er, »alles Bagatelle.« Johnny kannte da unten jemanden, Lili schluckte, ja, ja Rumänien, da wurde seit Kurzem politisch aufgeräumt, davon hatte auch sie schon gehört und deshalb brauche man dort Leute wie sie. Lilis Misstrauen bröckelte. Auch sie wollte gerne ins Warme, mit ihm.

Bis zur günstigen Antwort vom Konsulat müsse er noch mal schnell fort, das Allerschlimmste verhindern: Mit dem Bittbrief an den Vater Ehrenreich Ohne habe er aus Versehen eine üble Lawine losgetreten. Es sei dumm von ihm gewesen, überhaupt in Kontakt zu treten. Doch keine Sorge: Rumänien. Möglichst im eigenen Wagen.

»Wirtschaftlich sind wir am Ende der Möglichkeiten«, las sie ein paar Tage später auf einem herausgerissen Blatt Papier, das in ihrem Briefkasten lag, »alles, was noch kommt, Pfändungen usw., die sind dagegen nur lachhaft. Kannst Du ein paar Sachen unterstellen, damit wir etwas gerettet haben, wenn wir nach Rumänien gehen?« Dann eine zweite Mitteilung: »Das alles ist so niederträchtig! Ich möchte es Dir so gern selber sagen, oder besser: überhaupt nichts sagen müssen, weil es gar nicht geschehen soll. Leb wohl und sei viele Tausendemale gegrüßt von Deinem Johnny.«

Das war nicht einfach so abzutun, das war ein Menetekel. Lili machte sich auf alles gefasst. Auf sie würde Arbeit zukommen. Sie war bereit zu allem, Liebe war Arbeit und Mühe. Johnny gehörte ihr und sie fühlte sich glücklich in diesem Gemenge von Gefahr und Rettung.

Zwischenspiel 1938

Ein Trauerfall mitten im Vorbereitungsfieber für die eventuelle Abreise nach Rumänien riss den Vorhang zu einer Nebenbühne auf. Ein väterlicher Freund von Lili, aus der Vergangenheit, ein Herr Fricke, war gestorben. Lili hatte ihn gekannt zu Zeiten, als Franz Schmitt auf Orientreise war, Jochen Hoch nicht mehr und Johnny noch nicht, Lili erinnerte sich nicht genau, hatte den Herrn Fricke fast vergessen. Dieser väterliche Freund hatte Lili Geld geliehen, plötzlich fiel ihr das wieder ein. »Wegen ihrer schönen Stimme«, hörte sie ihn sagen. Aber eigentlich, weil sie unglücklich gewesen war und eine Aufheiterung gebraucht hatte. Es war an ihrem 25. Geburtstag gewesen, 1931, und sie war damals sehr einsam. Mozart wäre 150 geworden. Zu seinem Geburtstag wurde die »Zauberflöte« in Salzburg gegeben. Und der väterliche Herr Fricke, ein ganz feiner Mensch, hatte ihr den Besuch der »Zauberflöten«-Premiere in Salzburg ermöglicht. August einunddreißig.

Bruno Walter dirigierte! Und sie war dabei gewesen! Reise, Übernachtung, Eintritt, Abendkleid und dies und das. Das hatte natürlich gekostet, und der Herr Fricke hatte ihr angeboten, das nötige Geld vorzustrecken, hatte viel Verständnis gezeigt für ihren Herzenswunsch, »Zauberflöte«,

Mozart, Salzburg. Lediglich der Ordnung halber hatte sie einen Schuldschein unterschrieben. Der alte Fricke, anständig, wie er war, hatte das Geld jedoch nie zurückverlangt, und Lili hatte die Sache vergessen.

Nun war er gestorben und die Geschichte holte sie ein. Kein Zweifel, sein Tod war nicht nur ein Verlust für das Fräulein Fricke, seine Tochter, seine Erbin. Ihr war nicht nur das Haus in Diez, sondern auch der Schuldschein zugefallen, über den nun Auskunft verlangt wurde, wer und wieso. Lili hatte sie nur einmal gesehen, hatte sie für Herrn Frickes Hausangestellte gehalten und entsprechend behandelt. Auch das fiel Lili siedendheiß wieder ein. Wenn es überhaupt eine Rettung vor etwaigen Ansprüchen gab, dann nur durch Johnny.

Nur ein Mann wie er konnte bei dem Frl. Fricke etwas ausrichten und Lili sah auch keinen Grund zur Eifersucht: Frl. Fricke war ein spätes, trockenes Fräulein.

Johnny sollte die Tochter des Herrn Fricke in dem roten Sportmobil von Köln-Süd, wo das Fräulein wohnte, sollte nach Diez zu deren Vaterhaus fahren und seinen Charme spielen lassen.

Johnny und das Sportmobil, so könnte die Aktion Erfolg haben, musste Erfolg haben, denn bei Nichtgelingen wäre das die letzte Reise mit dem Wagen, sagte Lili, sonst hieße das: Rumänien ade. Die Seligkeit hing davon ab, alles in eine Waagschale.

Es würde nicht leicht sein, er durfte nichts auf die leichte Schulter nehmen. Charmieren, das schon, aber kontrolliert. Er sollte seine französische Seite hervorkehren, den Jean Aulne aus Metz, und im günstigen Moment dem Frl. Fricke den unseligen Schuldschein abluchsen. Sie schickte ihren Johnny auf eine merkwürdige Reise.

Beinahe hätte Jean Aulne schon zu Beginn die Sache vermasselt. Wie so oft kam er auch diesmal zu spät zum verabredeten Ort. Fräulein Fricke hatte sich die Füße kalt gefroren und war nicht gut auf ihn zu sprechen, das sah man ihr an. Er musste etwas bieten, wollte er sich das kalte Fräulein gewogen machen. Er warf sich ins Zeug, lud sie entschuldigend zu einer heißen Bouillon gleich nebenan. Lili hatte ihm Taschengeld gegeben, ein bisschen was konnte er sich also leisten. Er gab sich fachkundig, während sie sich mit der Brühe aufwärmte, sprach von Ölwechsel, Abschmieren, Zündkerzen, Luftdruck, alles für den ungetrübten Verlauf der Reise, leitete über zum Grund der Verspätung, einem fürchterlichen »Wagenauflauf«, die moderne Zeit fordere ihren Tribut. Er sorgte sich um Fräulein Fricke: wieder aufgewärmt, oder vielleicht einen Grog? Wenn sie wolle, würde er ihr den in ihre Stiefelchen gießen, um ihre Füße schneller zu wärmen. Oh, nein danke, eine zweite Bouillon würde reichen, kicherte Fräulein Fricke und errötete reserviert.

Lothringer seien die besseren Deutschen, schwadronierte er während der zweiten Bouillon, er sei Lothringer und Deutscher und sein Name Jean Aulne hieße auf gut Deutsch übersetzt Johann Erle. Er sei quasi ein Erlkönig, sozusagen. Sie lachten gemeinsam, sie ein wenig geziert: Erlkönig, wie aufregend. Und dann brachen sie endlich auf zur Bewährungsfahrt. »Hinter Bonn wärmte die Sonne und ich konnte das Verdeck abnehmen, konnte mit Fräulein Fricke den Herbst in voller Schönheit genießen, was das Fräulein beglückte wie ein kleines Kind«, schrieb er Lili, die sich dann doch fragte, was das zu bedeuten hatte. Mit offenem Verdeck ging es bis zum Haus des Erblassers Fricke in Diez an der Lahn, wo sie Kaffee tranken und miteinander warm werden konnten, wichtig fürs Gelingen seines Unternehmens. Man saß im Wohnzimmer, unter dem Portrait des verstorbenen Vaters.

Erlkönig Jean Aulne berichtete Lili: »Mir kam sehr stark ins Bewusstsein, dass das Fräulein ein feiner innerlicher Mensch ist, dem jemand fehlt, der im Stande wäre, eine Portion weltlicher Schönheiten zu ihren in überreichem Maße vorhandenen geistigen zu gesellen. Herr Fricke war Vater, Helfer, Berater, Kamerad. Ich verstehe nun Deine Begeisterung für ihn, mein liebes Mädel.« Und weiter in dem schriftlichen Rapport: »Frl. Fricke kam ganz von alleine darauf, dass wir nicht einmal die Zinsen zahlen können. Das war auch nicht ihr Anliegen. Sie verbot mir geradezu die Schuldentilgung, solange ich ›so‹ aussähe wie jetzt, ohne Fett auf den Rippen. Auch für unsere Pläne bezüglich Rumäniens hatte sie ein erstaunlich gutes Verständnis, ebenso für meine weitergehenden Pläne für Abessinien bei einem Scheitern Rumäniens. Wenn Du Sonntagmorgen kommen könntest, würde ich gerne mit Dir einige Dinge besprechen.«

An jenem Abend in Diez wurde es dann offenbar zu spät, um zurückzufahren, außerdem zuviel Alkohol. Fräulein Fricke stundete im Laufe der Nacht nicht nur die Schulden, sondern drängte dem Jean Aulne noch einen Kredit auf, der sich morgens beim Frühstück in den Plan verwandelte, das fabelhafte Sportmobil auf ihren Namen umzuschreiben, sie wolle für die Raten aufkommen, Herr Jean Aulne dürfe aber weiterhin fahren. Er müsse ihr nur einmal in der Woche Fahrstunden geben. Denn das hatte sie nie lernen dürfen unter ihrem Vater, ein Automobil zu fahren. Johnny stimmte zu, ohne Lilis Meinung einzuholen. Es gab keine andere Wahl in dieser Sache.

Lili fand zur gleichen Zeit einen anonymen Brief in ihrem Kasten. Das maschinengeschriebene Machwerk gab dem »verehrten Frl. Assessorin« zur Kenntnis, dass gegen Herrn Johann Ohne alias Jean Aulne erstens in Köln und zweitens in Neumarkt in der Oberpfalz verschiedene Sachen anhängig seien: Unterschlagung, 2. Ehebetrug, 3. Unterhaltsforderungen. Herrn Ohne drohe Strafe bis hin zu Gefängnis, es sei denn, er stelle sich freiwillig den Behörden.

Lili hielt das für möglich, glaubte es trotzdem nicht und schämte sich, dass jemand sie für eine Person hielt, die sich von einem anonymen Brief beeindrucken ließ. Das fühlte sich klebrig an, wie lange Zeit ungewaschen. Sie glaubte sich beobachtet. Jemand wusste etwas, was nicht gewusst sein durfte. Sie blickte sich um, wenn sie das Haus verließ. Sie hütete sich vor einem falschen Wort in Gesprächen. Befand sich der Denunziant in ihrer Nähe? War es ein Mann? Ein Rivale von Johnny? Eine Frau? Waren es Eifersucht, krumme Geschäfte, Neid? Johnny würde alles aufklären. Wenn er davon wüsste. Wenn er nur käme. Sie verbot sich die Frage, wer eigentlich Johann Ohne war, und wer dieser Jean Aulne. Und wer ihr Johnny, den sie zu kennen glaubte.

Obwohl Johnny pünktlich und wie verabredet kam und einleuchtende Erklärungen vorbrachte, winkte Lili ab, nichts konnte sie den anonymen Brief vergessen lassen. Der überschattete jede andere Neuigkeit. Johnny stritt nichts ab, kommentierte nichts, senkte nur seine Stimme, »höchste Vorsicht«, sagte er, »Maßnahmen ergreifen. Ab sofort nur noch postlagernd an ›Rosemarie Sinzig‹. Keiner ahnt, dass ich das bin. Höchste Vorsicht.« So flüsterte er, sie umarmend, und zog sich mit der Dämmerung zurück, »ich weiß, das ist viel von dir gefordert.« Sie flüsterte zurück: »Aber damit machst du mir auch eine große Freude.« Gab sich gefasst, und weg war er.

Auffällig besorgt erkundigten sich plötzlich Lilis Schwestern in den üblicherweise schriftlich oder telefonisch ausgetauschten Lebenszeichen, fragten so ganz nebenbei, katzenfreundlich, wie es Onkel Schonny gehe, wussten, dass Lottes Töchterchen ihn so nannte, nachdem Lili ihn in Aachen vorgestellt hatte – unter dem Siegel der Verschwiegenheit.

Plötzlich lag etwas in der Luft.

Die Schwestern taten sich wie früher in gespielter Fürsorge zusammen. Sie berieten sich untereinander: sexuelle Hörigkeit, psychische Abhängigkeit, Sucht. Sie hatten auch von Hypnose im Bohèmebereich gehört, aber sie kamen nicht weiter. Alles blieb im Ungefähren. Sie drängten Lili auf eine Erklärung, die gab auch Auskünfte, aber ohne etwas zu sagen. Das war klüger, als sich bockig zu stellen. Lili umhüllte sich mit feinen Lügengespinsten, trug sie um ihre Schultern wie eine Stola, in der sich alle Verdächtigungen verfingen.

»*Vielleicht daß dieser schöne Mann die vor'ge Ruh ihr geben kann …*«

Lili lächelte spöttisch, was sich die Schwestern nur für einen Skandal-Kitsch ausmalten!

Es rumorte in den Kulissen. Johnny verdächtigte jeden, Denunziant zu sein. Auch Lili glaubte allmählich, dass sich hinter der Bühne die *Geharnischten* versammelt hätten. Schwarze Gestalten. Und sie ahnte, dass sie mit ihrem Hang zur Oper nicht gegen sie ankommen würde, nein, das waren nicht mehr Mozarts *Geharnischte* aus der »Zauberflöte«, sondern reale Autoritäten des Rechts: verschleppte Schulden, ungedeckte Wechsel, unrechtmäßige

Vernachlässigung von Pflichten, strafbares Verhältnis zu Fräulein Kordewan. Betrug, Unterschlagung und Titelanmaßung. Das war mit keinem Choral und keiner Arie aus der Welt zu singen.

Sie war froh, als sie überraschend Einladungen zum Singen erhielt. Stolz erzählte sie Johnny vom Beifall und von Zugaben. Johnny, eifersüchtig beunruhigt, witterte eine Verschwörung, sah seine Felle davonschwimmen. Wer anders als dieser anonyme Schreiber konnte dahinter stecken. Der habe es auf Lili abgesehen. »Und wenn schon«, wiegelte Lili ab, »beim Singen denke ich immer nur an dich. Das spüren die Leute. Deshalb bin ich so gut, deshalb fordert das Publikum Zugaben.« Sie sang im »Malkasten«, in der Neanderkirche, in der Johanneskirche, bei einer Taufe in Kappes-Hamm, wo sie mit Lebensmitteln bezahlt wurde. Sie war im Gespräch, ohne Zweifel, und das machte sie glücklich. Wenn sich das weiterentwickelte, würde sie den Schuldienst verlassen und nur noch Sängerin sein. Ihre Belladonna-Augen glänzten wieder, Lili sprühte, blühte auf, verspürte neuen Schwung, Lebenslust, eigene Energie. Auch Franz Schmitt war wieder mehr in ihrer Nähe, bewunderte sie reserviert. Der anonyme Briefeschreiber wird hoffen, dass sein Plan aufgeht, argwöhnte Johnny. Lili war verführbar durch Singen, das witterte er und misstraute deshalb aller Kunst. Kunst bedeutete nämlich: Lili auf der Bühne, während er selbst in Deckung bleiben musste. Lili ließ keinen Zweifel, dass sie vom Singen nie lassen werde, selbst wenn er sie auf Knien darum bäte. Alles gäbe sie hin für ihn, schwor Lili in den raren Momenten ihres Zusammenseins, und Johnny ergänzte für sich, nur das Singen könne sie nie weggeben, das Musizieren, höchstens noch den Ruhm. Ihm zuliebe. Angestrengt suchte er nach einer Position zwischen Verheimlichen und Bühnenauftritt, er sah sich als Strippenzieher, als unentbehrlichen Wegbereiter, der sich selbstlos ihrem Glück verpflichtet hatte. Diese Rolle konnte er sich gut vorstellen.

Sein Umherschweifen beim Eher-Verlag hatte ihn in Kontakt zu einer wichtigen Person in Parteikreisen, einem Herrn Förchter gebracht. Man kannte sich von Begegnungen auf dem Flur im Verlagsbüro. Förchter war ein selbstgefälliger Kerl. Man hatte ihn zu kennen und zu grüßen. Einmal hatte er Johnny als Gegengruß die blöde Frage entgegengeknallt: »Wissen Sie, wann eine Pflaume reif ist?« und die Antwort gar nicht abgewartet, sondern sie gleich selbst nachgeschoben: »Nein? Sowas sollten Sie aber wissen, junger Mann!« Johnny blieb erstarrt, Förchter genoss die Pause, ehe er dröhnte: »Wenn man den Stiel reindrücken kann!«, um dann sein Gelächter durch den Flur zu schicken. Der Parteimann Förchter war ein massiger Mensch, aufbrausend, laut und unverfroren. Mischte in allen Kreisen mit. Trotzdem gelang es Johnny, Förchter den Namen Lili Kordewan anzudienen. Junge Künstlerin, Sängerin, vielseitig. Leute wie Förchter wussten immer einen Weg.

Johnny schrieb aus seiner Deckung heraus an Lili: »Geh doch einmal zu diesem Förchter, vielleicht findet der Gefallen an Deinem Gesang. Du weißt selbst, wie sehr es auf diese Kreise ankommt. Förchter schmückt sich gerne mit Kultur. Und Du hast die Gabe, Deine Vorzüge ins Feld zu führen, ohne Dir was zu vergeben. Förchters Einfluss kann auch uns befördern.« »Schon geschehen«, schrieb Lili zurück. Johnny erschrak, wie war seine Lili denn an diesen Kerl geraten, ohne dass er davon wusste. Er hakte schnell nach, »bei unserer nächsten Zusammenkunft sollten wir uns über dieses Thema verbreiten. Ich habe einen Plan, muss aber sehr vorsichtig sein.« Er wollte die Richtung bestimmen. Dieser Förchter war ihm nicht geheuer.

Lili war pünktlich 17.15 Uhr bei Funke-Kaiser. Wer nicht kam, war Johnny.

Am nächsten Tag und per Post erfuhr sie vom Scheitern der geplanten Sache. »Alles gehört immer nur denen, die mit Geld wuchern«, schrieb er als Motto über seinen Brief. »Mein liebstes, liebes kleines Mädele! – Ich möchte mich verfluchen, dass ich uns in eine solche Lage gebracht habe. Wie kommen wir nun wieder heraus?« Er habe kostbare Dinge zu transportieren gehabt, unterwegs ein Unfall mit einem Fuchs, alles perdu und kaputt, die kostbare Fracht, der Sportwagen, man könne ihn noch reparieren, aber er habe den Schaden zu tragen. Er selber, zum Glück, unversehrt. »Wir müssen nun so rechnen, wie es wirklich ist und nicht, wie wir es evtl. erhoffen. Wir haben kurz gesagt kein Geld.«

Wir.

»Ach Mädel, es ist solch ein Durcheinander in meinem Kopf – und so viel Leid, verzeih bitte diese Zeilen. Ich muss es Dir aber leider mitteilen, denn Du musst ja auch wieder disponieren. Schreib mir doch bitte, was Du zu tun gedenkst. Ich muss jetzt noch zur Gewerbepolizei und zur Handelskammer und zu dem Fräulein wegen des Wagens. Sei bitte, bitte nicht allzu traurig, aber aus dem gemeinsamen Weihnachten wird nichts und sag bitte niemandem, wie es um mich steht. Es tut mir so leid. Mein kleines, freches Mädel, lass Deinen Mut nicht bis auf den Erdboden rutschen, einmal wird es schon anders werden und dann kann mein Mädelchen wieder quinkelieren. Wir haben es uns dann auch redlich verdient – nicht wahr?«

Wir.

»Es wird nicht ewig alles denen gehören, die zu wuchern verstehen. Also noch mal, mein liebes Kleines, Kopf hoch.

Dein vielleicht doch nicht klein zu kriegender und Dich so lieb habender Johnny-Lausebengel.«

Lili zog Bilanz. Sie sah keinen Grund, die Flinte ins Korn zu werfen. Sie hatte Erfolg, das machte sie froh und stark und es reichte für zwei. Ihr Erfolg sollte auch seiner sein. Nur fühlte sie sich momentan, vorübergehend, nicht wohl. Erholung würde ihr gut tun.

Lotte lud Lili ein, über Weihnachten nach Aachen zu kommen und ihr zur Hand zu gehen. »Meine inneren Organe sind immer noch geschwollen und entzündet, das ist chronisch, und das Flicken von Heinrichs Hemden bereitet mir wahnsinnige Mühe, zumal ich das Rad mit der Hand drehen muss, denn ich wage nicht, das Nähmaschinenpedal zu treten. Auch Onkel Schonny ist herzlich eingeladen. Hat er den Malariaanfall gut überstanden?«

Malariaanfall? Ach ja, den hatte Lili für die Schwestern in die Welt gesetzt, um dem »Schonny« eine Wichtigkeit zuzuschreiben. »Verzeih den Schrecken«, beeilte sich Lili in der Antwort, »es sah nur so aus wie Malaria, es war eine Kohlenmonoxydvergiftung, sein Zimmerofen war nicht in Ordnung. Er hat seiner Wirtin gedroht, die Gesundheitspolizei zu rufen, wenn der Schaden nicht postwendend behoben wird. Das hat gewirkt! Gerne komme ich über Weihnachten. Dann mehr.«

Abgang

»Dann mehr« war nicht beiläufig geschrieben. Lili fühlte sich seit Tagen unwohl nach der Art, die sie kannte, und die schon einmal ausgeräumt worden war, in Bad Pyrmont. Sie hatte mit Temperaturmessen eine Verhütungsmethode ausprobiert, und die hatte versagt. Sie versuchte es mit Glühwein und mit starkem Kaffee. In Aachen würde sie mit dem Häschen auf buckeligen Abhängen Schlitten fahren, und wenn Häschen nicht durfte, das zarte Kind, dann eben alleine. Doch Weihnachten war erst in vierzehn Tagen.

Lili ließ Lotte glauben, sie litte an Verstopfung. Lotte, die liebe, die ahnungslose Lotte, kannte das Problem. Sie verschaffte sich in solchen Fällen Abhilfe mit einem Sud von Faulbaumrinde. Aber Vorsicht, früher habe man Schießpulver daraus hergestellt! Ein halbes Gramm höchstens für den Sud und nicht mehr als ein paar Tage. Am besten abends, dann könne man gleich morgens. Heinrich bestellte in der Apotheke fünf Gramm »für seine Damen«, das sollte reichen.

Am Montag nach Weihnachten war die Bestellung abzuholen. Lili konnte leider der lieben Lotte nicht länger zur Hand gehen, sie habe ein Konzert vorzubereiten und sei ihrerseits wegen der leidigen Verstopfung nicht ganz auf dem Damm, gesundheitlich. Im Frühjahr aber ganz bestimmt, vielleicht käme dann auch der »Onkel Schonny« wieder mal mit, der habe viel zu tun.

Lili nahm den Vormittagszug nach Düsseldorf, um so schnell wie möglich die Faulbaumrinden-Kur auszuprobieren, ohne Johnny, den sie mit dem ganzen Vorfall nicht belasten mochte. Aber eine Nachricht von ihm, das wäre schön.

Noch in Mantel und Jacke setzte Lili Wasser auf, zog erst dann Schuhe und Mantel aus, wog zwei Gramm ab, lieber zuviel als zuwenig, und überbrühte das Rindengehäcksel mit kochendem Wasser, ließ es fünfzehn Minuten ziehen. In der Zwischenzeit notierte sie in ihr Tagebuch:

»27. Dezember 37 nachmittags. Momentan äußerst mutlos, trotz Erfolg mit dem Singen. Ach – ich habe einfach Angst. Hoffentlich wird Johnny nicht bös über sein mutloses kleines Mädel. Er hat sicher mehr Arbeit, als er bewältigen kann, sonst hätte ich bestimmt etwas von ihm gehört. Ich wünsche mir so sehr, dass alles gut wird.«

Sie seihte den Sud ab und trank. Das Zeug schmeckte eigenartig, unangenehm, schleimig-süßlich und bitter zugleich. Es zog ihr den Mund zusammen, es würgte sie. Dann wartete sie. Sie räumte auf, bügelte, ging unruhig auf und ab und noch einmal kurz raus. Sie spielte unkonzentriert Beethoven-Bagatellen, klimperte automatisch ein wenig Czerny, und legte sich vorzeitig ins Bett. Sie las »Die Höhlenkinder im heimlichen Grund«, eine schöne Geschichte, aus ihrer Jugendzeit vertraut, die kannte sie fast auswendig, das wiegte sie in den Schlaf.

Gegen vier Uhr morgens wurde sie von Krämpfen geweckt. Sie musste sich übergeben, die Krämpfe wurden schlimmer. Durchfall und Erbrechen, beides zugleich, oben und unten, dazu Blut, Herzrasen, kalter Schweiß. Es fühlte sich an, als löste sie sich innerlich auf. Sie krümmte sich gegen den Schmerz, glaubte sich dem Tod nahe. Sie versudelte sich selbst, die Toilette, den Weg zum Waschbecken. Ich sterbe, ich sterbe. Sie brach vorm Waschbecken zusammen. Sie wusste nicht, wie lange sie dort auf dem Boden gelegen hatte, als sie schweißgebadet und frierend zu sich kam. Über eine Stunde dauerte es, um die Spuren zu beseitigen, so entkräftet war sie und gleichzeitig voller Angst, jemand könnte sie so finden, stinkend und eklig. Sie weichte ihre Kleidung ein, streckte sich erschöpft auf dem Bett aus und schämte sich in die nächste Bewusstlosigkeit. Aus der rissen sie blutiger Durchfall und blutiges Erbrechen erneut ins Wache. Herrgott, warum muss ich so leiden. Waschen, wieder aufwischen und putzen, Krämpfe, die dem leeren Körper das Leben auswringen wollten. Und trotzdem, am übernächsten Tag sagte sie ihrem grünlichen Gesicht im Spiegel: gerettet. Sie nahm kleine Schlucke Wasser, wartete, ob der Magen es behielt, ja, die paar Schlucke blieben drin. Gerettet.

Endlich auch wieder Post. Ein dünnes Päckchen. »Bitte nicht öffnen« stand auf einem der inliegenden Umschläge, »gut verwahren« auf dem zweiten, ein dritter Umschlag war für sie: »Nur Du, mein liebes Mädel, kannst alles ermessen. Vertraue mir. Kopf hoch. Ich habe länger in Sachen Sparöfen, Elektroverbrauch, Wärmeberechnungen und in dem Schadensersatz mit der Autosache zu tun. Danach sind im Siegerland in einer anderen Sache Plakate zu ordnen. Im neuen Jahr aber sind wir nur noch wir, glaube mir.« Lili war zu schwach, um zu zweifeln, sie ergab sich in das Ungenaue, sie schrieb ihm demütig hinterher: »Ich bin mit meinen Gedanken sehr oft bei Dir. Hoffentlich stören sie Dich nicht. Der Brief ist ein bisschen durcheinander, so wie ich, aber ich hoffe, dass Du ihn mit einem gütigen Auge liest. Wenn ich nun von Dir hören würde, dass es Dir gut geht und alles nach Deinen Wünschen klappt, wäre ich sehr glücklich.« Sie diente sich ihm an: »Ich glaube ja an Dich, ich habe Vertrauen zu Dir. Ich bin nur in einer schlechten körperlichen Verfassung. Glaub mir, ich strenge mich sehr an, auch was meine ›Tapferkeit‹ betrifft. Weißt Du, bis hierhin schien mir alles untragbar, aber jetzt bin ich doch erstaunt, wie alles Bisherige zu ertragen gewesen ist und dass wir beide nicht klein daran wurden. Lieber Johnny, wenn es auch manchmal nicht so aussieht, Du hast mir immer noch über alles hinweggeholfen. Du und meine Musik – ihr habt mir noch immer Gutes getan, ich vertraue Dir ganz unbedingt – das musst Du mir glauben.«

Seine Antwort kam so schnell, als habe er ihre Gedanken schon vor der Postzustellung gelesen: »Es ist mir ein wirklicher Trost, Dich so tapfer und brav zu wissen. Weißt Du, Mädele, es geht ja doch alles seinen Gang – deshalb ist es besser, wenn wir von vornherein den kommenden Ereignissen etwas wurstiger entgegenschauen. Ich benötige noch ein polizeiliches Führungszeugnis aus den Jahren 31 bis 34 für meinen Antrag auf einen Wandergewerbeschein. Dazu musste ich nach Neumarkt, aber die Ämter waren geschlossen. Die Sache mit den Öfen hat nicht geklappt und heute ist mir der Zug davongefahren, sodass ich erst um 12 bei Frl. Fricke sein konnte, Du weißt ja, wie das ist. Es gab böses Blut, obgleich es nicht meine Schuld war, der Zug, der sonst immer Verspätung hatte, war heute überpünktlich.«

Lili umzingelte ihn mit Fragen, versuchte, ihm Antworten abzunötigen: »Wenn die Sache mit den Öfen nicht geklappt hat – wovon lebst Du? Hast Du wenigstens vom Eher Verlag was bekommen? Ist die pekuniäre Frage das Hindernis, warum Du nicht kommen kannst? Was ist los? Wäre das Saargebiet etwas für Dich? Eine Schwägerin von Lotte erzählte von einem Bekannten, der dort arbeitet, ich glaube in Waschmaschinen. Er hat geschrieben, dass es dort am Allernötigsten fehle u. dass noch gute Geschäfte da unten zu machen seien. Nach Neumarkt musstest Du reisen, hätte nicht ein Brief gereicht? Tausend Fragen. Ich wünschte, ich könnte Dir nur Freude machen und Dich glücklich sehen.«

Sie legte einen Zeitungsausschnitt bei, den Lotte ihr aufgehoben hatte, eine hübsche Karikatur zur Hochzeit des Glamour-Paars Rosemeyer und Beinhorn: Er, im offenen Rennwagen, den Kopf im Nacken, hält sein Gesicht nach oben der Braut entgegen, die kopfunter in der Einmotorigen über ihm fliegt. Sie küssen sich, er im Frack, sie mit wehendem Schleier, sie küssen sich im Flug und bei voller Fahrt. Lili hoffte, damit Fräulein Frickes Bann zu brechen.

Diese Person besaß nun leider das Sportmobil, Johnnys *Flugwerk*. Wie sie das eingefädelt hatte? Keine Ahnung. Johnny tat gleichgültig. »Diese alte Jungfer kann doch kaum fahren und erst recht nicht fliegen«. Allein, dass er so dachte, machte Lili verrückt. Wer weiß denn schon, was da wirklich läuft? Alte Scheunen brennen lichterloh.

»Ich habe erkannt, dass man trotz einer großen Angst bewusst in etwas Schreckliches hineingehen kann. Nun hoffe ich, dass ich bald Dein liebes Gesicht wiedersehen werde.« So ihre Grüße zum Neuen Jahr. Der Traum vom Fliegen hatte im alten Jahr eine Bruchlandung hingelegt, aber ausgeträumt war er nicht.

Flügel
1938

Die Faulbaumbehandlung hatte Lili die roten Blutkörperchen ausgetrieben. Anämisch sehe sie aus, da müssten Eisenpräparate her, der Arzt schrieb ein Rezept, befand, sie sei gesund, habe aber eine Neigung zur Nervenkrankheit Neurasthenie.

Lili litt an der Anhäufung von Ungewissheiten, phantasierte sich aus Johnnys Andeutungen Bedrohliches zusammen. Sie sah in jedem Passanten einen zweifelhaften Herrn. Nach Einbruch der Dämmerung fürchtete sie, dass jemand wie aus einem Teufelskästchen hinter einer Häuserecke hervorspringen und »Fräulein Kordewan?« flüstern würde. Wenn sie ihre Schritte beschleunigte, meinte sie, einen Hauch im Nacken zu spüren und zu ahnen, wie jemand dicht an sie herantretend Forderungen stellte. Aber feige würde der verschwinden, sobald sie sich umdrehte. Lili malte sich Briefe mit Rechnungen aus, mit Mahnungen in ihrem Briefkasten und nahm sich vor, die alle im Ofen zu verbrennen und als nie erhalten zu deklarieren. Beweisen konnte man ihr nichts.

»Ich denke«, schrieb Lili ihrem verschwundenen Johnny, wie immer postlagernd, »dass die Wege, die wir zu gehen versuchen, richtig sind und uns bald einmal zum Ziel führen.

Dass sie nicht einfach und bequem sind, wissen wir beide ganz genau. Aber deshalb gehen wir sie ja auch zusammen … Die Welt schon zu sehen, wenn man viel Geld hat, das ist kein Kunststück – aber keins haben und sie schön finden – das macht einen Künstler aus. Ich glaube fest, in dem Humor, der sich dann zeigt, verrät sich auch ein Stück guter Rasse! Wenn das der gute Rasse-Günther wüsste, was ich aus seinen rassenbiologischen Erbgesetzen für uns Künstler mache!«

Um der schönen Träume willen las sie vorm Einschlafen Elly Beinhorns Biografie »Ein Mädchen fliegt allein«, das war nach den »Höhlenkindern« ihr Lieblingsbuch geworden. Die Lektüre bestärkte sie, unbeirrbar weiterzugehen, wenn sie verzagen wollte. Tags rezitierte sie zu ihrer Stärkung Goethe. Ihren Goethe. Auf- und abschreitend in ihrem Atelier. Einmal täglich »Prometheus«, und schon ging es ihr besser.

»Alles geben die Götter, die unendlichen, ihren Lieblingen ganz«, kleine Pause. »Alle Freuden, die unendlichen, alle Schmerzen, die unendlichen« – große Pause – »ganz«. Das letzte Wort ließ sie im Raum stehen und ausklingen.

Sollten Schuldner doch die Hände ausstrecken, Pharisäer sich mühen: Den Anbruch der Neuen Zeit verhinderten die nicht, diese Spießer. Und den Aufbruch des neuen Paares Lili und Johnny schon gar nicht. Lili würde die Fäden in der Hand halten, würde dolmetschen und vermitteln, wie früher, wie damals, auf der Treppe zwischen den Eltern. Die Epoche der Spießer war zu Ende. Vorbei die Vorherrschaft derer, die unverdient im Wohlstand schwelgten. Die werden sich noch umsehen, dachte Lili. Von den Lebendigen haben die es genommen. Oder geerbt ohne eigenes Bemühen. Das wird sich ändern. Was diese Halsabschneider schulden, das wird zurückgeholt. Lange genug hat man sie gewähren lassen.

Wenn die einmal nicht mehr, all diese Schacherer, das wird herrlich. Kein Dünkel mehr, kein intellektuelles Sezieren. Der neue Mensch wird sein. Herrlich.

Lili Kordewan, die Künstlerin und Jean Aulne, ihr Johnny, der schaffende, der wärmetechnisch und elektrisch versierte Mann. Und er würde sie lieben. Lieben müssen. Nur gemeinsam waren sie stark.

Bernd Rosemeyer verunglückte tödlich am 28. Januar 1938 südlich von Frankfurt, auf der Reichsautobahn beim Nauheimer Oberwald. Trotz Warnung vor Windböen hatte er den Geschwindigkeitsrekord von 432, 69 km/h des Rudolf Caracciola wieder an sich reißen wollen, keinen Tag länger konnte er den Rekord des Konkurrenten auf sich sitzenlassen. Diese Entschlossenheit! Das liebte man an ihm. Bei einer Geschwindigkeit von 429 km/h überschlug sich sein Wagen. Lili wusste noch nichts, aber als Johnny unerwartet vor der Tür stand, sah sie ihm an, dass etwas Schreckliches passiert sein musste. »Bernd Rosemeyer tot«, brachte er nur heraus, und dann weinte er hemmungslos. Lili weinte mit ihm, dachte an Elly Beinhorn, was die jetzt wohl, so ein Schock! Ihr Weinen wich einem Erstarren, einer Leere. Es war, als sei der Führer selbst tödlich verunglückt. Sie saßen auf dem Fußboden, blickten lange vor sich hin, warteten. Wieder Tränen. Trostloses Leben. Nein. Das durfte nicht sein. Das wäre nicht im Sinne des Verunglückten. Es musste weitergehen. Der Komet am Motorhimmel war abgestürzt, aber der Führer lebte doch und die Neue Zeit verlangte den vollen Einsatz von solchen, wie sie es waren, deren Herz so sehr für die Sache. Lili nahm sich Elly Beinhorn als Vorbild, das Teufelsmädel spornte sie an. Jetzt erst recht.

Lili fehlte nur ein passendes *Flugwerk*, ein Pendant zu Johnnys Fahrzeug. Das war zwar in Fräulein Fickes Obhut, aber Johnny verzauberte es noch immer. Für Lili wäre ein Flügel angemessen. »Ohne Flügel ist ein Sänger unvollkommen«, hatte Prof. M. gepredigt, »grundsätzlich nur ein Flügel. Kein Klavier. Ein Klavier schlägt die Töne gegen die Wand. Ein Klavier möbliert nur den Gesang, ein Klavier blockiert ihn. Mit einem Flügel aber schwingt die Stimme sich auf. Ein Flügel ist unabdingbar, und selbst dann, wenn man darin sein Bett bereiten muss, weil kein Raum in der Herberge ist. Unabdingbar ein Flügel.«

Das trug Lili mit Nachdruck Vater Adam vor: Professor M. sei ja seit einiger Zeit anderweitig tätig und werde in Kürze, so schnell wie möglich, eine große Reise antreten. Zufällig habe sie erfahren, dass dessen Stutzflügel zum Verkauf stehe. Professor M. wolle nämlich nach Amerika auswandern, mit der ganzen Familie. Die Neue Zeit in Deutschland mit der großen, starken Bewegung, die richte sich mehr auf das Nordische aus, da sei verständlicherweise für Leute wie Professor M. kein Platz. Professor M. würde sich glücklich schätzen, wenn er sein Instrument unter der Hand verkaufen könne und es in musikalisch versierte Hände käme. Sie, als ehemalige Schülerin von Professor M. und als Musikpädagogin, sei es sich schuldig, dieses Instrument zu übernehmen. Vater möge bitte seine Kontakte spielen lassen zu den Kreisen, die ihm schon dieses und jenes lukrative Geschäft vermittelt, wieso nicht jetzt auch mal für sie, und nicht nur wegen Schmuck für Claire Fischer.

Vom Onkel aus Stoffeln hatte sie gehört, dass Vater schon vor seiner offiziellen »Tätigkeit für das deutsche Wirtschaftsleben« Zugriff auf Wertsachen gehabt hatte. »Geld stinkt nicht, es schreit nicht zum Himmel, egal woher es kommt«, das einte Onkel und Vater. Bei Geld solle man nie Nein sagen.

Lili bereitete dem Vater unangenehme Gefühle. Schlechtes Gewissen beschlich ihn, als sie ihn an die gemeinsamen schönen Liederjahre mit den Franzosen erinnerte, an die Zeit beim Onkel in Stoffeln und daran, dass er als Vater und Gesangspartner plötzlich verschwunden war. Dass er ihr die einzige Freude entführt hatte, ja, die einzige Freude damals in Lilis Leben: das Singen mit Claire Fischer. Sie ließ das leicht anzüglich klingen: die Freude mit Claire Fischer. Die für sie so abrupt zu Ende ging.

Der Stutzflügel sei geeignet, auch für diesen Verlust einen Ausgleich zu schaffen. Damit wären sie endgültig quitt und sie werde ihm das ewig danken.

Vater Adam war beeindruckt. Die Kleine hatte sich gemausert. Interessante Sache, meinte er und nahm Witterung auf und Kontakt. Dem Professor M. und seiner Familie könne er helfen, auch im Weiteren helfen, könne Hab und Gut unauffällig veräußern, es mit Onkels Hilfe flüssigmachen, für den »Auszug nach Jerusalem«. So ein großes Möbel wie den Flügel könne man ja unmöglich mitnehmen, und diese Reise über den großen Teich und mit der ganzen Familie, das koste. Nicht einfach für die Herrschaften, das alles aufzulösen. Einfach sei das auch nicht für ihn, Adam Kordewan. Eigentlich sei das verboten und müsse gemeldet werden.

Adam Kordewan ließ den Herrn Professor wissen, er nehme da einiges auf sich, nicht zuletzt seiner Tochter zuliebe, und der Professor fand kaum genügend Dankesworte für die erwiesenen Dienste: nur mit Herrn Kordewans Hilfe, die neue Existenz drüben. Danke, vielen Dank. »Ein feiner Herr ist das«, sagte Adam Kordewan zu Lili. »Er ist in meinem Alter. Da kennt man noch Umgangsformen.« Dem Ausreisewilligen versprach er besondere Sorgfalt und diskrete Abholung. Gerade bei so einem Instrument sei das Risiko ja groß. Reine Gefälligkeit. »Ein feiner Herr, dein Professor«, meinte Adam, »bedankte sich sogar für das Glück, den Flügel in deine musikalischen Hände geben zu dürfen. Das mindere seine Trauer um ein liebgewordenes Ding, und der geringe Erlös schmerze weniger als ein unwürdiger Platz. Solche Herren sind selten geworden«, lobte Vater Adam. »Größe und Contenance. Respekt!«

Und da stand er dann endlich in Lilis Atelier in der Scheibenstraße auf seinen schönen runden Beinen: der Stutzflügel »Gustav Fiedler«. Nussbaum matt mit Elfenbeintasten. Selbstbewusst nahm der den größten Platz ein, ragte in Lilis Schlafecke mit dem hinteren Bein, das sich nach oben verdickte und zum Schenkel aufwarf, dessen Rundung Lili gerne streifte. Gustav Fiedler? Von nun an hieß er so und blieb an Lilis Seite.

Johnny war pünktlich zur Stelle, half, den Flügel zu transportieren, nicht ohne Hintergedanken, musste jedoch bald den Gedanken in den Wind schlagen, das gute Stück zu veräußern. Das würde Lili nie gestatten, im Gegenteil: Gustav Fiedler zwang Johnny in eine Art Ménage-à-trois. Wobei der Flügel ihm eins voraushatte: Er war immer da, wenn Lili ihn brauchte.

Johnny entging nicht, wie Gustav Fiedler Lilis Herz beim Musizieren erwärmte, wie sehr der ihre Gefühle ins Schwingen brachte. »Der Flügel lässt mich nie im Stich, wenn ich

Trost brauche«, offenbarte sie Johnny. »Er vertreibt mir die bösen Geister. Und weißt du, Musik ist eine herrliche Waffe, damit kann man den Feind an die Wand spielen.« Johnny ahnte, dass dies auch sein Schicksal sein könnte. »Aha. Erst dreimal Gustav Fiedler, dann ich«, grollte er und gab sich sperrig gegen den neuen Gefährten. Aber ebenso gegenüber Lilis Gesang, mit dem sie seine Eifersucht zu vertreiben suchte. »So wahr die Sonne scheinet, so wahr die Wolke weinet ...«, sang sie ihm, »so wahr hab ich empfunden, als ich dich halt' umwunden, ich lieb dich wie du mich, du liebst mich wie ich dich ...« – und er ertrug den Schubert, weil von Schuberts »Liebesfrühling« bis zum frühen Morgen auch für ihn einiges abfiel.

Gustav Fiedler aber war Lilis Fels in der Brandung. In seiner Korpus-Bucht fand sie ihren sicheren Hafen. In seiner Obhut sammelte sie Kraft. Legte die Tastatur andächtig bloß, strich über das Elfenbein und machte auf dem Schwarz-Weiß ihre Finger geläufig: Etwas Czerny zu Beginn, auswendig ein kleiner Haydn. Was für ein Glück: Der Flügel blieb, wenn Johnny wieder verschollen war.

Das Instrument hatte sich zwischen sie gedrängt. Hätte das Musizieren nicht diesen praktischen Nutzwert gehabt, dass Lili damit Geld und Naturalien herbeischaffte und eine geldwerte Zukunft auf großer Bühne versprach, Johnny hätte sich an dem Kasten vergriffen. Wer dieses Ding vier Stockwerke hinaufgeschafft hat, der weiß auch, wie man es abtransportiert. Es widerte ihn an, zusehen zu müssen, wie sein Mädel mit geschlossenen Augen in die Tasten griff und sich innig dem Musizieren hingab. Weil das nicht ihn meinte, weil sie sich von ihm entfernte in diesen Momenten. Er musste jedes Mal schlucken, seine Hände verschränken, auf seine Füße starren und sich beherrschen, um bei Lilis Entrückungen nicht aus der Haut zu fahren, nicht die Noten vom Flügel zu reißen und sie ihr vor die Füße zu werfen. Doch in einem Zweikampf mit Gustav Fiedler hätte er den Kürzeren gezogen. Es war besser, sich für Lili unentbehrlich zu machen. Zum Beispiel als Impresario. Bei Fräulein Fricke, der er zweimal in Monat Fahrunterricht gab – was kein Zuckerschlecken war – da hatte er Umgangsregeln gelernt, die ihm bisher unvertraut waren. Jetzt war der Moment gekommen, sie zu nutzen.

Johnny kannte ja den Herrn Förchter und wusste, dass der in Kontakt stand mit Staatsrat Ziegler. Severus Ziegler, seines Zeichens Generalintendant in Weimar und besessen davon, ein großes Musikfest in Düsseldorf auszurichten, der hatte von nichts eine Ahnung, war dennoch wichtig und unmäßig eitel. Auf halboffiziellem Weg gelang es Johnny, nicht nur Herrn Förchter neugierig zu machen auf Lilis Künste, sondern auch Staatsrat Ziegler, der gerne Kenntnis nahm von dem frischen Talent der Lili Kordewan. Nicht nur äußerst begabt, sondern auch nett anzusehen, hatte Förchter dem Generalintendanten berichtet, und so kam das »Sehr geehrte Fräulein Kordewan« in die engere Auswahl für das Beiprogramm zur »Kulturpolitischen Kundgebung« anlässlich der Ausstellung »Entartete Musik« im Mai 1938. Schon beim Vorspiel und Vorsingen überzeugte Lili.

Gottseidank war auch Lilis Gesamtzustand wieder im Lot, sie litt nicht mehr so stark an dem Ausgeleertsein durch den Faulbaumsud, litt nur daran, dass das hatte sein müssen und womöglich nicht zum letzten Mal. Nie wieder wollte sie in so eine demütigende Lage geraten. Sie wünschte sich klare

Verhältnisse. Zueinanderstehen, so wie Bernd Rosemeyer und Elly Beinhorn das vorgelebt hatten.

Zueinanderstehen in aller Öffentlichkeit, danach sehnte sie sich immer dringlicher. Johnny musste sich endlich zu einer Scheidung von der Frau durchringen, die er »Madam« nannte. Was sollte da schon passieren? Schlimmer, als es bisher war, ging es doch nicht, es konnte nur alles besser werden und endlich ehrlicher. Und dann hätten sie eine eigene Wohnung, auch Kinder wären schön, mit ihm und gemeinsam in überschaubaren Alltagssorgen: Feste, Freunde, Hausmusik, gesellschaftliche Kreise. Sie hatte sich unter Heimlichkeiten zwischen Liebenden etwas Beglückendes vorgestellt, etwas Zauberhaftes, auf keinen Fall das, was sie bis jetzt hatte erleben müssen.

Das Spannen in ihren Brüsten ließ nach, endlich auch wieder schwache Blutungen, mehr war nicht möglich, so leer geblutet, wie sie war von der Faulbaumrindenkur. Aber immerhin.

Ihr Auftritt im Rahmen der »Kulturpolitischen Kundgebung« war für den Mai vorgesehen, das war noch etwas hin, sie mussten erst durch den restlichen Winter kommen. Sie beide. Wie das gehen sollte, das war das größere Problem. Für den Auftritt konnte sie üben, einfache Sache bei dem simplen Geschmack des Hans-Severus Ziegler, der sich zur Aufgabe gemacht hatte, »Entartete Musik« aus dem Kulturleben zu entfernen. Er war bekannt als Musikdilettant, der sich darin gefiel, »Jonny spielt auf« als »kulturbolschewistisch« zu brandmarken und alles, was nicht pompös war, verjudet zu nennen. Leider hatte er das Sagen. Und immerhin: Goebbels würde reden, zur Eröffnung der Ausstellung im Kunstpalast am Ehrenhof. Eine sehr bedeutende Sache also. Und Lilis Auftritt sollte in der Tonhalle stattfinden. Alles ganz groß, manches ziemlich schwülstig. Egal. Man musste überall Abstriche machen, wenn man hochkommen wollte. Lili würde weiterhin Stücke aus der »Verfallskunst« lieben, so wie sie ihren Johnny liebte, den sie weiterhin und ungeniert Johnny nennen würde. Severus Ziegler war für sie kein Maßstab. Ihrem Johnny wollte sie aufspielen, vor allem aber sollte er fest bei ihr bleiben.

Lili brachte »Aufbruch« zum Vortrag und »Waldgehaben«, die Kompositionen des Musikpädagogen C. Weyand. Damit ging sie kein Risiko ein. Sie begleitete sich selbst auf dem Flügel, alles auswendig. Sie hatte gründlich geübt, und es zahlte sich aus. Sie war jetzt im Gespräch. Der erste Schritt in die Kreise war getan. Goebbels hatte gesprochen, ihr alter Musiklehrer und Kompositeur hatte ihr gratuliert, Vater Adam und Claire Fischer hatten Tränen in den Augen, Lilis Karriere geriet in Fahrt. Sie konnte sich auf ihre Geschicklichkeit verlassen: Beherrschte sie nicht alle Register, die ernste Musik ebenso wie die leichte? Dass ihr vieles von dem gefiel, was seit dem Musikfest entartet hieß, brauchte sie ja keinem der verantwortlichen Kulturbanausen unter die Nase zu reiben. Sie würde von Fall zu Fall den richtigen Ton treffen. Und dass Johnny ihren Auftritt bei den Reichsmusiktagen in Düsseldorf ziemlich rasch als seinen eigenen Erfolg verbuchte, das ließ sie so stehen. Darauf kam es nicht an. Sie glaubte an ihr eigenes Können, das reichte für zwei.

Aufbruch 1938/39

Der Mai im Jahr achtunddreißig war kalt und Lili fröstelte, auch weil sie zu den Soireen im Rahmen der Reichsmusiktage leicht bekleidet war. Der Juni entschädigte mit einiger Wärme, dafür wurden Johnnys Besuche rar, nur bei Einbruch der Dunkelheit traute er sich, in Lilis Umgebung aufzutauchen, und die Frühsommertage wurden Lili elend lang. Besonders, weil Johnny neben seiner Arbeit für den Eher-Verlag und den »Arbeitsdank« schwierige zeitraubende Angelegenheiten tätigte, die noch nicht spruchreif waren, was immer das hieß. Dieses ewige Geheimhalten, das war wie Sekt mit Gift.

Lili weihte schließlich den Onkel in Stoffeln ein. Doch die Familie hatte ihn bereits aufgeklärt über Lilis Verhältnis mit einem verheirateten Mann und der Onkel bearbeitete sie, auf Scheidung zu drängen. Wenn sie mit ihrer Karriere vorankommen wolle, müssten klare Verhältnisse her. Nur wer schon oben sei, nur der könne sich ein Verhältnis leisten.

Er bot ihr einen Auftritt an, bei Erfolg Fortsetzung, unter der Bedingung, dass die Scheidung und alles Weitere, sie wisse ja. Höchste Zeit, Nägel mit Köpfen zu machen. Wie auch immer, egal ob schuldig oder nicht, Hauptsache, dass überhaupt etwas passierte in der Richtung, und zwar konsequent und bald.

Lili und der Onkel umzingelten Johnny freundlich und entschlossen: Das zermürbende Versteckspiel musste ein Ende haben! Als Paar auftreten! Gemeinsam in der Neuen Zeit etwas Großes bewirken!

Johnny müsse nur wollen.

Der sah schwere Wetter aufziehen und zog den Kopf ein. Als Lili ihm auch noch vorrechnete, welche Opfer sie für ihn gebracht hatte und jetzt nicht so weitermachen wollte. Kräftezehrende, innerlich zersetzende Zustände, seit sie mit ihm, sie müsse auf ihre Konstitution achten, auf ihre Stimme, andernfalls sei ihr Erfolg gefährdet. Seinetwegen immer Ängste, Geldnot, Ungewissheit, bis hin zu gesundheitsschädigenden Faulbaumkrämpfen. Letztendlich ohne sichtbare Anstrengungen seinerseits. Er fordere immer nur und unke herum, statt entschlossen und froh mit ihr an einer Zukunft zu bauen. Eine Scheidung sei längst fällig, die sei er ihr allmählich schuldig.

Johnny fühlte sich in die Enge getrieben, auf allen Seiten türmte sich Schuld.

Und er hatte Kinder. Zwei kleine Söhne. Sein eigen Fleisch und Blut. Die hatte er Lili verheimlicht und er würde sie verlieren.

Andererseits würde er Lili verlieren, wenn er nicht endlich handelte. Handeln jedoch war das Letzte, was er wollte. Die Dinge sollten geschehen. Zu seinen Gunsten. Die Frauen sollten verstehen und Lili sollte ihn weiterhin bedingungslos lieben. Jetzt, mit ihren Forderungen, selbst wenn sie im Recht war, hatte sie den Bogen überspannt. Erst aus sicherer Entfernung gab er sich, postlagernd, einsichtig und fürsorglich:

»Bezüglich Deiner Forderung, die sicher aus Deinen momentanen Ängsten und einer neuen Verzagtheit stammen, muss ich zugeben, dass es auch ein bisschen an mir selbst mit gelegen hat, wenn es an innerer Tapferkeit mangelte, denn auch ich war, besonders körperlich, so weit herunter, dass der Wille zur Tapferkeit einfach fehlte. Bald werden glattere Verhältnisse eintreten. Wir sollten unserem furchtbaren Leichtsinn vernünftiger begegnen, dann kommst Du nicht mehr in diese Widerlichkeit, die Du Dir antun musstest. Es war und ist für Dich bestimmt keine Kleinigkeit. Doch wir sollten deshalb nicht mehr jammern, selbst wenn es scheinen sollte, als beginge ich eine Dir unverständliche Sache. Frag nicht, ehe es reif ist, und hab Zutrauen.« Vorsorglich blieb er auf Entfernung.

Lilis Entschlossenheit sackte in sich zusammen. Sie reimte in ihr Tagebuch:

»Mein Herz ist beklommen.
Mein Mut mir benommen.
Wann wird er nur kommen,
der Liebste?«

In derselben Nacht wachte sie auf von einem stechenden Schmerz, als würde ihr Kopf gespalten. Jede Berührung am Kopf brannte, sie konnte sich nirgendwo anlehnen. Übelkeit überfiel sie. Elend müde und nicht ausruhen können, lieber tot sein als das. Sie suchte gegen den Migräneanfall Halt in der Flügelbucht von Gustav Fiedler. Er war ihr immer zu Diensten, er nahm nichts krumm, stellte keine Ansprüche, gab Hoffnung und Trost. Er stützte sie, gerade wenn sie, wie jetzt, nur dahinvegetierte. Endlich, endlich, nach Stunden, eine Ahnung von vergehendem Schmerz. Das fühlte sich an wie Glück. »Komm Liebster, komm«, flüsterte sie in der Flügelbucht. »Johnny, wo bist du?«

Alles gelang ihr, nur dieses eine nicht, dieses einzig Wichtigste: Johnny zu halten. Sie meinte, daran zerbrechen zu müssen. Sie konsultierte ihren Arzt, dem war ihre Nervenschwäche bekannt und jetzt plage innere Unruhe und ließe sie nicht mehr schlafen. Manchmal heftige Migräneanfälle. Entschieden verlangte sie ein wirksames Mittel, nicht so ein braves Hausmittelchen wie bisher, sondern etwas Durchschlagendes. Ihr Zustand sei ernst. Der Arzt horchte sie ab und klopfte und drückte. Sah sie dann lange an, als sie wieder Platz vor seinem Schreibtisch genommen hatte. Sah sie wohlwollend an. »Sie sind schwanger«, teilte er schließlich mit. Ohne Zweifel. Fünfter, sechster Monat.

Eine große, leere Stille stand im Raum. Lili glaubte ihm nicht. Er musste sich vertan haben. Sie beschrieb ihm ausführlich ihre Faulbaumkur. Alles sei da abgegangen, da konnte nichts geblieben sein bei dieser ungewöhnlichen Magen- und Darmtätigkeit. Wieder eine große Pause. Der Arzt sah Lili an. Sie wich aus, er möge ihr bitte sofort etwas gegen ihre innere Unruhe und gegen Neurasthenie verschreiben. Sie verbitte sich, Gerüchte in die Welt zu setzen. Der Arzt blieb bei seiner Diagnose.

Zu allem Überfluss gratulierte er ihr: »Was Sie da versucht haben, davon will ich nichts gehört haben. Eigentlich ist das strafbar. Sie werden ein starkes Kind bekommen, wenn es so einen Angriff überstanden hat.« Er lächelte ihr aufmunternd zu: »Kopf hoch. Die innere Unruhe, die legt sich dann von selbst.«

»Mir geht es nicht besonders gut, aber das geht vorbei«, schrieb sie umgehend an Johnny. Nicht die Wahrheit, doch bis hierher nicht gelogen. »Ich bedurfte fachmännischer Behandlung. Ein ›reizender Mensch‹ hat mich sehr gründlich, aber auch sehr schmerzhaft untersucht und eine beidseitige Eierstockentzündung festgestellt, dazu noch Gebärmutterentzündung. Niedlich – was? Und langwierig. Wenn es nicht besser wird, muss evtl. operiert werden. Feuchte Umschläge mit Alkoholwasser 1:1, und alle zwei Tage zu ihm zur Kontrolle. Er hat Tabletten verabreicht und eine Spülung für den Folgetag verschrieben mit irgendeinem Präparat, das durch einen Totenkopf als lebensgefährlich gekennzeichnet ist.« Das war nun glatt zusammenphantasiert, aber besser als die Wahrheit. Um die zu erklären, musste Johnny erst wieder da sein und ihre Not lindern.

Seine Antwort: »Ich hatte einen Bandwurm, den ich mit Hering und Sauerkraut bekämpfen musste, dazu Preiselbeeren zum Nachtisch! Das ist mir an die Substanz gegangen. Gleichzeitig fanden alle möglichen ›Betriebsfeiern‹ statt. Beim Eher-Verlag, mit Kollegen vom ›Arbeitsdank‹ und beim elektrischen Dienst sogar außerhalb des direkten Arbeitsbereichs. Ich konnte mich nicht drücken, denn wir haben dabei Radioübertragungen gemeinsam angehört und diskutiert, das war so gut wie Pflicht. Ständig war was los, ich musste mitmachen, denn in den Kollegenkreisen heißt es: drücken gilt nicht.«

Bandwurm und Saufgelage unter Männern. Lili war fassungslos. Sie drängte postwendend auf ein Fitzelchen Zeit, das müsse er neben seinen vielen Herrenterminen erübrigen. Sie habe sich vorbereitet und Notizen gemacht zu den wichtigsten Punkten, um in knappster Weise gleich zum Wesentlichen zu kommen, manche Dinge seien nun mal nur mündlich und persönlich zu besprechen, vor allem die Frage, wie sie durch die nächsten Monate ruderten, sie habe viele Auftritte, sei aber am Ende.

Johnny ließ sich Zeit mit einer Antwort.

»Mein liebes kleines Mädel«, schrieb er schließlich, »Ich würde auf der Stelle zu Dir reisen, wenn nicht mein akutes Leiden wieder ausgebrochen wäre, diese unerklärliche Müdigkeit. Am meisten aber schreckt mich der Ton, den Du anschlägst. Wer bin ich denn, dass Du mich in so einem Ton zu einem Termin zitierst? So bist Du mir völlig fremd. Und in meiner augenblicklichen Situation kann ich einen solchen Unterton, wie er in Deinem Brief vorherrscht, überhaupt nicht gebrauchen. Noch immer Dein Johnny!«

Lili verstand. »Liebster, so war das nicht gemeint, und entschuldige vielmals, wenn es so geklungen hat. Dies sollten keine Vorwürfe über Deinen Lebenswandel sein – bitte, denke dies nicht. Du sollst überhaupt nicht glauben, dass ich mit Gewalt etwas festhalten will. Dass es leider oft so aussieht, tut mir selber sehr weh. Dein ganzes Wesen ist so anders als mein inneres Wesen. Die pekuniären Verhältnisse bedrängen mich zusätzlich zu meiner schon vorhandenen inneren Not. Das allein ist es. Warum glaubst Du mir nicht, dass ich nicht die Absicht habe, Dich zu kontrollieren? Es hat mir sehr wehgetan und ich vermute, dass Dein Schweigen mit dieser falschen Annahme zu tun hat – hab ich Recht? Ich kann nicht fordern, nur bitten kann ich Dich, mir zu glauben. Im Übrigen bin ich fest davon überzeugt, dass sich aus dieser ganzen verfahrenen Lage ein Gewinn für mein Dasein herauskristallisieren wird. Wir wissen doch beide: je schmerzlicher etwas ist, umso größer ist nachher der seelische Wert.«

Sie fühlte, wie die neuen Umstände ihre Stimme timbrierten und ihren Darbietungen besondere Tiefe gaben. Den

Schmerz, dass Johnny hartnäckig abwesend blieb, vergaß sie bei ihren Auftritten, die nun immer häufiger gefragt waren, privat wie auch halboffiziell, seit ihrem Erfolg bei den Reichsmusiktagen. Lukrative Gesangsaufträge bei Leuten, die zu feiern verstanden. Förchter war so jemand. Förchter machte alles ohne viel Federlesens, anders als jener »schöne Mann«, wie Förchter den Johnny nannte, den er registriert hatte, aber nicht ernst nahm. Förchter kannte kleine intime Bühnen, organisierte Anlässe, schob und förderte. Lili war ein Talent, die verstand es, verschiedenste Geschmäcker zu bedienen, und er, Förchter, hatte sie entdeckt. Wer Beispiele für entartete Musik hören wollte, bekam von ihr »Jonny-Songs« oder »Salon-Songs«. Den Geschmack des Severus Ziegler teilte Förchter nur dem Anschein nach. Er höre gerne »entartete Beispiele«, nur um das zu kennen, nicht aus Vergnügen, hieß es durchsichtig. Was jedenfalls seinen Reiz hatte, fand Lili. Sie destillierte hübsche Verruchtheiten aus dem Verbotenen zu »Ausflügen in die entartete Musik«, stichelte neckisch nach Art des »Kleinen grünen Kaktus«, senkte aber auch träge wie eine Schildkröte ihre Augenlider bei der Bemerkung, die Comedian Harmonists seien »Eunuchen«. Es war ein geschicktes Lavieren, ganz nach Lilis Geschmack.

Am 15. Juni achtunddreißig sang sie bei einer kleinen Soiree für Förchter und seine Entourage zum privaten Abschluss der Reichsmusiktage Hugo Wolf: »Ich hab' in Penna einen Liebsten wohnen … Vier in La Fratta, zehn in Castiglione …« Das war ein flotter Rausschmeißer, den Lili zu einem anzüglich-vergnügten Abgang nutzte, so als müsse sie, die »Konzertsopranistin und Pianistin Lili Kordewan«, aus den eben besungenen Gründen tatsächlich davoneilen.

Auf dem Nachhauseweg kam Lili, zum wievielten Mal eigentlich, die Idee einer Inaugenscheinnahme der »Madam«, der Ehefrau Lydia Ohne. Diese Frau stand ja weiterhin sehr im Weg und wenn die nicht mehr, was auch immer, Gott, wäre das schön.

In Gedanken reiste Lili nach Neumarkt, fünfmal umsteigen, das hatte sie schon herausgefunden: Sie klingelt an der Tür mit dem Namensschild JOHANN OHNE. Die »Madam« öffnet, Lili gibt sich als »Rosemarie Sinzig von der Sozialfürsorge« aus, das ist irgendwie pikant. Freundlich, aber bestimmt dringt sie auf Einlass und behauptet, sie sei von Amts wegen gehalten zu kontrollieren, ob und wie Frau Ohne so ohne Mann, wirklich keine Nachricht von ihm? Wie sie denn das meistere, die Frau Ohne.

Lili würde mit der »Inaugenscheinnahme« sich selbst davon überzeugen, was sie von Johnny wusste: eine schlampige und antriebslose Frau, noch gegen Mittag im Bademantel! Das Frühstücksgeschirr nicht abgeräumt. Da musste ein Mann ja fortgehen. Die Frau selbst ganz blass, käsig, wahrscheinlich nie an der frischen Luft. Und wenn diese Frau sich wundern sollte, wieso »Rosemarie Sinzig von der Sozialfürsorge« kontrolliert, und dass sie doch längst beim Amt gegen Johann Ohne Klage eingereicht habe, auf Unterhalt und wegen böswilligen Verlassens, wird Lili dienstamtlich erklären, genau deshalb sei sie gehalten, zu prüfen, ob die Angaben der Antragstellerin der Richtigkeit entsprechen. Das sei der amtsübliche Ablauf in solch einer Sache. Mehr nicht, aber auch nicht weniger.

Mit den Ergebnissen der »Inaugenscheinnahme« würde sie Johnny für die Scheidung munitionieren, es musste endlich vorangehen, es musste. Daran hing Lilis Glück, Johnnys Glück.

Zu Hause lehnte sie sich im Nachthemd noch ein wenig an ihren Flügel. Derart geborgen malte sie sich aus: eine Ehe-Weihe, vielleicht in der Eifel auf Burg Vogelsang, mit Blick auf die Urft, Johnny in SS-Uniform. Nicht vergessen: Antrag auf Mitgliedschaft stellen! Den Ahnennachweis ab 1. Januar 1800, das müsste Heinrich machen, Heinrich konnte so etwas. Sie in einem einfachen hellen Kleid, Streichmusik, Brahms oder Beethoven. Man würde Brot und Salz reichen. Und singen. Schön, so eine »Ehe-Weihe«, das »Neue Geschlecht« und ja, auch der »Wille zum Kind«. Ja, bald wäre es so weit. Bald, viel zu bald. Und Johnny wusste es noch nicht.

In puncto Musizieren und Geldverdienen hatte sie nun zum Glück Erfolg, wenn das anhielt, das wäre eine Sorge weniger. Förchter würde auch bei allem anderen helfen. Dieser aufdringliche Förchter. Aber wat mutt, dat mutt … Ja, ja, glaubte sie ihren Johnny abwehrend und bestätigend zu hören. Er war gerne unentschlossen, aber am Ende würde er tun, was sie wollte. Wenn er nur wieder auftauchte.

»Heute Abend ein nettes Sümmchen für uns beide«, notierte sie für Johnny. »Glaubst du mir jetzt, dass Musik verzaubert?« Jede Lockung war ihr recht. »Johnny, lieber Lausebengel, beide wünschen wir und hoffen, dass das alles zu einem baldigen und guten Ende kommt. Wir sollten nur an das denken, was wir erreichen wollen, alles andere muss dafür in den Hintergrund treten, um den Enderfolg nicht infrage zu stellen. Das sagst Du doch selbst. Wenn ich jetzt auf meine Art Erfolg habe, dann werden wir beide auch Recht bekommen und es festhalten. Das verspreche ich Dir. Daran glaube ich fest. Deshalb bin ich so intensiv. Verzeih mir, aber ohne das geht es nicht. Gute Nacht, ich bin jetzt so müde.«

In ihr Träumen und Sehnen und Hoffen klingelte Johnnys Notrufzeichen. Barfuß, Strickjacke überm Nachthemd die Treppe runter, ja, Johnny. Er, mit einem Sprung zurück in die Büsche, ins Dunkle und wieder vor, mit zwei Koffern. Heimlich, Wertsachen, alles andere kaputt, flüsterndes Mahnen, die schweren Dinger treppauf. Außer Atem: »Für uns. Die Volksfürsorge ist auf unsrer Seite.« Er umarmte Lili. »Alles das hier nur für uns.« Er drückte Lili fünfzig Mark in die Hand, Vorschuss auf Möbel, die er von der »Nationalsozialistischen Volkswohlfahrt« bei der »Madam« hatte abholen lassen. In den beiden Koffern persönliche und wertvolle Dinge, die man versteckt halten müsse, wegen der Gläubiger, flüsterte er, noch immer atemlos. Vorsicht. Stillschweigen. Unter Gustav Fiedler deponieren, da wäre doch noch Platz.

»Irgendwas stimmt hier nicht«, drängte sie in ihn, fürchtete, dass er wieder fortstreben könnte, noch ehe ihre anderen Umstände zur Sprache kamen: »Das sagt mir mein Instinkt. Eine Frau spürt so was. Unser Glaube. Unser Vertrauen. Keine Halbheiten, bitte. Unsere Liebe hält alles aus.« Und endlich weinten sie beide, klammerten sich aneinander und schluchzten und leerten alles aus vor sich, die Angst vor der Gegenwart, die Verstrickungen mit der Vergangenheit, die Zukunftsschwärze. Sie gerieten in einen Zustand, der ihnen das Unterste zuoberst kehrte, ließen sich keine Zeit, alles musste mit einem Mal gesagt werden: Sie würden ein Kind haben im August, trotz Faulbaumkrampf, einen Platz im Napola-Heim suchen, solange das Kind nicht offiziell sein durfte, Förchter würde helfen. Ja, unbedingt die Scheidung, der Onkel wäre bereit. Antrag auf Beitritt in die SS, auch dabei Hilfe von Förchter. Die Bewegung würde sie tragen. Hochtragen.

Napola-Heim? Da seien doch auch seine Kinder.

Er? Kinder? Wieso wusste sie das nicht? Johnny übersah Lilis Erstaunen.

Ja doch: zwei Söhne, Dietrich und Eckart. Er habe sich wohl nicht deutlich genug ausgedrückt. Seit er mit ihr zusammen sei, würde ihn alles immer so aufwühlen. Ja doch, zwei Kinder, zwei Söhne! Deshalb konnte er bisher nicht darüber reden, eine Scheidung ginge nicht leicht über die Bühne, wegen der Alimente. Lange nicht gezahlt.

Lili ließ den Schock nicht zu sich durch. Das hatte sie inzwischen geübt, das konnte sie. Auch jetzt fühlte es sich an wie Glück, dass sie etwas aushalten konnte, dass sie nicht am Ungeheuerlichen zusammenbrach. Das erfüllte sie mit Stolz. Das liebte Johnny an ihr.

Schuldig oder schuldlos. Egal. Kein Hindernis. Die Frau habe ihn doch belogen damals, oder nicht? Vorspiegelung falscher Tatsachen, nicht? Johnny trat die Flucht nach vorne an, nahm seine Lili fest in die Arme, drückte sie, lachte sie an, wie schön sie durch ihr Singen geworden sei, und wie kränkend für ihn, dass sie nichts gesagt habe von dem Leid, von den anderen Umständen, seinetwegen, ach mein Lili-Mädel, mein Mutti-Mädel. Er sei feige gewesen, mutlos, ja, auch Angst vor Verfolgung. Ach mein Lili-Mädel, mein Mutti-Mädel, wenn du wüsstest, was ich durchgemacht habe und nicht sagen durfte. Nicht konnte. Bis jetzt. Endlich, endlich wurde er das los. Warf all sein Vertrauen auf sein Lili-Mädel, ja, immer tiefstes Vertrauen, gab sich ganz in ihre Hände. Sie solle jetzt richten. Solle sagen, ob sie ihn noch wolle, ihn, der so viel Schuld auf sich geladen und so viel gelogen habe, alles nur aus Not. Die »verlogene Frau« habe es seinerzeit darauf angelegt, von ihm in Umstände gebracht zu werden.

Nein, das mit ihr, Lili, ganz anders, sie sei einmalig. Ohne die Lüge von anderen Umständen hätte diese Frau keinen Mann abgekriegt. Er sei noch sehr jung gewesen damals und unerfahren. Nur weil er anständig gewesen sei, habe er geheiratet, um dem Kind einen ehrbaren Namen zu geben. Das Kind kam aber erst zwei Jahre später. Die Frau war nämlich gar nicht in Umständen gewesen. Ja und dann sei es noch zu einem zweiten Kind gekommen, so was bleibe ja dann nicht aus. Zwei Söhne. Die seien inzwischen, schnell mal nachrechnen, ja, fünf und sieben müssten die sein. Dietrich der Ältere und Eckart der Kleine. Man habe den Namen des großen Sohnes der Stadt auf die beiden Söhne verteilt.

Das gefiel Lili, sie freute sich überdreht aufwändig an dem Einfall, mit den beiden Söhnen dem Dichter Dietrich Eckart ein lebendiges Denkmal zu setzen. Sozusagen zwei halbe Denkmäler oder Denkmale, wie heißt das doch gleich noch mal in der Mehrzahl? Egal: Vorhang auf! Dem Schriftsteller und Hitlerfreund Dietrich Eckart nachwachsender Ruhm! Applaus! Applaus!

Die Schleusen zur Zukunft waren schlagartig geöffnet: Scheidung so schnell wie möglich. Seine Söhne würden bereits im Napola-Heim Zucht und Ordnung lernen, Hauptsache weg von der antriebslosen Mutter. Vielleicht in dasselbe Heim wie deren zukünftiger kleiner Bruder, den sie Wolf nennen würden. Etwas anderes kam vorerst nicht infrage, schweren Herzens, aber leider. Trotzdem. Dietrich, Eckart und Wolf. Groß, wenn auch schwer, kam die Zukunft ihnen entgegen. Sie würden die nationalsozialistische Eheweihe an diesem würdigen Ort in der Eifel vollziehen, danach alle Kinder zu sich nehmen, dann brauche Johnny keine Alimente mehr zu zahlen, die Schulden würden sich nicht weiter türmen. Die anderen Malessen mit Schecks und Geschäften, falls die nicht ordnungsgemäß gewesen sei, da musste Förchter noch mal ran, wozu sonst hielt Lili diesen Kontakt.

Blieb noch die Geschichte mit Fräulein Fricke. Wie denn? Was sollte denn da sein? Fräulein Frickes Ansprüche pochten in Lilis Schläfe. Migränegefahr. Wer? Fräulein Fricke? Lili war ja selbst schuld. Sie selbst hatte Johnny auf das Fräulein angesetzt. Wegen der alten Schuldscheine. Dazu der Extra-Kredit für Johnny. Seit der Fahrt im roten DKW drängte Fräulein Fricke sich zwischen Lili und Johnny. Alte Scheunen brennen lichterloh. Weiß der Teufel, was so eine alte Jungfer auffährt, um einen wie Johnny zu kriegen. So einer fällt einem nicht alle Tage in den Schoß! Schon gar nicht so einer Scharteke!

Eine peinliche Angelegenheit, aber unvermeidlich. Johnny beteuerte: alles halb so wild, alles nur für sie beide. Nicht übel nehmen. Lili versprach, zu ihm zu halten, jetzt und immerdar. »Meiner Liebe entkommst du nicht«, versicherte sie, und in dem Moment war ihm das recht. Und endlich genossen sie sogar die anderen Umstände, endlich mussten sie beim Versöhnungsspiel nicht einmal aufpassen. Auch das war schön.

Noch vor dem Morgengrauen eilte er, leider, noch etwas Dringendes zu erledigen, noch eigentlich in derselben Nacht, ein größerer Auftrag, von dem schon die Rede war, er könne leider nicht bleiben, bitte glaube an mich, bitte. Nicht nachtragend sein! Verzeihen ist Christenpflicht!

Diesmal sorgte Lili sich weniger als sonst, sorgte sich hoffnungsfroh. Sie hatte die Fäden in der Hand, er würde bald wieder kommen, sie wollte ihn, absolut nur ihn, diesen schönen Mann, und er wusste, er hatte keine Wahl. Vom Schicksal füreinander bestimmt, daran glaubten sie nun fest.

Den Rest mussten Förchter und der Onkel richten helfen. Der Onkel hatte schon zugesagt. Sie kontaktierte Förchter, der sich abgeklärt gab. Lili brauchte nicht mal was anzudeuten, er wusste Bescheid, hatte sich das beinahe so gedacht. Einer der üblichen Fälle. Kannte er zur Genüge. »Fräulein Kordewan«, sagte er jovial, »liebes Kind, hören Sie mal zu: Es gibt Einrichtungen, ganz unbürokratisch. Man hat dort für alles eine Lösung«, und er hatte auch gleich eine Adresse, sagte ein vermittelndes Gespräch zu, lächelte süffisant und geleitete sie, seine Hand an ihrem Schulterblatt, zur Tür. Widerlich. Immer wieder widerlich, seine Berührungen, sein Gesicht, was heißt schon Gesicht! Seine fiese Visage! Stierte sie an mit seinen gierigen Augen über der fleischigen Nase, die Nase mit großen Poren. Diese großen, nassen Lippen, dieser Männergeruch, seine Avancen. Er versuchte es, wie immer: »Ach, Fräulein Kordewan! Sie werden sehen, es macht schön, wenn es jemand richtig versteht.« Ihr war übel, sie ließ sich nichts anmerken, sie brüskierte ihn nicht. Widerstand würde ihn gefährlich machen, das konnte Lili sich nicht leisten. Ihn abwimmeln, das gelang ihr immerhin gut, das war eine Kunst für sich, auch die hatte sie gelernt. Sie riss sich zusammen, sie brauchte ihn noch. Im Hofgarten übergab sie sich in die Büsche.

Vorabend mit Ausblick 1939

Selber angerichtet, selber die Suppe eingebrockt, selber das Ganze auslöffeln. In Gustav Fiedlers Flügelbucht, vor sich ihr Tagebuch und den Füller, sortiert Lili ihre Gedanken.

Sie entwirft sich kleine Szenerien mit Anleihen aus Mozarts »Teutscher Oper«: Sarastro, Tamino, Priester, Königin und Pamina. Die alle waren schon immer Gefährten in ihrem Leben, haben sie seit Papageno- und Kinderzeiten begleitet. Mozart und das »Zauberflöten«-Personal würden ihr Orientierung sein bei den Prüfungen der »Neuen Zeit«.

Sie selbst ist die Pamina, und ein höherer Auftrag verlangt ihr ab, mit Tamino-Johnny einen schwierigen Weg zu beschreiten. Dass bei der gefährlichen Lebens-Wanderung bis jetzt der Papageno-Franz öfter an ihrer Seite zu finden war als der Tamino-Johnny, das hat seine Entsprechung in der »Zauberflöte«: Singt nicht auch dort Papageno mit Pamina die innigsten Duette, zeigt er nicht auch in der »Zauberflöte« mehr Gefühl als Tamino und ist freundlicher und großherziger, aber eben nicht tapfer, genau wie Franz im Gegensatz zu Johnny? Und genau deshalb zieht es Pamina nicht zu Papageno, sondern zu Prinz Tamino, der sich dem Großen Ganzen verschrieben hat. Wie im richtigen Leben ihr Johnny. Lili kann nur einen wirklich Mutigen lieben. Was macht es, dass ihr Liebster oft so rätselhaft verschlossen ist. So geht es zu, wenn das Schicksal spielt. Glaubt Lili und fühlt sich erwählt. Nicht ungern verzehrt sie sich in feinem Schmerz und sehnt sich. Sehnsucht ist sogar ihr liebstes Gefühl. Und sie ist bereit, einen hohen Preis für dieses ganz besondere Leben im Großen Ganzen zu zahlen. Mit ihrem Johnny an der Seite, der mit Tamino spricht: »*Mich schreckt kein Tod, als Mann zu handeln.*« Dafür liebt sie ihn. Fraglos. Bedingungslos.

Lili verteilt im Gedankenspiel die Rollen: Lisbeth, Leonie und Lotte geben die drei Damen, das war immer so, das kann so bleiben. Die drei Schwestern haben, wie Mozarts Damen, jede ein Auge auf Tamino-Johnny geworfen … *sie wären gern mit ihm allein*. Sollen sie ihn nur anhimmeln, er gehört ihr.

Und Förchter? Kann der einen der Geharnischten geben? Oder etwa sogar den Obersten Priester, den Sarastro? Nein, Förchter passt da nicht hin. Diese Rolle gebührt dem Führer. »*Wen meine Lehren nicht erfreun, verdienet nicht ein Mensch zu sein …*« – das kann allein der sagen: Adolf Sarastro. Sie sagt diesen Namen vor sich hin. Nein, das geht nicht. Lieber nur: der Führer.

Zurück zu Förchter. Aus dem wird sie nicht klug. Dessen Rolle ist noch nicht ausgemacht. Begabt ist er, aber wofür? Vielleicht als Monostatos? Ja, Sarastros Oberaufseher, das könnte passen. Beide haben diese verschiedenen Seiten, sind nicht nur, wie soll sie das nennen, nicht nur geil, sondern auch anders: Wie Monostatos beim Anblick von Pamina dahinschmilzt, wie er mit der Königin im Finale auftritt, doch das Finale ist noch nicht dran, und auch mit Förchter ist noch nicht aller Tage Abend.

Und als Spielstätte das Gasthaus vom Onkel als Tempel,

mit Händlern und Geschäften und Darbietungen. Wie geschaffen für eine kleine Weltenbühne!

Bleiben die drei Knaben, die Genien mit ihren hohen Stimmen, die vermittelnd in den Gang des Schicksals eingreifen sollen. Dafür hat die Natur ihnen tatsächlich drei Söhne gegeben: Dietrich, Eckart und – wenn das noch ungeborene Kind ein Junge wird, Wolf.

Was aber, wenn es eine Tochter wird? Würde sie selbst durch eine Tochter zur Königin der Nacht? Könnte dann nicht mehr die Pamina sein? Das muss bedacht werden.

Fehlt noch eine Papagena für Franz Schmitt. Ach, der Papageno-Franz. Der und eine andere Frau. Der will doch nur sie, glaubt Lili, nicht ohne ein gewisses Behagen.

Nur einer fehlt noch in Lilis Bühnenszenario. Einer, der zuhört, der gelten lässt und trotzdem leitet. Einer wie Beheim, auf dessen Galgengestell für die Schuhleisten man sich niederlassen und Kummer loswerden konnte. Wo bringt sie den unter in ihrer privaten deutschen Oper? Mit seinem Klumpfuß taugt er wohl kaum zum Priester, er könnte der Sprecher sein mit seiner seltsamen Liebe zu Shakespeares Königsdramen und Sonetten und seinem orthopädischen Meisterstolz und seiner Zitierfreude. Der alte Beheim, der fehlt ihr sehr. Lange nicht mehr gesehen. Warum hat sie ihn eigentlich fast nie besucht, seit er Vaters Werkstatt übernahm?

Irgendwann werde ich selbst die Königin sein, sagt sie sich im halbwachen Zustand, im Zwischenbewusstsein, an Gustav Fiedler gelehnt, kurz vorm Einschlafen, ja, ich werde die Königin sein. Werde zu Beheim gehen, dass er mir rote Schuhe anfertigt.

Die Wirklichkeit außerhalb der Flügelbucht sah anders aus. Solange die Scheidung von dieser Frau Ohne, geb. Pielser, nicht durch war, hieß es vorsichtig sein mit der Liebe und mit weiterreichenden Plänen. Die Gegenseite gierte ja nach nichts mehr als Beweisen für Johann Ohnes Ehebruch, und die »Madam« würde jubeln, wenn sie erführe, dass ihr Gatte mit einer Geliebten ein Kind … damit wäre Johnny schuldig, und das würde kosten!

Im Lebensbornheim an einem heißen Augusttag brachte Lili ihr Kind zur Welt. Unehelich. Vielmehr: vorehelich. Beim »Lebensborn« und »Kraft durch Freude« war das kein Problem, dort galt die ganze spießige Moral zu Recht als gestrig. Ein Junge! Und Lili durfte stolz sein, musste sich nicht schämen. »Der Führer braucht Söhne«, strahlte die Hebamme.

Wölfchen wurde mit den üblichen Klapsen auf den Hintern begrüßt, hustete mit dem ersten Lebensschrei den Rest vom Mutterkuchen aus, alles bestens, alles reibungslos. Der Kleine blieb vorerst im Heim. Notgedrungen. Anders ging es nicht. Lili mahnte sich zur Vernunft: erst Johnnys Scheidung, und so lange alles verschweigen, bis zur Selbstverleugnung. Dann aber, sobald wie möglich, das Eheversprechen. Feierlich mit Eichenlaub und Schwertern, mit Salz und Brot und Ritualen auf der Ordensburg »Vogelsang« in der Eifel. Wenn Johnny nur endlich Mitglied wäre bei der SS; eine schwarze Uniform war schon in Auftrag gegeben beim Herrenschneider neben der Buchhandlung. Eine Stange Geld kostete das, war es aber auch wert, als Investition in die Zukunft. Mitgliedschaft in der SS, Abzeichen, Respekt, Anerkennung. Bald auch finanziell.

Noch aber warteten Wölfchens Halbbrüder in einem anderen Kinderheim darauf, dass alles wieder so würde wie vorher. Wenigstens zurück zu ihrer weichen, nachgiebigen Mama. Die Mutter aber musste arbeiten gehen, Geld verdienen. Der verschwundene Gatte hatte von heute auf morgen nichts mehr zum Unterhalt beigetragen. Deshalb gab es von der Mama nur kurze Besuche, sonntags. Dann weinte sie oft und bedeckte Dietrich und Eckart mit feuchten Küssen, was diese nicht mochten, aber trotzdem nicht abwehrten, sie liebten ihre Mama. Ihren Vater, den Vati, kannten sie nur vom Namen.

Dietrich und Eckart, fünf und sieben Jahre, verstanden die Welt nicht, wussten nicht, wie ihnen geschah, spürten nur, dass das Wenige, was sie gekannt hatten, verloren gegangen war. Vorsichtshalber erstarrten sie.

Angeblich erfuhr Jonny erst bei der Scheidung von der Heimunterbringung seiner Söhne. Er tat empört, brauste auf, wollte sofort klagen, wusste nur nicht, wo und wie, und lenkte schließlich ein: »Schaden wird es ihnen nicht. Eine feste Hand tut not, nach so langer Zeit ohne Führung.« Und er ließ sich vorsorglich weiterhin nicht blicken, »um die Kinder nicht zu verstören.« So sah es auch die Heimleitung, die im Bezug auf Dietrich wissen ließ, er sei antriebsarm und lüge. »Wie die Mutter«, meinte Lili. Über Dritte hatte sie im Heim nachfragen lassen und fühlte sich bestätigt. »So etwas liegt im Blut.« Bettnässer sei der Junge, mit sieben Jahren! Man ließe ihn nichts mehr trinken ab mittags. »Genau richtig«, stimmte Lili zu. Eckart dagegen, ebenfalls Bettnässer, sei bockig und rede nicht. Der Eigensinn werde ihm schon noch vergehen, bei konsequenter Erziehung, Eckart sei formbar.

Trotz ihrer Entschlossenheit erlitt Lili Anfälle von Nervenschwäche. Zweimal schon einen kompletten Stimmverlust. Dazu Migräneattacken, die sie mitten in der Nacht aus dem Schlaf holten und über mehrere Tage matt setzten. Bis man ihr einen Erholungsaufenthalt genehmigte, und zwar im »Genesungsheim für Gelehrte und Künstler« in Bad Ems. Zeitgleich mit ihr ein Brief mit dem Tarn-Absender »Rosemarie Sinzig«, adressiert an die »Konzertsopranistin und Pianistin Lili Kordewan, Bad Ems an der Lahn, Genesungsheim für Gelehrte und Künstler«.

»Liebstes Mutti-Mädel«, schrieb Johnny, »heute wurde die Uniform fertig, der Schneider, bei dem auch Förchter arbeiten lässt, hat mir extra Mitteilung gemacht! Ich habe sie soeben abgeholt und trage sie nun. Wenn Du dich bisher schon anstrengen musstest, gegen mich zu konkurrieren, jetzt wirst Du Dich kampflos geschlagen geben müssen. Du wirst ›das Ideal‹ erblicken, wenn Du aus Deiner Erholung zurück bist. Du darfst die Erste sein, die mich so sieht. Immer Dein Johnny.«

Gegen das »totale Ausgelaugtsein« hätte ihr jetzt eigentlich nur eins helfen können: Johnny in eigener Person und klare Verhältnisse. Statt zu klagen, kaufte sie eine Postkarte mit der Ansicht des Genesungsheims und schrieb: »*Tamino kommt in einem prächtigen javonischen Jagdkleide rechts von einem Felsen herunter, mit einem Bogen, aber ohne Pfeil.*«

Am 4. September, kurz vor Johnnys Scheidung, ein zweiter Brief mit Tarn-Absender Rosemarie Sinzig:

»Mein liebes, geliebtes Mutti-Mädel! Dass es Dir immer noch nicht wieder gut geht, macht mir einige Sorgen. Es wäre ein Jammer, wenn alle anderen Dinge einen guten Verlauf nähmen und wir Dich vorher begraben müssten. Das wirst Du uns – ›Deinem‹ Gustav Fiedler, unseren Söhnen und besonders mir – doch wohl nicht antun! Also erst mal abwarten, ob das Sterben sich jetzt schon lohnt, oder erst noch das Leben.« Sie wusste nicht, ob sie lachen sollte oder weinen, ihr Zustand verbesserte sich durch diesen Brief eher nicht.

Selbst die Scheidung, endlich! trug nicht zu Lilis Heilung bei. Obgleich sie Erleichterung verschaffte. Mithilfe klug platzierter Halbwahrheiten war zu Johnnys Gunsten entschieden worden. Sogar die Kinder bekam er zugesprochen. Aber sie mussten im Heim bleiben, bis der Kindsvater Johann Ohne Arbeit und Einkommen nachweisen konnte, eine eigene Wohnung, solide Verhältnisse, eine taugliche Ehefrau und neue Mutter für die Kinder. Und auch Wölfchen musste, solange Lili ehelos war, verleugnet bleiben. In den relevanten Kreisen herrschte die alte Moral, nur wer dazugehörte, konnte sich darüber hinwegsetzen, und zu diesen Kreisen zählte Lili nicht. Noch nicht.

Lili empfand es als Schmach, auf Johnnys Anfrage bei der SS wegen Mitgliedschaft so lange auf die Antwort warten zu müssen. Das drückte auf die Stimmung, zermürbte sie. Ohne SS kein feierliches Ehezeremoniell mit Brauchtum. Johnny schimpfte: »Irgend so ein subalterner Bürohengst hat das vermasselt.« Traute sich jedoch nicht nachzufragen. Über Dritte erfuhr Lili, Johann Ohne käme nicht in Betracht: kein deutsches Adelsprädikat, keine abgeschlossene Ausbildung, kein zweifelsfrei arischer Ahnennachweis und dazu dieser betrügerische welsche Aliasname Jean Aulne. Das war alles andere als Elite. Lili wütete nun ebenfalls über »subalterne Bürohengste« an SS-Schreibtischen, die rein mechanisch Punkte abhakten ohne Sinn und Verstand, und sie beschloss, den Segen der SS nicht mehr haben zu wollen. Das feierliche Eheversprechen sei sowieso bloß Brimborium.

Später wird Lili froh sein, dass das mit der SS nicht geklappt hat. Dann wird sie sagen können: Hitler habe sie nicht heiraten lassen. Und aus ihrem Mund wird das nach widerständigem Leben klingen und wird Eindruck machen. Aber das weiß sie Ende achtunddreißig noch nicht.

Noch war sie in anderen Nöten. Die Zeit drängte. Es musste geheiratet sein, egal wie. Unverheiratet bekamen sie keine Wohnung, mussten die Kinder im Heim bleiben und sie ihr Wölfchen verstecken.

Um der Kinder willen und auch wegen der Steuern brachten sie im noch laufenden Steuer- und Kalenderjahr auf den letzten Drücker im Dezember die standesamtliche Trauung über die Bühne. Ohne Trara, ruckzuck und bescheiden.

Zu diesem Anlass kam die gute Lotte kränkelnd aus Aachen herüber und bezeugte zusammen mit dem alten Beheim die Richtigkeit des Aktes. Niemand sonst hatte sich so plötzlich mitten im Weihnachtstrubel bereitgefunden, Trauzeuge zu spielen. Nicht einmal Franz. Nach dem amtlichen Teil saß man im kleinen Kreis im Saarbrücker Hof noch nett beisammen und packte Geschenke aus: Aachener Printen von Lotte, ein Steppjäckchen mit Kapuze für den kleinen Wolf, Babyhemdchen und Strampelanzug, die braucht man immer; von Beheim eine ledergebundene

Ausgabe von Shakespeare-Sonetten. Dort verwahrte Lili Johnnys Brief: »… ob das Sterben sich jetzt schon lohnt, oder erst noch das Leben.« Und dort fand ihn der Erzähler dieser Geschichte Jahrzehnte später.

Obgleich bei der Trauung abwesend, hatte Franz doch, in aller Freundschaft, eine Wohnung für sie ausfindig gemacht. Berger Allee. Sofort beziehbar, schöne Lage, große Räume, vollelektrisch eingerichtet. Die Miete für Januar schon bezahlt. Sein Hochzeitsgeschenk.

Das Leben lohnte sich wieder. Die Kinder kamen aus dem Heim, in ihr neues Zuhause. Für immer. Versprochen. Dietrich und Eckart glaubten es gerne und gewöhnten sich. Und Johnny hatte sich als Freiwilliger zum Wehrdienst gemeldet. Dort konnte er sich bei seinem Maschinenverstand zum Techniker ausbilden lassen, gleichzeitig den Lastkraftwagenführerschein erwerben. Beides in Erfüllung eines tiefen Sinns. Auch Funker und Elektrospezialist rückten in greifbare Nähe zum Voranschreiten im Großen Ganzen. Solide Ausbildung für ein hohes Ziel und das alles mit festem Sold.

Blieb noch die Sache mit Fräulein Fricke. Wie unglücklich Johnny auch im neuen Jahr neununddreißig noch in diese Affäre verstrickt war, das vermutete Lili nur, rührte lieber nicht daran. Motoren, Maschinen, elektrische Wärme, das war seine Stärke, aber gleichermaßen seine Schwäche, hatte er doch immer noch diesen Drang, sich beweisen zu müssen, eine Schwäche, die dieses Fräulein raffiniert ausgenützt hatte, zunächst mit unschuldig klingenden Arbeitsaufträgen und dann … nur nicht daran denken. Leider war Lili nicht unschuldig in dieser Sache. Wer hatte Johnny denn vorgeschickt? Von sich aus hätte er das Fräulein Fricke nie kennen gelernt und nun hatte diese Person Johnny mit dem Sportmobil geködert, hatte ihn geblendet und mit ihrer Bedürftigkeit bezirzt, mit ihrem Wunsch, von seinen phantastischen Fahrkünsten lernen zu dürfen.

Nur das Soldatsein konnte ihn aus Fräulein Frickes Einflussbereich entfernen, sei es auch um den Preis, dass Lili ebenso für eine Weile auf ihn verzichten musste, kaum dass sie ehelich verbunden waren.

Es erfüllte sie mit Stolz, als die Musterung ergab: Mehr als tauglich! Wie erleichtert war Lili, als es hieß: auf nach Delmenhorst, Grundausbildung, mit Motoren und mit Abschlusszeugnis. Johnny freute sich auf Kameradschaft, auf Geltung, auf Abenteuer.

Zum Aufbruch in dies sogenannte Kriegshandwerk wünschte Johnny sich Pfannkuchen. Als Henkersmahlzeit. Das freute auch die Söhne: Pfannkuchen! Lili rührte den Teig, ließ ihn in die heiße Pfanne zischen und sang … *In diesen heil'gen Hallen kennt man die Rache nicht*, die Kinder sangen begeistert mit. Lili warf die Pfannkuchen zum Wenden hoch, fing sie wieder auf … *und ist ein Mensch gefallen, führt Liebe ihn zur Pflicht*.

Das mochte Johnny an seinem Mutti-Mädel, diese Bewegung. Pfannkuchen im Flug. Nichts blieb übrig … *wen solche Lehren nicht erfreun, verdienet nicht ein Mensch zu sein*. Pfannkuchen und Sarastros Küchenarie in zwei Strophen, Volkstümlichkeit und Erhabenheit, so ließ Johnny sich das gerne gefallen. Und als die Trabanten im Bett waren, gab es auch noch Wein für Johnny und Lili: Prost! Auf uns! Auf die Jungs! Auf die Zukunft!

Mit vollem Mund summte Lili ihr Johnny-Lied. Johnny wischte sich die Lippen, beugte sich ihrem Gesumme entgegen, küsste es von ihren Lippen, ehe es zum Gesang wurde. Endlich Stille. Ja, die Neue Zeit, die machte sie schön satt an diesem Abend.

In Delmenhorst absolvierte dann Vater und Ehemann Johann Ohne eine Grundausbildung für die Wehrmacht, schreinerte dort nebenher eigenhändig eine eichene Truhe mit eisernen Beschlägen, mit eingeschmiedeten Initialen L und K für Lili Kordewan, und ließ diese Truhe an sein Mutti-Mädel nach Düsseldorf expedieren, was Lili beglückte, obgleich es sie hart ankam, alleine gelassen zu sein mit den drei Kindern.

Und so sieht der Erzähler am Vorabend des Krieges die kleine Weltenbühne der Lili Kordewan-Ohne im Jahr neununddreißig:

Die Stichworte sind markiert, der Souffleur sitzt im Kasten. Doch das Personal ist der Regie über den Kopf gewachsen. Führt überhaupt irgendjemand Regie? Akteure lottern und händeln vor und hinter den Kulissen herum. Man tritt auf, ohne den Einsatz abzuwarten, man tritt ab nach Gutdünken. Immer wieder wird die Besetzung umgeworfen, die Dramaturgie droht aus den Fugen zu geraten. Was da alles zusammengekommen ist, das kann man gar nicht meistern, nur mit Souffleur schon gar nicht.

Ein Erzähler könnte Ordnung ins Geschehen bringen, Übersicht herstellen. Könnte zum Beispiel in die Rolle des Sprechers schlupfen und Bedenken äußern angesichts der harten Prüfungen, die nun anstehen. Der Librettist Schikaneder lässt in Mozarts »Zauberflöte« einen Priester aus gutem Grund besorgt sein um das Heil und die Unversehrtheit des Prinzen:

»Mich bangt es um den Jüngling. Wenn nun im Schmerz dahingesunken sein Geist ihn verließe, und er dem harten Kampfe unterläge?«

Entsprechend könnte hier auch der Erzähler eingreifen. Aber natürlich ist klar, dass solche Besorgnis ins Leere gehen wird. Es ist auch nicht seine Aufgabe, den Helden zu warnen, wenn das »Volk ohne Raum« auf Eroberung geht und dem »verkannten deutschen Menschen« im Kampf ums Dasein die Ehre wiedergeben soll. Weiß doch kaum jemand, was das für den Einzelnen bedeutet. Johnny dagegen und Lili glauben zu wissen: Es wird Arbeit anfallen für ein Ganzes, für ein Wir, für Johnny, für Lili und für drei Söhne. Das Gebot der Stunde heißt: nicht reden, nicht fragen, sondern tun, was getan werden muss. Um der Zukunft der Kinder, der Größe Deutschlands und um der Ehre willen. Daran glauben sie fest im Jahr neununddreißig.

Lili blickt Johnny zum Abschied mit schwerem Ernst in die Augen. Sie bleibt als »Mutti-Mädel« gefasst und entschlossen zurück. Während er sich in das Abenteuer stürzt, mit Unterkunft, Sold und Verpflegung, mit Alkohol und Anerkennung. An der Heimatfront hat er sein Soll erfüllt: drei Söhne für den Führer.

Von dem tausend Jahre verheißenden Reich ist im Gedächtnis der Akteure und Mitmacher kaum etwas geblieben. Der »Zusammenbruch« hat die Erinnerung fast ganz gelöscht, wie nach einem schweren Unfall: retrograde Amnesie, Gedächtnisverlust, der noch vor dem Eintritt des schlimmen Ereignisses einsetzt und den ganzen Zeitraum des Schlimmen umfasst. Danach wusste man gar nicht, wie das alles hatte geschehen können, sondern nur, dass man selber Opfer gewesen war. Verführt und missbraucht. Und man entdeckte für sich das Plusquamperfekt, die grammatische Zeit des »Mehr-als-Vergangenen«. Gerne auch in der hyperkorrekten Form. Man hängte der vollendeten Vergangenheit eine zweite Vergangenheitsformel an, ein zweites Partizip, und schon war hörbar, wie weit das Erlebte zurücklag, so vergangen weit, dass man es fast nicht erlebt gehabt hatte.

Was war da überhaupt geschehen? Furchtbar, das alles.

Und die Schulkinder ließ man Matthias Claudius auswendig lernen:

's ist Krieg! 's ist Krieg! O Gottes Engel wehre,
Und rede du darein!
's ist leider Krieg – und ich begehre
Nicht schuld daran zu sein!

Versuche. Deutsch 1939 – 1945

Hier wäre eine Fermate zu setzen, ein Innehalten. Die Pause nach dem Claudius-Lied »Nicht schuld daran zu sein!« unter dem Bogenzeichen mit Punkt lang auszuhalten.

All dem Material, das die Geschichte bis hierhin speiste, den Briefen, den Tagebüchern und den Legenden, war, vom Erzähler nicht gleich beachtet, eine Segeltuchtasche mit dem Aufdruck »Kamik Footwear Manufacturer« beigeschoben worden. Jetzt erst, beim Innehalten und Fragen, wie denn die Zeit zwischen Kriegsanfang und dem Ende zu erzählen sei, in dem Schwebezustand dieser Generalpause, sichtet der Erzähler den Inhalt dieser Tasche, findet Aufschriebe, szenische Skizzen, ein paar Briefe, ein Lurchi-Heft von Salamander (»Lurchi bei den Kannibalen«), ein zerfleddertes Reclamheftchen (Shakespeare, »Macbeth«), und Zeitungsausschnitte. Zusammengehalten in einer festen Papphülle mit dem Titel **Versuche. Deutsch**. Gesammelt wurde das von einem Didier Aulne, einem Schuhmacher und Poeten aus der Stadt Contrecoeur am St. Lorenz-Strom, hinter dem sich Johann Ohnes ältester Sohn versteckt, Dietrich Ohne. Fast neun Jahre war er alt, als der Krieg begann und Lili Kordewan seine Stiefmutter wurde. Neunzehn, als er Anfang der fünfziger Jahre von zu Hause abhaute und Deutschland Richtung Kanada verließ. Davon später.

Die **Versuche. Deutsch** gewähren dem Erzähler einen sehr eigenen Blick auf die Zeit nach neununddreißig. Ein Kind, plötzlich in den Wirkungskreis Lili Kordewans hineingeschoben, wächst dort auf, duckt sich, läuft mit, windet sich durch, kämpft sich heraus, haut ab. Der junge Erwachsene dreht sich noch einige Male um, aus größer werdender Entfernung, und als er heimisch geworden ist in dem fremden Land, in Kanada, »in Sicherheit«, wie er sagt, da hält er für sich Erinnerungsfetzen fest.

Sein erstes Bild aus der »Neuen Zeit« mit dem Vater und der neuen Mutter ist ein heimlicher Blick auf den Vater. Der hat der neuen Mutter, Dietrich soll sie Mutti nennen, eine Eichentruhe gefertigt mit Eisenbeschlägen und den Initialen L und K. Darauf ist der Vater stolz und man verwahrt nur Wichtiges in dieser Truhe. Der Vater, den Dietrich Vati nennt, ist im Krieg, hat aber manchmal auch Urlaub.

Durch den Ritz der schlecht schließenden Schiebetür zwischen Kinder- und Musikzimmer sieht Dietrich seinen Vater, diesen groß gewachsenen Mann, der ihm fremd ist, sieht ihn die Truhe öffnen und eine schwarze Uniform herausholen. Der Vati schließt den schweren Deckel, legt die Uniform sorgfältig auf der Truhe ab, Rock, Reithose, dazu ein weißes Hemd, ein Koppel, schwarze Kniestrümpfe. Er stellt ein Paar Schaftstiefel vor die Truhe, verschwindet im Badezimmer, kommt mit nassen Haaren zurück und hält sich frische Unterwäsche vor seinen Pimmelmann, dabei kann er gar nicht wissen, dass Dietrich zusieht. Langsamst zieht der Vati sich an, streicht jedes neu angelegte Kleidungsstück am Leib glatt, als würde er es bügeln. Für Strümpfe und Stiefel setzt sich Vati auf die Truhe. »Feierlichkeit und Geheimnis« hat Dietrich notiert. Der Vati zieht messerscharf einen Seitenscheitel in die noch feuchten Haare, kämmt rechts, links zack, zackzack die Haare nach hinten, streicht zum Abschluss mit dem Handballen glättend darüber. Geht ein paar Schritte zurück in Positur und fotografiert sich, mit Selbstauslöser. Danach hastig die Uniform zurück in die Truhe. Wozu das alles?

An einem Abend, Dietrich sollte längst schlafen, hört er, weil er gerne Erwachsene belauscht, wenn Eckart und Wölfchen eingeschlafen sind, da hört er Vati und Mutti reden:

»Hast Du die großartige Rede von Hitler gehört?« »Diese Kraft! Diese Sprache!« »Eine fantastische Abrechnung!« »Wir können doch wirklich glücklich sein, unseren Kindern später einmal die Größe dieser Augenblicke vor Augen zu führen, tief aus der eigenen Empfindung heraus.«

»Es ist so schön, dass unsere Kinder gerade in dieser Zeit geboren sind.« Dietrich hat nichts verstanden, war sich aber sicher, stolz sein zu dürfen.

Der Vati ist fast immer im Krieg und die Mutti alleine mit ihnen, den Kindern, den »Trabanten«, die ihr »den Vati nicht ersetzen können«. Statt mit ihnen »Mensch-ärgere-dich-nicht« zu spielen, klappt sie lieber den Flügel auf und spielt traurige, lange Akkorde. »Es-Dur. Die Tonart sehnsuchtsvoller Liebe«, sagt sie so vor sich hin, dass Dietrich es hören konnte. Sie redet öfter wie weggetreten, aber dabei immer laut und deutlich. Und singt dann auch, zum Beispiel: *»Der, welcher wandert diese Straße voll Beschwerden, wird rein durch Feuer, Wasser, Luft und Erden. Wenn er des Todes Schrecken überwinden kann …«*, und Dietrich sieht die »Lichtdome« vom Reichsparteitag, von denen die Mutti so schwärmte.

Die Kinder spielen »Deutschland erklärt den Krieg« oder »Himmel und Hölle«, manchmal auch, um Wölfchen einen Gefallen zu tun, »Mutter, wie viel Schritte darf ich?« Wenn Mutti aber nicht da ist, weil sie »Besorgungen« macht, und Dietrich, der große starke Dietrich, den Deckel vom Flügel aufklappen kann, dann gibt es Katzenmusik. Eckart klimpert ein paar Töne, Dietrich ratscht mit dem Daumennagel über die Saiten, legt Butterbrotpapier darauf, geht dann an die Tasten, Eckart darf Glasmurmeln auf den Saiten hüpfen lassen, wenn Dietrich Töne anschlägt. Es ist, als wären mindestens doppelt so viele Kinder am Werk. Es dauert, bis sie sich zanken, Dietrich den Deckel zuklappt, auch den über der Tastatur und sich sogar draufsetzt, damit Eckart nicht mehr klimpern kann: »Schluss jetzt, gleich kommt die Mutti«. Muttis energische Absätze sind auf der Treppe zu hören, Mutti öffnet die Wohnungstür, steht im Flur, immer im schicken Tailleur und mit Hut. Manchmal schimpft sie, manchmal aber hat sie gar nichts gehört. Mutti ist nicht berechenbar.

Abends, vorm Schlafengehen, wenn Mutti »auf Konzert« ist und nur Mathilde bei ihnen, das Pflichtjahrmädchen, dann wird »Verweichlichen« gespielt. Die Kinder werfen ihre Bettdecken auf einen Haufen, kugeln drin herum, kreischen wie irrsinnig: »Wir verweichlichen! Wir verweichlichen!« Mathilde lacht Tränen. Erst wenn die Stimmung umkippt, weil einer das Bein vom anderen ins Gesicht kriegt, irgendwas passiert immer, dass sie sich dann prügeln und Mathilde sie abmahnt: » Schluss jetzt! Zeit zum Schlafen.«

Einmal, wahrscheinlich einundvierzig, die Mutti wieder »auf Konzert«, der Vati in Norwegen, mit seinem eigenen Pferd, dem Schimmel Kurt, da hat Dietrich eine tolle Idee. Eckart wird eingeweiht. Wolf muss einfach mitmachen, wenn es so weit ist.

Gleich nach »Zähneputzen und Bett« schreit Dietrich: »Alarm! Alarm!« Die Großen springen aus ihren Betten, jaulen wie Alarmsirenen, packen Wölfchen und die Bettdecken, rennen ins Musikzimmer zur Eichentruhe, stemmen den Truhendeckel auf, klettern hinein und halten Holzklötze auf den Rand, ehe sie den Deckel über sich zuklappen. Durch den Ritz rufen sie: »Weg da! Weg da! Straße frei! Hier kommt der graue Bus! Hier kommt ein verhängter Transport!« Ein Bettdeckenzipfel hängt heraus wie eine weiße Fahne. Wölfchen fängt an zu weinen: »Ich krieg keine Luft.« Mathilde erscheint: »Hört sofort auf!«

Zweiundvierzig, Vati in Russland und Mutti aus dem Krankenhaus zurück. Fast hätte sie noch ein Kind gekriegt, ein Mädchen, aber das war nicht lebensfähig, deshalb hat die Mutti es dagelassen und ist traurig und bleich. Zum Trost bringen Möbelpacker ein Esszimmer. Die Kinder haben schon vor dem Krankenhausaufenthalt von Mutti ihr Kinderzimmer räumen müssen, haben jetzt ein Zimmer hinten raus in den Hof mit zwei Fenstern. Ihr altes Kinderzimmer soll jetzt Esszimmer werden. Die Möbel sind von Förchter, erklärt die Mutti den Kindern. Seid mal ruhig, mahnt sie, Herr Förchter verlangt eine Bestätigung, ich muss mich jetzt konzentrieren und alles abhaken:

»Ein komplettes Esszimmer, Kirschbaum, Bauhausstil: 1 ausziehbarer Esstisch, 6 Stühle, 1 Büffet, 1 Glasvitrine, 1 komplettes Geschirr für 12 Personen, 1 komplettes Tafel- und Dessertbesteck für 12 Personen.«

Später geht Mutti noch mal in die Stadt »etwas besorgen«. Das sagt sie immer, und die Kinder bleiben eine Weile allein, sind ja schon groß, können auf Wölfchen aufpassen, macht nur keinen Blödsinn.

Die drei zerren die angelieferten Esszimmerstühle zu einem Kreis und bauen daraus eine Flak. Sitzflächen aus den Stühlen rausdrücken als Panzerplatten, den Besen wie ein Geschützrohr ausrichten, eine Tischdecke zur Tarnung über die Flak. Dietrich trägt einen Wehrmachtshelm, der achtjährige Eckart späht durch einen Feldstecher, der kleine kräftige Wolf, knapp drei Jahre, macht Kriegsgeräusche und ahmt nach, was die Großen vormachen. Die beiden Großen rufen durcheinander.

»Hier Rheinufer-Flugabwehrkanone! Hier Rheinufer-Flugabwehrkanone! Wir sind einsatzbereit!«

»Flugzeuge von Neuss!«

»Die Tommies, die Briten!«

Wölfchen: »Die Printen! Die Printen!«

»Das heißt Briten! Die Tommies sind Briten!«

»Nur ein einziges Flugzeug! Bloß ein Aufklärer!«

Wölfchen: »Pom! Pom! Pom! Pom! Pom!”

Eckart späht durch den Feldstecher: »Entwarnung! Bloß ein Einzelner von Nordwest!«

Dietrich: »Wir dulden keine Aufklärer. Flak ausrichten!«

Eckart: »Zu Befehl! Aufklärer im Visier! Auf die Plätze, fertig, los! Feuer!!«

Wölfchen: »Pom! Pom! Pom! Pom! Pom!« Alle: »Uuuund ... Abschuss!!! Getroffen! Getroffen!«

Wölfchen zielt mit dem Finger zum Fenster: »Da! Doch noch welche Printen! Pom! Pom! Pom! Pom! Pom!”

Die Mutti kommt zurück, ruft in die Kampfhandlung: »Kinder, hört auf! Wenn ihr wüsstet, was ich für Kopfschmerzen hab!«

»Wir holen nur Tommies vom Himmel!« »Die Printen. Drei Stück.«

»Schön. Gut. Jetzt aber setzt euch an den Tisch und schreibt an Vati.«

Die Kinder nörgeln, zerren drei Stühle zum Esstisch, klemmen die Sitzpolster wieder hinein, reden durcheinander und lesen laut, was sie schreiben:

»Lieber Vati! Wie geht es Dir? Mir geht es gut. Wir haben im früheren Kinderzimmer eine Flak aufgebaut und erledigen die Tommies. Wie schreibt man Tommies?« »Mit Ypsilon. Das ist Englisch.« »Wann bist Du fertig in Norwegen, dass wir Dir unsere Flak zeigen können? Mutti ist sehr traurig. Es hätte fast ein Schwesterchen gegeben. Das musste sie im Krankenhaus lassen.«

Wölfchen: »Pom! Pom! Pom! Pom! Pom!"

»Mein Kopf!«, stöhnt die Mutti, »wenn ihr wüsstet. Wölfchen, du malst ein Bild und hörst auf zu schießen! Und dass ihr mir ja Schönschrift schreibt. Ohne Fehler. Sonst alles noch mal!«

Sie steht mal wieder am Flügel, schreibt auch an den Vati. Dietrich liest später heimlich: »Mein liebster Johnny, wir beide wünschen gewiss keine frühere Heimkehr auf Kosten des Endsiegs. Aber das Warten fällt so schwer. Die letzte Zeit war ich noch von Freude erfüllt, Dir ein neues Wesen von unserem Blute schenken zu können. Als Jungensnamen dachte ich an: Eckbert, Hilmar, Ingbert, Eberhard, Dirk oder Derek. Für ein Mädchen einfach nur: Linde. Aber jetzt ist es totgeboren. Ich schreibe später weiter, die Kinder wollen essen.«

Am Abend weiter: »Seit heute eine komplettes Esszimmer, dazu Besteck und Geschirr für zwölf Personen. Schönes Besteck. Art Deco, versilbert. Der Freyberger hatte Geschmack. Würde ihn sicher freuen, die Sachen so gut untergebracht zu wissen. Hat nicht viel mitnehmen können, musste ja alles flüssigmachen, um die teure Reise zu bezahlen. Mit der ganzen Familie über den großen Teich, das muss man sich erst einmal leisten! Förchter hat mich ausgelacht: ›Über den großen Teich? Über den Jordan!‹ Er meint, der Freyberger bräuchte die Sachen nicht mehr.«

Nachricht vom Vati aus der Ukraine. Es ist Spätsommer. Vati schwimmt im Schwarzen Meer. Die Leute lebten dort, schreibt er, im Überfluss, wenn sie nicht gerade von den Russen unterdrückt werden. Guter Boden. Alle nur denkbaren Früchte. Angenehmes Klima. Ein ganz reiches Land. Die Familie sollte nach dem Endsieg dort siedeln. Die Mutti fragt den Onkel aus Stoffeln: »Johnny und ich und die Kinder als Bauern? Kannst du dir das vorstellen, Onkel? Ich auf dem Land?« »Nee, kann ich nicht. Bleib du mal hier, Lilikind.«

Die Gaststätte von Lilis Onkel in Stoffeln ist der interessanteste Ort. Direkt beim Gefangenenlager. Ist Stammtisch und Wärmestube für die SS-Wachmannschaft, da schnappen die Jungs so einiges auf. Für Dietrich und Eckart ein Abenteuerplatz. Jede Gelegenheit nutzen sie, um mit Botengängen dort hingeschickt zu werden. Hinterm Tresen steht der Onkel. Er serviert den Jungs am »Katzentischchen«, als wären sie Erwachsene. Dort sitzen sie, schlürfen lange an ihrem Getränk, machen große Ohren.

Seit Oktober 1942 ist eine »SS-Baubrigade« in dem Lager. Außenstelle Sachsenhausen, sechshundert Mann. Von der Mutti wissen die Jungs, dass die Häftlinge Trümmergrundstücke räumen müssen und Bombentrichter, »das ist sehr gefährlich, weshalb man dafür Häftlinge nimmt, deren Leben ist nicht so viel wert.« Sie muss das wissen, singt manchmal dort, wenn Unterhaltung gebraucht wird.

Wahrscheinlich Februar dreiundvierzig. Am Stammtisch der SS-Wachmannschaft sitzen drei Männer in der feldgrauen Uniform der Totenkopfbrigade, singen grölend, als Dietrich und Eckart erscheinen, im Schlepptau von ihrem Nennonkel Franz. Der »Zigarrenfranz« braucht Hilfe wegen Bombenschadens, sein Tabakgeschäft hat beim letzten Angriff was abgekriegt. Der Wirt schickt ihn ins Baubüro vorne beim Lagereingang, zu Unterscharführer Wietmann. Der kann vielleicht ein Aufräumkommando schicken, obgleich die überbeschäftigt sind. »Lass Dietrich und Eckart hier, ich kann Handlangerdienste gebrauchen.«

Die SS-Leute am Stammtisch witzeln: »Der Wietmann hat die Kloschüsseln und Waschbecken vom letzten Bombardement noch gar nicht untergebracht.«

»Jetzt gerade verstaut er Wurst, Speck und Zucker. Kam soeben vom Ernährungsamt Essen. Hab ich selber gesehen.«

»Und Schnaps vom Spirituosenlager beim Wehrhahn.«

»Wenn der nun obendrein vom Franz Schmitt Tabak und Zigaretten kriegt, mein lieber Scholli, nicht schlecht ...«

Der Wirt schickt Dietrich und Eckart weg, ein paar Sachen in einen Verschlag bringen, Sachen, die nicht nass werden dürfen. Das ist schnell erledigt und schon sind sie wieder da. Dietrich holt sich noch eine Brause beim Onkel am Tresen. Während der Wirt das Brausepulver mit Wasser aufschäumen lässt, erzählt Dietrich ihm einen Witz, hat den aufgeschnappt und ist neugierig, was der Onkel dazu sagt. »Kommt der Führer in den Himmel, trifft auf Moses. Herr Moses, sagt der Führer, seien Sie mal ehrlich: den Dornbusch, den haben doch Sie selbst angezündet, oder?« Der Onkel sieht rüber zu den SS-Leuten, sagt dann sehr gefasst, aber unzweideutig: »Den Witz solltest du besser nicht weitererzählen«, stellt die Brause auf den Tresen und legt noch ein Kartenspiel dazu, »hier, spielt lieber ›Elfer raus!‹ bis Onkel Franz zurückkommt.«

»Elfer raus!« zu zweit gespielt ist keine Herausforderung, man kann gut nebenbei zuhören, was die Erwachsenen miteinander reden, besonders Onkel Franz, der vom Baubüro zurück ist, und der Wirts-Onkel.

Unterernährt und entkräftet sind die Häftlinge, das hören die Jungens aus den Gesprächen heraus. Es gibt zwar Zuteilungen vom Ernährungsamt Essen und Schwerarbeiterverpflegung vom Düsseldorfer Ernährungsamt. Aber alles landet erstmal im Baubüro, bei dem Unterscharführer Wietmann. Der zweigt sich was ab, das verkloppt er dann. Und weil die Häftlinge unterernährt und völlig entkräftet sind, brauchen die viel zu lange, um den Bunker fertigzubauen, in dem die Heizkörper, die Kloschüsseln und die Waschbecken gelagert werden sollen. Das Zeug verrottet. Außerdem kann jeder, der vorbeikommt, sehen, was da hinten im Garten der Gaststätte gelagert wird. Da wird sich mancher fragen, woher das ist und was damit geschieht. Das ist nicht gut.

Der Wietmann reißt sich alles unter den Nagel. Der Oberscharführer darf nichts erfahren. Auch Förchter nicht. Und auf keinen Fall der Gauleiter. Rangfolge ist wichtig. Das lernen die beiden Jungens an diesem Nachmittag.

Aus Altardecken vom zerstörten Herz-Jesu-Nonnenkloster hat sich der Wietmann Sofakissen machen lassen. »Und das soll schön sein?«, flüstert Eckart seinem Bruder zu. Sie tun nur noch so, als spielten sie »Elfer raus!«. Wollen kein Wort verpassen.

»Einer von den Häftlingen zeichnet dem Wietmann die Baupläne, weil der selbst zu blöd dafür ist.«

»Dieser Häftling soll aufgeschrieben haben, was er so mitkriegt hier im Lager«, sagt Onkel Wirt. »Und?«, fragt der Onkel

Franz. »Schieberei. Die SS bereichert sich an allem, dafür sammelt der Beweise, heißt es.« »Red nicht so laut«, mahnt Franz den Wirt.

»Der Wietmann ist angewiesen auf den Häftling. Ohne den wär der ne Niete.«

»Hab gehört, der Häftling darf das Lager verlassen und draußen rumlaufen. In Zivil.«

»Kleine Aufmerksamkeit vom Wietmann, wegen der Pläne.«

»Sogar nachts!«

»Der soll sogar eine Geliebte haben in der Stadt.«

»Wie kommt der denn an die?«

»Angeblich bei Räumarbeiten kennen gelernt. Ihre Eltern haben seiner KZ-Baubrigade was zu essen zugesteckt ...«

»Was will denn so ein Mädel mit so einem Kerl?«

Dietrich und Eckart bekommen Ohren wie Luchse. »Der Häftling hat gedroht, dass er über Wietmann auspackt. Sobald der ihm was will. Hauptbeschäftigung der SS sei Klauen, soll der gesagt haben. Seine Notizen hat der Häftling draußen versteckt. Bei dem Mädel.«

»Wenn das rauskommt. Dann gnade Gott.«

»Wietmann soll gesagt haben: Der Kerl muss durch den Draht. Ohne Zeugen.«

»Jungs, kommt, wir müssen gehen. Ihr beiden solltet längst zu Hause sein.«

Immer noch dieser bombenreiche Februar dreiundvierzig. Die Mutti geht mit den beiden Großen noch vor Einbruch der Dunkelheit, bevor die Bombenangriffe kommen, zum Onkel in Stoffeln, Einmachgläser besorgen. Vom Vati aus der Ukraine kamen segensreiche Sachen, Vatis Werkmeister hat Lebensmittel mit dem LKW bis nach Dortmund mitgebracht, wo er Ersatzteile holen musste, und Mutti hat die Schätze selber bei dem LKW-Fahrer abgeholt, wollte nämlich auch das Neueste von Vati erfahren.

Der Onkel liest murmelnd die Liste in Vatis Schrift:

»Zwanzig Kilo Butter, elf Kilo reinen weißen Speck zum Auslassen (selbst ausgelöst beim Schlachten), zwei Schinken, zehn Hühner, eine Gans, sechs große Ringe Blutwurst.« Der Onkel sieht die Mutti lange an. »Ordentlich«, sagt er. Er kann ihr Einmachgläser abgeben, will aber etwas abhaben von dem Segen.

»Nimm am besten Blutwurst«, schlägt Dietrich vor, »sonst essen wir andauernd Flöns.«

»Hat dich jemand gefragt?«, fährt ihm die Mutti übers Maul und handelt dann aus, was der Onkel dafür bekommt.

Sie haben jetzt zehn große Einmachgläser und zwei mittlere, und ja, natürlich will er von der Blutwurst, aber auch vom Fett und was vom Schinken. Beim Weggehen fragt der Onkel die Mutti, sodass die Jungens es nicht hören, doch die hören es trotzdem: »Kann das sein, dass die Mathilde einen Liebhaber hat?«

»Mathilde? Das wüsste ich. Die ist doch noch viel zu jung. Die weiß doch noch gar nicht, was ein Liebhaber ist.«

»War nur so eine Frage. Und jetzt Tschökes, Lilikind. Tschökes, Jungs.«

»Tschökes.«

Unangenehm: immer Medizin. Biomalz, Phosvitanon, täglich eine Calipot-Tablette für Wölfchens Wachstum. »Nützt gar nichts«, spotten die Großen, Wolfchen heult. Jeden Abend Hovaletten-Tabletten für alle drei gegen nächtlichen Harndrang. Dr. Albrecht Kalenborn, Leonies Mann, schwört auf Hovaletten.

Das Beste gegen das »Bettnässen aus Nervosität«, das kommt vom Krieg. Nach dem Endsieg hört das auf, aber bis dahin Hovaletten. Ob der Vati sich nicht beeilen könne, fragt Eckart. »Mit dem Krieg?«, fragt Dietrich.

Unangenehm: Das Gerenne in den Luftschutzkeller, immer öfter. Mitten aus dem Schlaf, Trainingsanzug über den Schlafanzug, Jacke, Mütze. Oder angezogen ins Bett, für den Fall.

Unangenehm: Muttis Ärger mit der gemeinen Hausverwalterin. Will der am liebsten das »Schwarze Korps« auf den Hals schicken. »Lass mal gut sein, Lilikind. Du weißt gar nicht, was du da sagst«, sagt der Onkel.

Im Luftschutzkeller zittern die Wände vom Bombeneinschlag in der Nähe, Mörtel rieselt. Der dusselige kleine Wolf lacht im Dunkeln. Eine Frau sagt: Wenn doch dieser Krieg bloß vorbei wäre.

Die Mutti, drohend: »defätistisch!« – das ist ein Schimpfwort.

Am Tag nach den Einmachgläsern kam Mathilde einfach nicht ins Haus. Ohne Entschuldigung. Nur mit Wölfchens Hilfe, die keine ist, macht Mutti Hühnerfleisch ein und die Gans und lässt das Fett aus für Schmalz, füllt Hühnerbrühe in Flaschen. Mittags, als die Großen aus der Schule kommen, gibt es Hühnersuppe mit Nudeln. Sie nimmt Dietrich beiseite, vielleicht könne er auf dem Schwarzmarkt, nur ein bisschen von dem, was zuviel ist, und was der Onkel nicht kriegen muss, das wäre ja übertrieben. Dietrich ist dreizehn geworden und anstellig. Die Mutti selbst geht nicht auf den Schwarzmarkt. »Ich bin zu arrogant«, sagt sie.

Nach dem Essen und dem Verdruss wegen Mathildes Säumigkeit ein Gang durch den Volksgarten nach Stoffeln. Bisschen Bewegung an der frischen Luft, dem Onkel seinen Anteil bringen.

Brause für die Jungs, für die Mutti ein Schluck Bohnenkaffee, das möbelt sie wieder auf. Wölfchen muss seine Calipot-Tablette schlucken, fürs Wachstum, er knatscht. Die Großen nehmen ihre Rucksäcke, die Mutti auch. Wölfchen, dick eingemummelt, quengelt an ihrer Hand, will nicht durch den Volksgarten laufen, will sofort seine Brause. Beim Onkel vergisst Wölfchen wie auf Kommando sein Gegreine, trinkt Brause und baut mit seinen Halbbrüdern Häuser aus »Elfer raus!« und Bierdeckeln, lässt sie einstürzen, richtet sie immer wieder unverdrossen auf.

Der Onkel überfällt die Mutti mit der Frage, ob sie wisse, was mit dem Liebhaber von Mathilde passiert sei. Lili blockt ab, erschrocken, nein, sie wisse nichts. Dieser Liebhaber sei Gewohnheitsverbrecher und in Schutzhaft hier im Lager, sagt der Onkel. Da platzt Mutti der Kragen: »So ein Quatsch! Mathilde war nie im Lager!« Unbeirrt der Onkel: »Stimmt. Der Mann war ja auch draußen eingesetzt, beim Räumtrupp auf Trümmergrundstücken, da hatte der gewisse Freiheiten.« Sie glaubt dem Onkel nicht: »Und auf so einem Trümmergrundstück hat also die Mathilde einen Gewohnheitsverbrecher kennen gelernt?«

»Mathildes Eltern stecken den Leuten vom Räumtrupp dies und das zum Essen zu, manchmal macht das eben auch Mathilde.«

»Und was ist jetzt mit dem Kerl? Ist was passiert?«

»Der ist gestern Nacht ›gegangen worden‹, wie man so sagt.«

»Wie? Was?«

»Durch den Zaun.«

»Was soll das heißen?«

»Sagt man so. Freiwillig macht das keiner. Da kommt man nicht mehr zurück.«

Das will Lili dann so genau nicht mehr wissen. Wissen will sie jedoch, ob dieser »Gewohnheitsverbrecher« womöglich in ihrer Wohnung gewesen sein könnte. Womöglich über Nacht? Wenn Mathilde allein war mit den Kindern?

Die Kinder tun sehr beschäftigt mit ihren Kartenhäusern, richten dabei ihre Ohren auf das, was der Onkel und die Mutti reden. Sie kennen den Freund von Mathilde.

»Kann sein«, meint der Onkel. »Wieso bist denn du auch so oft weg?« »Auftritte, das weißt du doch. Und Johnny besuchen. Gerade letztens wieder, Fortbildung in der Reichsmotorsportschule Helsa bei Kassel. Demnächst Wünstorf Kreis Teltow!« Das erzählt die Mutti gerne. »Lobenswert«, meint der Onkel, »nur zu, Lilikind. Das hält dir den Mann von der Front weg und dient der Karriere.« Lili, stolz: »Johnny strebt Energie-Offizier an. Bei der Heeresmotorisierung, mit Generator-Fahrzeugen. Spezialeinsatz Saurer-Sonderlastwagen«. »Das bringt Reputation«, sagt der Onkel, »gut so.«

Der Onkel und Lili reden jetzt ganz Ernsthaftes mit gesenkter Stimme, dass die Kinder nichts mitkriegen. Als ob die Großen am »Katzentisch« nicht mithören könnten mit ihren Luchsohren. Und wie! Sie lauschen sich die Ohren fusselig. Ob der Gewohnheitsverbrecher womöglich, zum Beispiel bei Alarm, ganz allein in der Wohnung? Ob die Kinder das mitgekriegt haben? Als amtlicher Verbrecher kann der ja nicht mit in den Luftschutzkeller. Nervös rührt die Mutti in der leeren Tasse. »Nun gibt es ihn ja nicht mehr, Lilikind«, beschwichtigt der Onkel. Im Übrigen habe er das nur vom Hörensagen, jeder sage was anderes. Auch ob Mathilde was mit dem Verbrecher hatte, wisse er nicht mit Gewissheit, aber dass der Mann durch den Zaun sei und erschossen, das wisse er sicher. »Man hört hier öfter mal Schüsse, auch hinterm Tresen. So ein Lager ist schließlich kein Mädchenpensionat. Und auch kein Kindergarten«, sagt der Onkel mit Blick auf die Jungens. Die Mutti packt ihr Wölfchen am Arm, macht den Großen ein Zeichen, sagt übertrieben laut: »Dein Kaffee ist heute entsetzlich dünn«, und dann, schnell nach Hause.

»Diese tragische Liebesgeschichte hat mich gerührt«, notiert die Mutti in der Nacht, für den Vati. »Ich spüre eine innere Verbundenheit mit dem Mädchen, denn auch Du bist ständig in Lebensgefahr, und ich bange um Dich. Als ich mit den Jungs aus Stoffeln zurück war, kam Mathilde schließlich doch. Ich habe keine Erklärung verlangt, sondern sie gleich ins Musikzimmer gebeten. Musik heilt, was heillos ist, habe ich zu ihr gesagt«, so schreibt die Mutti, »deshalb habe ich mich an den Flügel gesetzt, Mathilde und die Kinder aufs Sofa. Und dann habe ich für Mathilde Händels Largo gesungen. Das ›Ombra mai fù‹ habe ich mit so tiefer Empfindung vorgetragen wie nie zuvor.«

Dietrich sieht sich in seiner Erinnerung steif auf dem Sofa sitzen, neben Mathilde, die erstarrt ist. Ihr wird freigegeben für den Rest des Tages, muss sich aber beeilen, bevor wieder die Luftangriffe. Die Kinder ab ins Kinderzimmer. Mutti will an Vati schreiben.

Im selben Moment, als Mathilde im Flur den Mantel anzieht, klingelt es an der Tür: Franz Schmitt schaut wie des Öfteren einfach mal nur so vorbei.

Er spürt, wie bodenlos das Mädchen Mathilde ist, bleibt einen Atemzug lang hilflos stehen, angerührt, nimmt ihre Hand mit beiden Händen und neigt den Kopf vor ihr. Und weil Mathilde bei dieser Geste geradezu auseinanderzufallen scheint, die Kinder sehen das genau von ihrem Kinderzimmer durch den Türspalt, da legt der Onkel Franz den Arm um sie. Einen Moment nur. Denn die Mutti kommt dazwischen. »Was soll denn das hier?«, herrscht sie Franz an und maßregelt Mathilde unmissverständlich mit Blicken, sodass die sich klein machen will. Aber der Onkel Franz nimmt noch einmal ihre Hand und mit seiner Stirn berührt er ihren Handrücken. Mathilde entwischt ins Treppenhaus.

»Was war denn das jetzt?«, fragt die Mutti entrüstet, »Mathilde ist zum Arbeiten hier.«

»Eben jetzt war sie verzweifelt«, sagt Franz.

Mutti wird schnell böse, wenn die Jungens bockig sind und nicht Klavier üben wollen. Die ewig gleiche Standpauke: Der Vati setze Tag und Nacht sein Leben aufs Spiel für den Endsieg, für Deutschland, für die Zukunft seiner Söhne. Sie aber ließen ihre Talente verkommen, faul und antriebslos. Wenn sie wenigstens dumm wären, dann könnten sie nichts dafür. So aber seien sie eine Schande für den Vati an der Front. Dietrich wagt einen Einspruch: Vati sei nicht an der Front, sondern auf Lehrgang. Es setzt Ohrfeigen. Dietrich heult. Eckart blickt irgendwohin und verhält sich unauffällig. Wölfchen versteckt sich unter dem Flügel.

Trotzdem hoffen die Jungens, jeder einzeln, dass die Mutti sich wieder beruhigt bis zur Schlafenszeit. Bei guter Reue nämlich schwenkt sie manchmal um und nimmt einen in den Arm. Man weiß nie genau warum, aber es ist schön. Und wer besonders überzeugt, der darf sogar bei ihr im großen Bett schlafen, auf Vatis Seite.

Nicht so an manchen Abenden, an denen sie vom jungen Pianisten schwärmt, den sich die beiden Großen zum Vorbild nehmen sollen. Nur durch fleißiges Üben werde man so ein fantastischer Pianist wie der junge Karlrobert Kreiten, wettert sie. So jung! Und schon Jahrhundertpianist! Aus Düsseldorf! Der habe schon als Kind ein überirdisch schönes Konzert in der Tonhalle gegeben: Mozarts D-Dur-Sonate. Und zwei Schubert-Impromptus. Göttlich. Da sei er noch im Matrosenanzug aufgetreten. Der habe sein Talent ernst genommen und immer geübt! Dietrich und Eckart dagegen könnten Straßenkehrer werden, wenn sie so weitermachten, oder Ritzenschieber bei der Straßenbahn. Die Mutti ist grundverstimmt.

Was für ein uneinholbares Vorbild! Dietrich und Eckart haben, seit sie von Mutti »ans Klavierspiel herangeführt« werden, das Genie Karlrobert Kreiten vor Augen, den Sohn erfolgreicher hochmusikalischer Eltern, was Lili mit bewunderndem Neid hervorhebt. Dem sollen sie nacheifern nach der Mutti-Methode: Groschen auf die Handrücken, Czerny-Etüden rauf und runter, Haydn-, Mozart-, Clementi- und Kuhlau-Sonatinen. Aber sie sind keine Genies, in ihnen brennt kein Feuer. »Fis!«, ruft die Mutti von irgendwoher aus der Wohnung. Oder »Fingersatz!« Ihrem absoluten Gehör entgeht nichts, das ist nicht geheuer, da gibt es kein Entrinnen. Der Abstand zum Genie bleibt und vergrößert sich sogar. Wie auch der Abstand zwischen ihnen und dem Vati an der Front. Der schreibt: »Was alles dazu gehört, um eine Truppe – eine motorisierte Truppe noch dazu! – auf einen über 1 500 Kilometer langen Marsch zu setzen, das vermag sich im Reich keiner vorstellen, weil ihm dort der russische Maßstab fehlt.« Die Söhne nicken: Der Vati ist immer an der Front, auch wenn er auf Lehrgang ist.

In der Sammlung **Versuche. Deutsch** ist ein Blatt mit der Überschrift: **Kinderlandverschickung Schweinfurt**. Es fehlt ein Text dazu.

Es folgt Szenisches, »Frühherbst 1943« überschrieben.

Lili Kordewan steht am Flügel, Füller in der Hand, vor sich ein Poesiealbum. Sie schaut ins Weite. Das Telefon klingelt. Sie geht zum Telefon, das an der Wand hängt, nimmt den Hörer ab, meldet sich mit ihrer Nummer: »Zwo zwoundfünfzig fünfundsechzig ... Leonie! Ja, was ist?« Sie legt den Füller auf das Tischchen unterm Telefon und setzt sich. »Karlrobert Kreiten? Unbedingt hingehen! Ein Jahrhundertpianist, sag ich dir!«

Klemmt den Hörer zwischen Ohr und Schulter: »Am 3. Mai in Heidelberg? Von Mannheim aus ein Katzensprung!« Sie schraubt die Kapsel auf den Füller: » Albrecht sollte sich beeilen mit Karten, die sind schnell ausverkauft ... Albrecht wird doch wohl Mittel und Wege finden und noch welche ergattern. Mein Gott, ja! Unbedingt! ... Beethovens Appassionata? Großartig! ... Etüden von Frédéric Chopin? Brillant! Die Spanische Rhapsodie von Franz Liszt? Phantastisch! Wunderbares Programm! Unbedingt. Nicht verpassen! Ich habe gleich Gäste. Entschuldige.« Lili hängt auf, geht zum Flügel, klappt das Poesiealbum zu.

Telefonklingeln wie vorher, einen Tag später. Lili eilt herbei.

»Zwo zwoundfünfzig fünfundsechzig ... Ja? ... Leonie? Ist was passiert in Mannheim? Alle heil und gesund? ... Albrecht hat gebuckelt und Karten ergattert? Na, dann ist doch gut. ... Was? Sag das noch mal! ... Konzert ausgefallen? ... Und dann hängen die einfach einen Zettel an die Tür der Aula? Konzert Karlrobert Kreiten fällt aus? Mehr stand da nicht? Das gibt es doch nicht! ... Einfach so? Glaub ich nicht. Da ist was passiert. ... Quatsch, unzuverlässig, unpässlich? Typisch Künstler? Werd nicht albern … Einfach aufgelegt. Typisch Leonie.«

Lili, einen Moment ratlos, legt dann auch auf. »Zicke.«

»Im Salon« ist Folgendes überschrieben:

Halbvorne Cocktailsessel, ein geblümtes Sofa, Tischchen, Stühle.

Lili summt: Johnny, wenn du Geburtstag hast …, stellt das rechte Bein auf den Klavierhocker, steckt den Kleidersaum in den Unterhosenbund, dass er nicht stört, wenn sie die Strumpfnaht aufmalt. Sie prüft den Nahtverlauf, ist zufrieden, wiederholt die Prozedur: linker Rocksaum, linkes Bein, Pinsel, Fläschchen mit Tinktur.

Ein Kind, ein Junge, etwa zwölf, kommt hinzu: »Darf ich das auch mal machen?«

Lili, halb genervt halb kokett: »Auf keinen Fall. Die Naht muss sitzen. Die Naht ist das A und O. Und jetzt raus. Gleich kommen Gäste. Du solltest längst im Bett sein.« Das Kind nörgelt und steht weiter herum. Sie lenkt ein: »Kannst dich ja in mein Bett legen, zum Einschlafen.«

Sie wartet ab, bis das Kind fort ist, prüft ihre Beine, die Naht, streicht das Kleid glatt, geht zum Flügel und bringt sich in Positur. Sie winkelt das rechte Bein an, streckt den Fuß nach unten, schiebt das rechte Knie über das linke, Unterkörper ist zum Publikum gedreht, Oberkörper zur Tastatur eines Flügels. Über ihre rechte Schulter lächelt sie einem nicht vorhandenen Publikum zu, greift dann ohne hinzusehen in die Tasten und singt mit Schwung:

»Ich bin die fesche Lola, der Liebling der Saison, ich hab ein Pianola zu Haus in mein' Salon …«. Sie kann das. Kann lasziv singen, vulgär bis komisch, bewegt Körper und Piano, als trete sie seit eh und je in Salons auf. Die Augenlider halb geschlossen, singt sie rauchig timbriert.

Es klopft, Förchter erscheint im Salon, raumfüllend. Er greift nach Lilis Hand, zieht die Hand an seine Lippen: »Verehrte Madame Kordewan-Ohne! Sagt ihnen der Name Fräulein Wilhelmine Fricke etwas?« Förchter bleibt über ihrer Hand. Er spricht, als zöge er Lili langsam aus. Lili versteift sich.

Lili, bemüht beiläufig: »Ja und nein. Warum?«

»Man hat die Fricke gefunden ... In einem Sportwagen mit aufgeklapptem Verdeck ...« Lili wartet ab.

»In einem Garagen-Schuppen, Nähe Bahnhof Wuppertal-Barmen ... Unter Trümmern ...«

Lili, auf der Hut, hebt fragend die Schultern: »Im Sportwagen? In einem Schuppen in Barmen? Tragisch.« Sie bleibt unbewegt, duldet widerwillig Förchters Hand auf ihrem Arm.

»Man hat auch gewisse Papiere gefunden in diesem Schuppen.«

Lili, teilnahmslos interessiert: »Unter Trümmern?«

»In einem Tresor. Schuldscheine und Briefe. Unter anderem von dem werten Herrn Ohne.«

Förchter wartet ab. Zieht dann ein paar einzelne Blätter aus seiner Aktentasche, legt drei davon im aufgeklappten Flügel auf die Saiten, legt seine Hand auf Lilis Nacken: »So, und jetzt noch einmal die Lola. Ohne Auslassungen. Von vorne bis hinten. Ich habe Sie vorhin unterbrochen.«

Lili schüttelt die Hand ab, haut in die Tasten, dass die Papierblätter auf den Saiten scheppern. Sie haucht und singt, als ginge es um ihr Leben. »Und will mich wer begleiten da drunten aus dem Saal«, Blick zu Förchter, »dem hau ich in die Saiten und tret' ihm aufs Pedal …«, jetzt klingt es mehr verzweifelt als verrucht. Heiser die letzte Strophe: »Mich liebt ein jeder Mann, doch an mein Pianola, da lass ich keinen ran!«

Es klingelt. Franz Schmitt. Abwartend steht er da, blickt fragend in Richtung Förchter. Der: »Probe für ein Herbstkonzert. Erntedank sozusagen.« Förchter nimmt die Papiere von den Saiten, steckt sie ein mit Seitenblick auf Lili. Holt aus der Aktentasche eine Flasche. »Möselchen!«, sagt er, mit Blick auf Franz: »Trinkt die gnädige Frau Kordewan-Ohne überaus gerne.«

Während Lili Weingläser auf den Kacheltisch stellt, sagt Franz: »Der Pianist Karlrobert Kreiten ist zum Tode verurteilt worden. Von Freisler.«

Lili, entsetzt: »Unmöglich! Das kann nicht sein. Kreiten? Der ist ein Genie!«

»Freisler«, sagt Franz, »Freisler lässt auch Genies hinrichten.«

»Das will ich überhört haben«, warnt Förchter.

Lili: »Wussten Sie davon?«

Förchter nickt, redet wie auswendig gelernt: »Verurteilt wegen Feindbegünstigung und Wehrkraftzersetzung. Hat durch Hetzerei, Verleumdungen und Übertreibungen eine Volksgenossin beeinflussen wollen. Schloss sich mit dieser Gesinnung selbst aus der Volksgemeinschaft aus. Eindeutig.«

Alle schweigen. Lili beinahe flüsternd: »Und?«

»Das Urteil ist bereits vollstreckt.«

Franz wendet sich ab. Lili: »Das sagen Sie erst jetzt?«

Förchter reicht Lili ein Zeitungsblatt, sie liest. Reicht es weiter an Franz. Förchter: »Ein Werner Hofer schrieb das. Begabter Journalist. Der wird's noch mal zu was bringen.«

Franz liest laut: »*Künstler – Beispiel und Vorbild ... Wie unnachsichtig mit einem Künstler verfahren wird, der statt Glauben Zweifel stiftet, statt Zuversicht Verleumdung und statt Haltung Verzweiflung, das ging aus einer Meldung der letzten Tage hervor, die von der strengen Bestrafung eines ehrvergessenen Künstlers berichtete. Es dürfte heute niemand Verständnis dafür haben, wenn einem Künstler, der fehlte, eher verziehen würde als dem letzten gestrauchelten Volksgenossen.*«

Lili: »Deshalb also.«

Förchter: »Was: deshalb?«

Lili: »Das Konzert in Heidelberg. Meine Schwester war empört, dass das einfach ausfiel. Kurzfristig abgesagt.«

Förchter: »Hätte die Gestapo wirklich auch nach dem Konzert machen können.«

Lili erstarrt: »Das hätten die überhaupt nicht tun dürfen. Kreiten war ein Genie!«

Weihnachten 1943/44. Ein Weihnachtsbaum in einem eisernen Drehfuß, mit eingebauter Spieluhr. Langsam dreht sich der Baum zur Melodie von »Maikäfer flieg ...«. Dietrich, Eckart und Wölfchen singen dazu:

»Zeppelin flieg
hilf uns im Krieg
fliege nach Engelland
Engelland wird abgebrannt
Zeppelin flieg.«

Die Jungens sitzen am Tisch und basteln Zeppeline, die sie mit Silberbronze bemalen. Einige Zeppeline hängen schon am Weihnachtsbaum wie an einem Kettenkarussell. In ihrem Spiel dient Lamella der Flugabwehr. Es klingelt und ein Soldat steht vor der Tür. Tornister auf dem Rücken, Koffer in der linken Hand, die rechte Hand ohne Gepäck, damit die Grüßhand frei ist, Bündel über Schulter und Nacken, auch unter dem Militärmantel beult es sich.

Der Feldgraue bleibt einen Moment wie festgefroren und mustert die drei Jungens. Die drehen ihre Köpfe zu ihm und starren ihn an. »Der Vati?«

»Nein. Vati ist größer.«

»Wer ist es dann?«

»Was will der?«

Sie rufen die Mutti, Lili Kordewan kommt aber nicht. Der Mann legt Stück für Stück sein Gepäck ab, sieht jetzt aus wie abgesattelt. Grau, bärtig, müde. Irgendwoher kennen ihn die Kinder, erkennen ihn aber nicht. Der Mann knöpft seinen Mantel auf, legt eine Art Leibbinde auf den Basteltisch der Kinder, sieht sich um. Die Zeppeline fliegen noch immer zur Maikäfermelodie, Dietrich hält den Baum an.

Lili kommt, stutzt: »Was ist denn hier los?« Endlich erkennt sie den Mann: »Jochen? Jochen Hoch!« Mit einem Kopfnicken gibt der Mann den Kindern ein Zeichen, sie dürfen die Leibbinde öffnen und auspacken. Lili nimmt Jochen Hoch am Arm, führt ihn in die Küche.

Plötzlich Sirenen. Bombenalarm? Am helllichten Tag? Vierzehn Uhr vierzehn. »Mein Gott!«, hört man Lili, »es ist Heiligabend!« Jochens Stimme: »Los, in den Luftschutzkeller!«

Dunkelheit. Bombergeräusch. Bomben fallen.

Lili, empört. »Die bombardieren bei Tag und Nacht! Dem Tommy ist es egal, dass hier unten Zivilmenschen leben!«

Eckart schreit: »Das Haus zittert!«

Lili: »Ruhe!«

Jochen: »Jetzt entfernen sie sich.«

Entwarnung. Licht.

Der feldgraue Jochen zieht seine Uhr, zeigt sie herum: »Fünfzehn Uhr dreiundvierzig.« Seine Uhr geht genau. Anderthalb Stunden Bombardement! Gott sei Dank alle sind verschont. Nichts passiert. Also los! Heiligabend! Bescherung, ehe es wieder losgeht! Eine reiche Bescherung wird das, dank Jochen. Und es wird dann doch etwas spät, obgleich Lilis Migräne beginnen will. Da wird ausgepackt und geschmaust. Dann aber ab ins Bett! Ab, ab! Lilis Handbewegung ist eindeutig. Keine Widerrede! Hinter ihr blickt Jochen Hoch streng, hebt sein Kinn.

Tiefe Nacht. Lili geht im Dunkeln zur Toilette und erschrickt fast zu Tode, als sie mit ihrem nackten Fuß eine Gestalt berührt. Sie macht Licht, auf dem Boden, vor ihrer Tür liegt Dietrich. Lili packt ihn an der Schlafanzugjacke, reißt ihn hoch, haut ihm eine runter. Mit seinen dreizehn Jahren ist er fast so groß wie sie. Sie hält ihn von sich weg, sieht ihn fest an. Dann nimmt sie ihn in den Arm. »Geh jetzt schlafen.«

Wölfchen kommt im Schlafanzug angetappt: »Mutti, ich kann nicht schlafen.« »Ich auch nicht. Wir legen uns wieder hin.«

da capo al fine 1944/45 (handschriftlich von Didier Aulne = Dietrich Ohne, über dem folgenden Schreibmaschinetext)

Lili steht am Flügel, vor sich ihr Poesiealbum, schlägt es auf, spricht mit Flüsterstimme: »Keine Nachricht mehr von Johnny.« Sie schreibt in ihr Album.

Von Jochen hat sie erfahren: Rückzug aus der Krim. Auf dem Weg nach Rumänien. Partisanenbekämpfung.

Sie liest laut das Geschriebene:

»Mein Herz ist ohne Trost. Bist du gefangen?
Du lebst. Ich spüre es. Doch wie? Und wo?
Ich werde unser Heim erhalten
und dir die Kinder so erziehn,
dass du dich meiner nicht zu schämen brauchst.
Wo immer du auch bist, wisse, dass wenn ich esse,
ich denken muss, ob du zu essen hast.
Wenn ich mich schlafen lege, frage ich, wo schläfst wohl du.
Und wenn es regnet, sehe ich, wie du,
gequält und elend, hungernd, frierend, traurig,
geknechtet wirst in Fronarbeit.
Was haben wir denn nur getan,
dass man uns peinigt
wie kein andres Volk auf Erden!«

Die drei Jungens kommen lärmend von draußen, Lili ruft: »Tisch decken! Essen ist fertig!«

Die Jungs bringen Teller, Löffel, Servietten, decken den großen Tisch. Lili bringt eine dampfende Suppenterrine. Sie setzen sich, beten: »Segne, Vater, diese Speise, uns zur Kraft und dir zum Preise und mach, dass Vati bald wieder nach Hause kommt. Amen.«

Bei »Amen« klingelt es. Förchter erscheint. Lili fordert ihn mit einer Handbewegung auf, sich zu setzen, er nimmt Platz, legt eine Tafel Schokolade neben die Terrine, Lili holt noch ein Gedeck. Die Jungens starren auf die Schokolade. Schwelgend essen sie die Suppe.

Durchsage aus dem Volksempfänger:

»Luftterror ... Front rückt näher ... Neuss ... Oberkassel ... Mettmann ... Stadt evakuieren ... Wir sprengen alles ... Nichts dem Feind überlassen ...«

Lili, tonlos: »Mein Flügel! Was wird mit meinem Flügel?«

Förchter: »Ich kümmere mich.«

Förchter verabschiedet sich mit Handkuss, streicht den Jungs über die Köpfe, geht wieder.

Drei magere Männer in Häftlingskleidung. Sie frieren. Jochen ist wieder anwesend, zeigt den Männern, wo der Flügel steht und was sie zu tun haben. Lili zu Jochen: »Wie sollen denn die den Flügel tragen? Die sehen so müde aus!«

»Müdes Fleisch gibt keinen guten Braten«, quakt Eckart.

Dietrich kneift ihn in den Arm: »Du hast meine Lurchi-Hefte!«

»Nicht wahr«, heult Eckart.

»Doch wahr«, schimpft Dietrich, »müdes Fleisch gibt keinen guten Braten, das hast du von ›Lurchi bei den Kannibalen‹, gib mir die Hefte zurück.« Eckart tritt Dietrich unterm Tisch gegen das Schienbein: »Die gehören nicht bloß dir.«

Lili faucht: »Ruhe jetzt! Haltet lieber die Türen auf.«

Förchter hat die Häftlinge geschickt, sie sollen den Flügel in Sicherheit bringen. Sie schrauben dem Flügel die Beine ab, wuchten ihn hoch, jonglieren ihn mit Mühe. Ein Wunder, dass keiner stürzt. Die Tragegurte drücken die Träger nieder, sie müssen wieder absetzen.

Lili bedeutet den Männern, dass sie sich setzen sollen, holt eine frisch gefüllte Terrine mit Suppe.

Die Jungs starren die Männer an, Lili wendet sich dem Flügel zu, klappt ihn auf und schlägt Töne an, während die Männer die Suppe löffeln und mit Brot die Teller auswischen. Dann kommt Förchter wieder. Lili verteilt Förchters Schokoladetafel, jeder bekommt gleich viel, die Männer wie die Söhne, sie selbst verzichtet.

Die Männer in den Häftlingsanzügen werden abgeführt. Lili sagt fest und pathetisch: »Wir jedenfalls schlagen uns durch! Zum Endsieg!«

Dietrich hat Zweifel: »Jetzt wird aber alles zerbombt.« »Hauptsache der Flügel ist gerettet«, wendet Eckart ein. Wölfchen will auch etwas zum Besten geben, macht einen Diener:

»Auf der Wolke sitzt die schwarze
Parze mit der Nasenwarze
und sie zwickt und schneidet schnapp
Knopp sein Lebensbändel ab.«

Nach einer Pause: »Von Wilhelm Busch.«

Ende der »Versuche.Deutsch«

Unzeit
1945

Im Stoffeler Gastraum, am ehemaligen Stammtisch des SS-Wachpersonals, am letzten Sonntag im August fünfundvierzig. Die nächsten Verwandten von Lili hatten sich versammelt. Nur die Eltern Kordewan fehlten, aus Altersgründen konnten sie nicht mehr reisen. Der Onkel saß neben Heinrich, Franz zwischen Dietrich und Eckart, ihnen gegenüber Wölfchen und Lili, daneben Leonie, die ohne Albrecht gekommen war. Schließlich Lisbeth und Werner Simon aus Wuppertal. Lili reichte ihr Gedicht, handschriftlich fünfmal kopiert, in die Runde, stand auf und rezitierte:

»Wir liebten dich wie einen Gott,
All unser Glaube war in dir beschlossen,
Das reinste Blut ward all für dich vergossen!
Du – gabst uns nur den Tod!
Du warst ein Mensch – kein Gott!
Zu klein, um ungestraft dich zu der Götter Tisch zu heben,
Zu groß, um in gewohntem Maß zu leben,
Du wähltest dir den Tod!«

Leonie, entgeistert: »Bist du noch ganz bei Trost?« Packte Lili am Handgelenk und zog sie auf den Stuhl neben sich:

»Setz dich einfach wieder hin.«

»Lass man gut sein, Lilikind«, meinte der Onkel, »Das braucht man nun nicht mehr.«

»Kann das sein, dass du spinnst?« Lisbeth reichte das Blatt mit Lilis Gedicht weiter an Werner.

Franz, leise, aber deutlich: »Lili, bitte. Jetzt geht es doch um Lotte.«

Lotte war gestorben und in Aachen beerdigt worden, »in aller Stille«. Die Beisetzung habe schnell vonstattengehen müssen, hatte Heinrich durchtelefoniert, wegen der Sommerhitze. Da sei beim besten Willen keine Zeit gewesen, das Kommen der Verwandtschaft abzuwarten, ließ er die Verwandtschaft nach Lottes Beisetzung wissen.

Alle außer dem Onkel aus Stoffeln gaben sich beleidigt. Der Onkel dagegen hatte es sich nicht nehmen lassen, eine kleine Gedenkfeier für seine gute Lotte zu veranstalten. Für die mutige Lotte. Die sich etwas getraut hatte, was man nicht von jedem der hier Versammelten sagen kann.

Und so saß man nun beisammen und redete über Lotte. Die hatte sich schon vor längerer Zeit sehr verändert, genauer gesagt: nach dem plötzlichen Tod ihrer Tochter. Das immer kränkelnde zarte Mädchen, »das Häschen«, war im Spätjahr neununddreißig an Grippe erkrankt, vierzehn war sie da, sah aber aus wie zwölf, und hatte der fiebrigen Grippe nichts entgegenzusetzen. Lotte schlief im selben Zimmer, schon lange tat sie das, weil Heinrich schnarchte, und sie hatte nicht gemerkt, dass die Kleine eines Nachts ohne Aufhebens aufgehört hatte zu leben. Dass sie trotz über vierzig Fieber dann so kalt hatte werden können, »bei über vierzig

Fieber«, das hatte Lotte wie beschwörend wiederholt, »über vierzig Fieber und so kalt.«

Dann, um den Verstand nicht zu verlieren, hatte Lotte sich in eine Tätigkeit gestürzt: Sie half bei »Körper- und Geistesverminderten«, und war, dem Anschein nach, wieder normal geworden. Bis ihr im November vierzig von jetzt auf gleich mitgeteilt wurde, es gebe keine Verwendung mehr für sie.

»Ihre Kinder«, wie sie die Beschränkten nannte, waren »umverlegt« worden, niemand hatte Lotte benachrichtigt. Wütend verschaffte sie sich Zutritt bei dem zuständigen Herrn. Verlangte Aufklärung darüber, was denn gemeint sei mit: »Ausschulung Bildungsunfähiger«. Wollte wissen, wer die Kinder begleite. Bedrängte den Herrn Zuständigen, was er unternommen habe, dass die Kinder keinen Schaden nehmen durften, die Verantwortung liege bei ihm! Ungewohntes vertrügen die nicht. Der zuständige Herr, überrascht, dass eine Frau von ihm Rechenschaft forderte, obendrein in solchem Staccato, fühlte sich Lottes Mann, dem Oberbergrat Heisterkamp, verpflichtet und ließ ihn benachrichtigen, während er »qua Amt« Lotte Heisterkamp zu beschwichtigen suchte.

Er gab zu, die Formulierung, »Ausschulung Bildungsunfähiger« ungeschickt gewählt zu haben, und legte der verehrten Frau Heisterkamp dar, dass die nun vollzogene Maßnahme darauf abziele, das Elend zukunftslosen Lebens zu vermindern. Zwar sei die Aktion etwas plötzlich angeordnet worden, wie er sagte, aber ausschließlich im Sinne dieser Kreaturen, die anderweitig kaum Aussicht hätten, jemals nützliche Glieder der Gesellschaft zu werden.

Lotte Heisterkamp stand während seiner Ausführungen

unbewegt vor dem Büroschreibtisch, hatte sich geweigert, Platz zu nehmen und starrte ihn entgeistert an. Minutenlang. Ein fülliges, bleiches Gespenst. Der Beamte begann sich zu gruseln. Er behielt die Tür fest im Blick, allein von dort war Erlösung aus seiner widrigen Lage zu erwarten, Oberbergrat Heisterkamp sollte längst eingetroffen sein.

Plötzlich aber fing die gespenstische Lotte Heisterkamp doch an zu reden, das heißt, sie gab Töne von sich. Unartikulierte Laute quollen aus ihr heraus und lösten den gallertartigen Zustand in dem Dienstzimmer auf. Während sie versuchte, Wörter zu formen, kehrte Leben in den Herrn vom Dienst zurück: den Bürotisch umrunden, beschwichtigend die Hände heben, Lottes Arm höflich berühren – eine einzige fließende, beinahe elegante Bewegung. Er umspülte Lotte mit beruhigenden Floskeln: Seien Sie versichert, die Kinder werden gut versorgt, bewundernswerter Eifer, gnädige Frau, schätzenswerte Verdienste des Herrn Oberbergrat Heisterkamp. Lotte ließ sich Richtung Tür bugsieren, ließ zu, dass er sie jenseits der Schwelle mit Handkuss auf den Flur zur Treppe hin wegkomplimentierte, einen Gruß dem Oberbergrat mit auf den Weg, ja, dort entlang, auf Wiedersehen gnädige Frau, alles in Ordnung, von höchster Stelle, Körper- und Sinngeschädigte, zu deren eigenem Wohl, an einem Ort zusammengeführt, konzentriert behandelt. Heil Hitler. Stets zu Diensten.

Draußen auf der Straße stand Heinrich.

Daheim wurde Lotte wunderlich. Fand keine Ruhe mehr. Sah, was niemand gesehen haben wollte, graue Busse mit verhängten Fenstern. Hartnäckig bat sie ihren lieben Heinrich, doch in Erfahrung zu bringen, wo »ihre Kinder« hingebracht worden seien, sie wolle sie besuchen, Geschenke mitbringen, dann würden die sich besser an den neuen Ort gewöhnen, er habe doch Einfluss, genieße Respekt, nicht wahr? Bitte, lieber Heinrich.

Der wand sich. Sie sei romantisch, meinte er liebevoll. Dennoch sei eine nüchterne Betrachtungsweise erforderlich: Man habe viel bessere Möglichkeiten zur angemessenen Behandlung, wenn man die geistig Beschädigten an einem Ort konzentriere, das leuchte doch ein, nicht wahr, liebe Lotte?

Nach solcher Rede hing Lottes dickes Schweigen noch lange im Raum.

Erst die großen Luftangriffe auf Aachen brachten sie zu der Einsicht, dass die Umverlegung ein Segen für ihre Kinder gewesen sei. So viele Tote. Und als Heinrich die Formel fand, die »Umverlegung« müsse man wie eine spezielle Art von »Kinderlandverschickung« sehen, fand sie Trost. Trotzdem blieb Lotte verschroben. Sie kümmerte sich nun minutiös um Vorratshaltung, beteuernd, es sei nicht für sie, sie selbst brauche nur ab und zu eine halbe Schnitte Brot, dünn mit Cenovis-Paste bestrichen. Wenigstens war sie so beschäftigt.

»Wozu braucht sie denn das alles«, fragten sich, nicht ohne Neid, ihre Schwestern in Düsseldorf, Mannheim und Wuppertal. Als offenes Geheimnis galt, dass Lotte Vorräte anlegte, wo sonst Mangel war. Ebenso misstrauisch wie spöttelnd verfolgten sie Lottes sich verändernden Zustand: von innen heraus wuchtete deren Körper sich aus. Unter dem Reformkleid, das die Schwestern »Wohnsack« nannten, füllte sich die Taille auf, Brust, Bauch und Hüfte wurden eins, Lottes Busenfalte stieg wie eine Thermometeranzeige nach oben und erreichte im Sommer vierundvierzig die Höchstmarke an der Halsgrube.

»Die Drüsen«, sagte Lisbeth, die selber zur Dickleibigkeit neigte.

Lili wusste, »Lottes innere Organe waren immer schon geschwollen.« Leonie, quasi vom Fach, meinte, »kein Arzt weiß wirklich Bescheid.«

Lotte sagte nur: »In mir ist alles verstopft.«

Oberbergrat Heinrich Heisterkamp hatte eine geologische Diagnose: Lottes Veränderung sei eine Art innere Verrutschung. Man müsse sich das vorstellen wie eine unterirdische Sedimentschicht, die sich verschoben habe, sodass Flüssigkeit dorthin geraten könne, wo sie nicht sein sollte. Heinrich Heisterkamp dozierte über Anhydrit, über wasserfreies Calciumsulfat, das mit Wasser in Berührung zu Gips werde und, man hörte nicht mehr richtig zu … aufquellen … Volumen verdoppeln würde. Ähnlich bei Lotte, fügte er hinzu.

Aber immer noch so zarte Hände, so kleine Füße und ihr porzellanfeines Gesicht. Das blieb zierlich und wohlgeformt. So hatte Heinrich auch in Lottes Gegenwart geredet. Sie, festgepfropft in ihrem Ledersessel, hatte dazu geschwiegen.

Stand sie auf, schien es, als habe der Sessel sich an ihr festgesaugt; setzte sie sich, entwich die verdrängte Luft seufzend zwischen Körperfülle und Sesselleder.

Bei Alarm verweigerte sie den Gang in den Luftschutzkeller: Sie müsse kochen, die Kinder brauchten Warmes. Irgendwann gab Heinrich auf. Auch er ging nicht mehr in den Luftschutzraum, legte sich in sein Bett und hörte zu, wie die Bomben fielen und wie Lotte in der verdunkelten Küche hantierte und lärmte. Auch im Dunkeln konnte sie jeden

Handgriff auswendig. Morgens war die Küche aufgeräumt und geputzt, wie von den Kölner Heinzelmännchen. Weckgläser mit Gemüse standen aufgereiht und beschriftet in der Speisekammer, dazu Kompott, eingemachtes Hühnerfleisch und Schmalz in Steinguttöpfchen. Plötzlich hing sogar, September vierundvierzig, von der Decke der Vorratskammer, wie von Zauberhand gestemmt, ein Schinken. Wie diese schwer gewordene Frau mit den zierlichen Händen und Füßen das hatte bewältigen können, das blieb auch Heinrich ein Rätsel. Er fragte nicht nach.

Lili ließ ihn wissen, dass sie Sinnvolles zu tun habe, anders als Lotte. Statt immer fetter zu werden, trete sie mit Gesang und Klavier vor kriegswichtigem Publikum auf. In schwerer Zeit sei Aufmunterung wichtig. Trotz Bombenschäden um sie herum sei sie gefragt. Die Kopieranstalt Seiffert nahebei sei total zerstört, auch zwei Häuser direkt nebendran. Sie selbst aber und ihre Kinder unversehrt. Das sei die Hauptsache. Eine höhere Macht beschütze sie, und womöglich käme die Wunderwaffe. Der Führer, glaubte sie zu wissen, habe da einiges in petto.

Werner und Lisbeth in Wuppertal zogen es vor, dem nicht zu widersprechen. Sie hatten bisher unbehelligt Fremdarbeiter und Fachkräfte aus KZs beschäftigt und hörten heimlich BBC. Sie zogen ihre eigenen Schlüsse, verloren darüber kein Wort, schon gar nicht gegenüber Lili.

Albrecht und Leonie in Mannheim hatten unendlich viel Arbeit, redeten ausschließlich davon, wie viele Kriegs- und Trümmerbeschädigte sie zu verarzten hatten, erzählten das gern auch im Detail. Keiner wollte das so genau hören.

Lili ließ sie abblitzen, sie selber müsse schon genug aushalten. Lisbeth dagegen lobte Albert und Leonie. Es sei immer sinnvoll, Leben zu retten. Auf jeden Fall nützlicher als Singen.

Am dreißigsten September vierundvierzig wurde Lotte verrückt. Als die herrschaftslose Zwischenzeit in Aachen begann, keine Nazis mehr aber auch keine Alliierten, also nichts eindeutig. Nur waren zunächst die Nazibonzen plötzlich verschwunden. Dann kamen welche, die die Befehlsgewalt zu haben schienen, das waren aber Plünderer, deutsche Wehrmacht mit Lastwagen bei Nagel & Hofbauer, Weinhandlung, zwei Millionen Flaschen. Passte gar nicht alles auf die Militärlastwagen. Offiziere gaben »Beute frei«, für die Bevölkerung: »Nehmt alles, was ihr wegschaffen könnt, lasst den Amerikanern nichts übrig, denn, wenn die sich betrinken, weiß man nie, was die euch antun.« Grölende Zivile und Uniformierte. Eine besoffene Meute plünderte die Lebensmittel-, die Bekleidungs-, die Tabakgeschäfte, und ein paar Beutemacher in Wehrmachtsuniform drangen auch ins Heisterkampsche Haus.

Im Dunkeln stießen die Plünderer auf Lotte, die vor der Speisekammer saß und ihre Vorräte bewachte. Alle waren für einen Moment lang gleichermaßen erschrocken. Dann aber schäumten und gurgelten ungeheuerliche Töne aus Lotte hervor. Wie eine Furie kreischte sie gegen die Taschenlampe der Eindringlinge, rollte die Augen, ruderte mit den Armen, machte heftige Kau- und Schwimmbewegungen. Unmenschlich schrillte ihre Stimme. So beschrieb es Heinrich, der, versteckt hinter der Küchentür, alles mitbekam: die glühenden Augen in ihrem kleinen Gesicht über dem dicken Leib; wie die nationaldeutschen Plünderer vor dieser irren

Frau zögerten, vielleicht sogar annahmen, dass die vor nichts und niemandem zurückschrecken würde.

Die zogen ohne Beute ab, und Lotte hörte auf zu schreien. Da endlich traute Heinrich sich hinter der Küchentür hervor und sah hilflos zu, wie Lotte zuckend vom Stuhl fiel und regungslos liegen blieb. Doch sie lebte, atmete regelmäßig. War wie zu Tode erschöpft auf dem Küchenfußboden eingeschlafen. Heinrich holte sich zunächst fernmündlich Rat bei Albrecht, aber dessen Diagnose auf Epilepsieverdacht jagte Heinrich nur einen Schrecken ein, sodass er den Vorfall herunterspielte. Er fürchtete »Umverlegung« oder ähnlich Unberechenbares, und ließ nach dem »kleinen Unfall« niemanden aus der Familie mehr an Lotte heran. Lotte brauche keine Hilfe, sie sei auch nicht ansteckend, nur unbeweglich.

Von da an sorgte er selbst für sie, schaffte sie morgens vom Bett ins Badezimmer, brachte sie zu ihrem Sessel, der sie mit leisem Willkommenszischen begrüßte, wenn sie sich in ihn hineinsenkte; eine Haushaltshilfe ging zur Hand, liebevoll auch sie, doch weder ihr noch Heinrich gelang es, Lotte aus ihrer innerlichen Verschüttung zu befreien. Wie sehr Heinrich selbst erschöpft war, das wurde erst klar, als Lotte gestorben war.

Im heißen Sommer fünfundvierzig, erst so alt wie das Jahrhundert, war sie aus ihrem Nachmittagsdämmer über einem Buch, das sie, ohne es zu lesen, auf ihrem Schoß hielt, unauffällig in die Anderswelt gegangen, der sie sich schon lange stark genähert hatte. Am Ende schien der Sessel die Tote fast nicht hergeben zu wollen. Heinrich und die Haushälterin hatten Mühe, Lotte ohne fremde Hilfe dort herauszuholen. Als das bewältigt war und Lotte wie entspannt und friedlich auf einem Reiseplaid lag, weinten

Heinrich und die Haushälterin und holten erst dann Hilfe. Lotte wurde in aller Stille beerdigt.

Auf ein Zeichen vom Onkel spielte Lili nun an diesem heißen Sonntag im August fünfundvierzig für Lotte die Pathétique auf dem Wirtshausklavier. Leider kein Flügel, monierte sie. Heinrich und Wölfchen weinten. Dietrich und Eckart kämpften mit den Tränen, sie hatten die dicke, weiche Tante Lotte von Herzen lieb. Franz hielt auf Heinrichs Wunsch eine Rede:

Dass die liebe Lotte zu sanft für das harte Leben gewesen sei, viel zu gut für die Welt. Dass die freundliche Lotte zwischen sich und das unsagbare Geschehen einen Schutzwall mit ihrem eigenen Körper gebaut habe.

Und so weiter und so weiter, dachte Lili und neidete Lotte die schönen Worte. Außerdem, was maßte sich der Franz eigentlich an, derart für Lotte, also wirklich.

Lili griff erneut in die Wirtshaustasten und spielte den Choral »So nimm denn meine Hände«. Man sang alle drei Strophen. Stellte sich Lottes zierliche Hände vor, die wie an den Körper angeklebt herausgestanden hatten und so geschickt hantieren konnten. Heinrich sang nicht mit vor Ergriffenheit, blickte starr auf Lilis Beine, sie hatte sich wieder diese Strumpfnähte aufgemalt, als trüge sie Seidenstrümpfe. Es war ihm egal.

Nach dem gemeinsamen Gebet saß man noch ein Weilchen zusammen. Für die Großen gab es dünnen echten Kaffee, Kakaoersatz für die Kinder und Streuselkuchen für alle. Jeder machte sich seinen Reim auf Lottes »Verschüttung«. Der Onkel ließ Lotte noch einmal hochleben, niemand hier im

Kreis habe sich das getraut, was Lotte an Widerständigem getan habe. Lotte sei eine freundliche, stille Heldin gewesen. Heinrich nickte und schluckte, aber weinte nicht mehr. Wölfchen und seine Halbbrüder dachten gern an die weiche Tante. Ein würdiger Leichenschmaus in angespannter Zeit, man zeigte Fassung.

Bis Lili die selbst geschriebenen Blätter mit ihrem Führer-Gedicht verteilte, »damit hier auch noch etwas übergeordnet Endgültiges zur Sprache kommt.«

Lisbeth zerriss demonstrativ Lilis Gedicht.

»Lass jetzt einfach gut sein«, wehrte der Onkel ab. Werner Simon drängte zum Aufbruch. Und plötzlich mussten auch alle anderen aufbrechen. Man trennte sich in gegenseitiger Abneigung, nur mit Mühe noch gefasst, nicht wissend, dass bald, im Dezember desselben Jahres, die Eltern Kordewan zu beerdigen sein würden, die im Abstand von vierzehn Tagen, unversöhnt, nur zwei Straßen voneinander entfernt, einsam starben.

»Schrecklich diese vielen Toten, gleich nach dem Krieg«, sagten die Schwestern zueinander und gingen dann für sehr lange Zeit getrennte Wege.

Drehschwindel
1950

Braunlage im Harz, den 31. März 1950

»Lieber Johnny,

Jetzt bin ich schon seit drei Tagen hier im Sanatorium. Schwere vegetative Dystonie, anscheinend chronisch. Migräne. Drehschwindel. Herzstiche. Schlechter Allgemeinzustand, sagte der Arzt. Beim Eingangsgespräch insistierte er auf bestimmten Punkten und ich musste ihm Angstzustände konzedieren. Gestern habe ich einen speziell psychologischen Arzt zum ersten Mal konsultiert, er wird sich mit meinen Ängsten befassen. Er ist kein schöner Mann, klein, dicklich, dünne Haare. Aber er hat überraschende Augen, wenn er einen ansieht, was er selten tut, und eine gute, warme Sprechstimme. Er stellt wenig Fragen, die aber haben es in sich. Meistens hört er nur zu.

Ich beschrieb ihm, warum ich hier bin. Er unterbrach nicht. Am Ende gab er zu bedenken, dass, was ich Gründe nenne, auch lediglich Auslöser sein können für etwas, das tiefer liegt. Ich solle – nur für mich – Notizen machen. Als Gedanken- und Erinnerungshilfe. Ich wandte ein, dass ich besser singe als schreibe, woraufhin er lächelte. Er nannte das Schreiben ein ›schriftliches Kennenlernen der eigenen Lebenspartitur‹. Das hat mich überzeugt.

Ich musste an Claire Fischer denken: Man muss sich warmsingen, ehe man die Stimme richtig einsetzt. Ich habe viel bei ihr gelernt, bevor sie mich im Stich gelassen hat. Vorbei und vergessen. Sind ja jetzt alle tot. Ich bin nicht nachtragend.

Statt mich warmzusingen, werde ich mich erst einmal warmschreiben. Aber ich schreibe lieber Dir als nur für mich in ein Tagebuch. Gleich habe ich eine Anwendung. Hrzl. D. Lili«

Es ist das erste Mal seit ihrer Ankunft, dass Lili zum graugrün gestreiften Mont Blanc-Füllfederhalter mit der Goldfeder gegriffen hat. Der Füller ihres Vaters. Am Tag von Adam Kordewans Beerdigung hatte sie sich den als Erinnerung erbeten, und ohne Einspruch der Schwestern an sich nehmen dürfen. In Braunlage war ihr kleiner Schreibplatz ein Traum, mit Blick in den Park. Briefpapier vom Sanatorium, der Mont Blanc-Füller, ein Väschen mit Schlüsselblumen, in einem kleinen Stehrahmen der Kopf des Adam, von Michelangelo.

Knapp eine Woche zuvor hatte Lili in Düsseldorf den Jochen Hoch zu sich gebeten, der schon länger als ihr Berater fungierte. Es ging um die Finanzierung des Wagens, den Johnny, gleich nach Entlassung aus der russischen Gefangenschaft, unbedingt hatte anschaffen müssen, weil er meinte, ein Anrecht auf einen eigenen Wagen zu haben, schon wegen des Renommées, vor allem freilich um seiner beruflichen Beweglichkeit als Vertreter in Wärmetechnik willen. Doch auch wegen des bitteren Unrechts, das er in russischer Gefangenschaft erlitten hatte. Aber inzwischen war ihm die Anschaffung zu einer prekären Geldangelegenheit geworden. Wieder ein ungedeckter Scheck, angeblich auch Urkundenfälschung. Das schien bei Johnny chronisch zu sein. Er hatte da etwas verbockt, und Lili brauchte dringend Jochen Hochs juristischen Rat.

Nachdem das Geschäftliche erledigt war, hatten sie es sich für Momente im Wohnzimmer gemütlich gemacht, um auf Johnny, die Hauptperson in dieser Angelegenheit, zu warten. Und dann kam er zur Tür herein, sah Jochen Hoch neben Lili sitzen. Jochen Hoch, den er noch nie hatte leiden können. Schlagartig war es aus mit der Gemütlichkeit. Johnny war es gewöhnt, seinen täglichen Ärger mit Kollegen oder dem Chef bei Lili abladen zu können. Jochens Anwesenheit störte nun sehr. Und statt den Gast zu begrüßen, frotzelte Johnny ihn an, was ihn denn plötzlich hierher ziehe. Jochen, inzwischen Alter Herr in seiner schlagenden Verbindung, nahm das hin, als sei das eine normale Begrüßung. Johnny aber begann herumzustänkern. Lili mahnte: »Johnny, bitte!«, was seine schlechte Laune nur verschärfte. Johnny nannte Jochen einen Rechtsverdreher, Profiteur und Witwentröster. Lili wehrte ab, beschämt, erschrocken. Setzte sich im Sessel kerzengrade hin, beschwor ihren Mann jetzt dringlicher mit mehrmaligem: »Johnny, bitte!«. Der wehrte das gereizt ab, traf Lili mit Arm und Hand, mehr aus Versehen, nicht wirklich schlimm, sie aber schrie vor Schreck und hielt sich Hals und Unterkiefer.

Jochen sprang auf, um Lili zu beschützen, stand nun zwischen ihr und Johnny, der in einer Art Boxhaltung erstarrte. Mit der Rechten als Führhand hielt er sich den Gast vom Leib, mit dem linken Arm deckte er Brust und Gesicht. Lili dachte an die »lebenden Bilder«, die sie mit ihren Schülerinnen inszeniert hatte, vor Ewigkeiten. Es war grotesk. In Boxhaltung verbat Johnny sich jegliche Einmischung in sein Privatleben, diese unverschämte Anmaßung des Herrn Hoch. Lili versuchte mit Worten zu vermitteln, ohne die Hilfe von Jochen Hoch wäre sie nicht durch die schlimmen Zeiten gekommen! Neun lange Jahre sei Johnny wegen Krieg und Gefangenschaft verhindert gewesen, nicht seine Schuld, aber Wirklichkeit, Jochen Hoch habe ihr für viele Angelegenheiten außer Hauses den Mann ersetzen müssen. Nicht unbedingt eine Mitteilung, die Johnny abkühlte.

»Lieber Johnny,

mit Unbehagen denke ich an den unschönen Zusammenstoß. Aber ich muss noch einmal darauf zurückkommen, wieso ich überhaupt jetzt in Braunlage behandelt werden muss.

Auf wen hätte ich mich denn verlassen sollen, wenn nicht auf Jochen Hoch? Auf Franz Schmitt? Der hätte sich nur wieder falsche Hoffnungen gemacht, wie Du weißt, und das wollte ich auf jeden Fall vermeiden. Und Du weißt, auf meine Familie war doch nie Verlass. Eltern, Onkel und Tante sind hinfällig oder gestorben. Leonie und Albrecht aus Mannheim, kalt bis ins Herz, immer schon, und furchtbar etepetete, haben mir noch nie geholfen. Heinrich lebte nach der schlimmen Geschichte mit Lotte nur noch für seinen Beruf in Aachen, war einfach untergetaucht. Und erst meine Wuppertaler Unternehmer-Mischpoke! Die war immer schon abweisend, das weißt Du so gut wie ich. Obendrein unehrlich bis zum Gehtnichtmehr. Die haben sich nie in die Karten blicken lassen. Und jetzt, nach dem Krieg, plötzlich fein raus. Behaupten, sie seien heimlich gegen den Nationalsozialismus tätig gewesen, hätten Verfolgte gerettet durch

Arbeitsaufträge. Dabei haben sie an denen verdient! Ganz schön schlau! Wer's glaubt, wird selig.

Seit sich vor fünf Jahren die Tragödie der Kapitulation vollendet hat, musste ich erkennen, dass wir ein Volk von Verrätern und Denunzianten geworden sind. Vor fünfundvierzig stand man noch zu dem, woran man glaubte. Plötzlich, seit dem 8. Mai 45, waren alle wie ausgewechselt: Man war schon immer dagegen gewesen, innerlich emigriert und dergleichen, wenn ich das bloß höre! Sogar der Führer, der uns wie ein Vater gewesen war, hat sich gedrückt und sich erschossen. Sogar schon vor der Kapitulation! Und wir müssen weiterleben in all der Schande.

Man ruft zum Abendessen. Herzlich, Deine Lili«

Der »unschöne Zusammenstoß« hatte sich mit gegenseitigen Beleidigungen derart zugespitzt, dass auch Jochen schließlich keine Haltung mehr bewahren konnte, als Johnny ihn wiederholt Drückeberger nannte. Einen Drückeberger, der sich hinter der Front davongeschlichen habe, um andere, zum Beispiel ihn, Johnny, den Dreck erledigen zu lassen, damit er, Herr Hoch, sich ungestört an Lili heranmachen konnte, ihr Zucker in die Ohren blasen und es sich bei ihr bequem machen. Erst hinter seinem Rücken, jetzt schamlos vor seinen Augen

Wie *Geharnischte* in einem schlechten Theater standen sich die beiden gegenüber. Keine Größe. Einfach nur peinlich. Doch Lili bekam Angst wegen Johnnys Jähzorn, den er aus der Gefangenschaft mitgebracht hat, das war nicht ungefährlich, jedenfalls bei einem Gegenüber wie Jochen. Deshalb ging sie dazwischen, so wenig sie körperlich hätte ausrichten können. Und diese brüske Bewegung, die musste es gewesen sein. Ein Drehschwindel ergriff Lili, wie schon öfter in der letzten Zeit. Ihre Beine knickten weg, vor ihren Augen verschwamm alles, sie sackte zusammen. Einem unvorstellbaren Glück habe sie es zu verdanken gehabt, befand sie später, dass sie lediglich auf die gepolsterte Sofakante fiel, weil eine unsichtbare Hand ihren Kopf und ihren Nacken um Millimeter am Kacheltisch vorbeigeleitet habe. Trotzdem, für Momente war sie bewusstlos. Als sie wieder zu sich kam, war Jochen Hoch verschwunden. Johnny aber hielt ihren Kopf und rief immer wieder ihren Namen. Auch Wolf und Eckart waren aus ihrem Zimmer gekommen und riefen: Mutti! Mutti! Lili kam langsam zu sich, hörte den Stimmen gerne noch eine Weile zu, bis sie sich genügend gesammelt hatte, um aus der Ohnmacht wieder aufzutauchen.

Mit dem Hausarzt vereinbarte man dann auf schnellstem Wege einen Aufenthalt in einem Sanatorium in Braunlage im Harz, und wie selbstverständlich war auch Franz wieder auf dem Plan. Er musste Johnny vertreten, der Franz persönlich gebeten hatte, Lili nach Braunlage zu fahren. Weshalb man in Jochen Hochs Wagen fuhr, weiß niemand zu erklären. Das hätte auch Johnny gefallen, in dem schönen Mercedes Benz durch die Landschaft zu gleiten, königsblau, mit groß geschwungenen Kotflügeln.

Es steuerte aber Franz, und Franz kümmerte sich, versprach, nach einer Haushaltshilfe zu sehen, nach einer Person, sagte er, die es mit den Jungens kann. Er dachte dabei wohl schon an Mathilde, vermutete Lili während der schönen Fahrt im königsblauen Wagen. Mathilde, sagte Franz, die habe als Fremdsprachenkorrespondentin keinen vollen

Posten und manchmal Zeit. Zwischendurch. Irgendwie schienen Franz und Mathilde in Kontakt zu stehen. Mathilde kenne ja den Laden, meinte Franz beiläufig, sie werde sich zuverlässig um Wolf und Eckart kümmern, die seien ja auch schon groß mit ihren elf und sechzehn Jahren. Und Dietrich sei ja nun nicht mehr im Haus.

Sonntag, 1. April

»Lieber Johnny,

Das Sanatorium ist ein würdevolles Haus, Jugendstil, sehr gut geführt, und das Personal freundlich und zuvorkommend. Im Musiksaal steht ein Blüthner-Flügel, erst kürzlich gestimmt. Ich bin selig! Man wünscht nämlich durchaus, dass ich bei Gelegenheit ein Konzert gebe.

Ich denke dabei vor allem an die Arie der Pamina: *Ach ich fühl's, es ist verschwunden! Ewig hin der Liebe Glück! – Nimmer kommt ihr Wonnestunden meinem Herzen mehr zurück* … Ja, das entspricht meinem momentanen Gefühlszustand am ehesten. Schick mir doch bitte den Klavierauszug. Bis die Noten da sind, übe ich innerlich: … *Fühlst du nicht der Liebe Sehnen – so wird Ruhe, so wird Ruh' im Tode sein!*

Gleich geht es raus an die frische Luft, in den wunderschönen Park. Auch die Liegekur im Freien tut mir gut. Überhaupt die Ruhe! Trotzdem mache ich mir Sorgen, dass ich hier so gänzlich untätig sein muss und keinen Einfluss auf die Dinge zu Hause nehmen kann. Immer noch keine Antwort von Euch, von Dir, auf meine Briefe! Was habe ich nur getan, dass keiner sich meldet? Das tut mir weh, Johnny. Du warst im Krieg – aber ich bin versehrt!

In hrzl. Erwartung, D. Lili«

Freitag, 6. April 1950

»Lieber Johnny,

stell Dir vor, der psychologische Arzt hat mich auf die Männer in meinem Leben angesprochen! Ich habe natürlich nichts dazu gesagt. Was geht ihn das an! Er ist selbst ein Mann, in seinem Fach zwar kompetent, aber eben eingeschränkt durch die spezielle Sicht, die ein Mann zwangsläufig hat. Sein Verständnis für meine Situation nehme ich ihm nicht ab, trotz seiner angenehmen Stimme. Ich habe ständig das Gefühl, dass er mich aushorchen will, obgleich er kaum Fragen stellt. Die Psychologie ist ja eine jüdische Wissenschaft, das merkt man gleich. Da wird alles seziert, das Seelenleben in einzelne Teile aufgegliedert und analysiert, und am Ende weiß man nicht mehr, was mit einem geschieht. Ich bin auf der Hut. Wesen und Innerliches, das sind Dinge, die ich diesem sezierenden Blick nicht preisgeben will. Da weigere ich mich strikt. Trotzdem habe ich seit der letzten Sitzung zu denken, und meine Gedanken kreisen fast ausschließlich um das Thema Mann. Später mehr. Jetzt habe ich eine Sitzung bei ihm ...«

Die Tage verstrichen. Lili achtete nicht mehr auf die Zeit. Sonnabend würde ihr Konzert stattfinden, das einzige Datum, das sie sich merkte. Am Morgen war der Klavierauszug mit Eilpost eingetroffen, endlich konnte sie üben.

Es drängte sie, mit Paminas Liebes- und Abschiedsarie zu beginnen, gerade jetzt, wo sie über Männer nachzudenken hatte. Danach dann die beiden Arien der Königin der Nacht. Die enorme Höhe des dreigestrichenen F würde sie umsingen, einwandfrei kam sie nur bis zum hohen C, an guten Tagen bis zum D, aber selten sauber. Das F konnte sie durch Furor und Charme ersetzen, das war ihr schon öfters gelungen, und es hatte, wie man ihr bestätigte, dem berühmten dramatischen Effekt keinen Abbruch getan.

Beim Nachdenken über Männer kam Lili zu keinem Ergebnis. Sie ließ sich bei ihrem psychologischen Arzt dahingehend aus – ohne, dass er speziell danach gefragt hätte – dass die Sache an sich, die dem Mann besonders gefällt, ihr selbst nicht so zusage. Denn wenn es für den Mann am schönsten gewesen sei, dann schliefe er gerne ein. Was ein Mann unter Liebe verstehe, das unterscheide sich doch wesentlich von dem, was man als Frau darunter versteht. Wesentlich unterscheide sich das, betonte sie und führte aus: Der Mann habe einen kurzen Atem, die Frau aber erlebe einen Hauch von Ewigkeit. Das sei der grundlegende Unterschied. Deshalb sei auch für sie das Körperliche an sich uninteressant, weil vergänglich. Dennoch gelte es, diesen Bereich kultiviert zu halten. Das Körperliche ziehe den Mann an, er gebe sich nur so lange Mühe, wie die Frau ihn darauf ausgerichtet hält. Für sie jedoch zähle das Davor, das Begehren, das Werben. Die angebliche Erfüllung dagegen enttäusche und halte nicht, was sie verspreche.

»Lieber Johnny,

wieder ein Tag vorbei.

Lange war Sehnsucht mein schönstes Gefühl. Ich habe es Dir hingegeben, all die Jahre über. Mein Hab und Gut, meine Kunst, meinen Mut, alles für Dich. Ich war Dein Mädel, Deine Geliebte, Deine Kameradin, die Mutter Deiner Kinder und manchmal auch Dir ein Muttterersatz. Ich habe immer nur Dich geliebt. Keinen anderen. Jochen war ein Fehler, keine Liebe. Und Franz war und ist mein bester

Freund und Kamerad. Das ist viel, aber nicht die große Liebe wie Du. Du hast alles von mir bekommen. Hast Du es auch gewürdigt? Meine Sehnsucht ist versiegt, meine Hoffnung verdorrt, ich bin erschöpft. Nur die Musik hält mich noch.

Immer noch herzlich, Deine Lili«

Lili wusste, wie verführbar Johnny war. Nach dem Krieg waren Männer Mangelware. Die Frauen, stellte Lili sich vor, warfen Johnny auf seinen Reisen Blicke zu. Deshalb musste sie sich stets etwas einfallen lassen, um sich attraktiv zu halten für ihn. Kokettierte wie früher, trug halbdurchsichtige Nachthemden, nannte sich selbstironisch »vollschlank«. Johnnys Blick traf sie wie ein Nichts. Kalt, abschätzig, ach, wie hatte sie sich geschämt.

Ohne ihn, in der schweren Zeit, war es ihr besser gegangen. Seit er zurück war, stimmte nichts mehr. Und plötzlich hatte sie Angst vor der Zukunft.

»Es ist kein Frieden. Es ist nur nicht mehr Krieg«, erklärte sie dem Arzt. »Im Krieg war vieles schwer. Aber im sogenannten Frieden ist alles undurchsichtig und schleichend. Man weiß nicht, wie man in solch einem Frieden leben soll.« Und sie rief dramatisierend: »Vae victis! Wehe den Besiegten!« Das könne sie auch über ihr privates Leben schreiben. Aber wen interessiere das schon.

Der Arzt wollte es genauer wissen, nur ein Beispiel. Und Lili redete:

Zum Willkommen aus der Gefangenschaft habe sie Johnny das Album mit eigenen Liebesgedichten überreicht, mit Dithyramben! Aber Johnny habe es beiseitegelegt, achtlos, habe nichts dazu gesagt. Sie habe das Album wieder an sich genommen. Darauf angesprochen, sei es aus ihm hervorgebrochen: Immer dächte sie nur an sich. Nie an ihn. Kein einziges Mal habe sie sich in ihn hineinversetzt. Dithyramben! Als er in Russland gewesen sei! Dithyramben? Ein Hohn!

Da kam nur Verachtung, deshalb sei sie nun erschöpft, ausgelaugt und am Ende. Sie fühle ihre Kräfte schwinden, als ob ein böser Zauber ihr das Blut aussauge. »Warum werde ich für meine Liebe so sehr gestraft?«

Der Arzt hörte weiter zu.

Was hatte sie nicht alles ausstehen müssen: Kriegsgefahren, Bombennächte, Mangel, Verleumdung, Hetze. Nach dem Zusammenbruch ein Spruchkammerverfahren, um ihre Ehrenrettung musste sie kämpfen. Ohne Jochen Hochs Hilfe wäre sie aufgeschmissen gewesen. Man habe sie gezwungen, sich mit gut schäumender demokratischer Seife ihre politisch belastete braune Farbe abzuwaschen, denn gegen angeblich Belastete hatte das große Treiben begonnen, und ihr Mann war ja noch immer in Gefangenschaft. Sie habe noch irgendwie verstehen können, dass man sie von der Gedenkfeier für einen Johannes Maria Verweyen in den Kammerspielen ausgeladen hatte. Das war eine KZ-Sache, da wollte man keine »Nazisse«, die sie ja nun mal gewesen war. Wie viele andere auch. Aber dass man ihr alle Konzerte in der Volkshochschule gestrichen hatte, das verdankte sie den üblen Machenschaften der Beigeordneten, als da war ihre alte Direktorin. Die war dreiunddreißig zur Studienrätin zurückgestuft worden und rächte sich. Als ob Lili Schuld gewesen wäre. Damals hatte sie doch gar nichts zu sagen!

Und in dieser üblen Runde war auch der Direktor von Dietrich und Eckart, ihr gut bekannt aus Elterngesprächen. Und zu guter Letzt noch ein Zahnarzt, der unter ihnen wohnt, immer noch, und der jedes Mal, wenn sie musizierte, einen Raptus bekam. Der irre Dentist. Die alle vereint beim Halali gegen sie. Sie selbst habe sich beherrscht, habe nur innerlich gewütet und sich gewünscht, jemand käme und würde dieses ganze egoistische und widerliche Pack mit einer Handbewegung wegfegen! Vor allem auf Johnnys Rückkunft habe sie ihre Hoffnung gebaut. Der würde sie rehabilitieren. Jetzt aber sei er da, seit knapp zwei Jahren, und setze das große Treiben gegen sie fort. Im Kleinen.

Lili hätte gerne noch so weitergeredet, doch die Sitzung beim Arzt war vorbei. Hatte er genug von ihr? Hätte wenigstens noch eine Viertelstunde dranhängen können. So blieb vieles ungesagt. Nämlich, dass Johnny seit einiger Zeit nicht nur desinteressiert war, sondern ihr in den Rücken fiel wo nur möglich. Er verbot ihr, öffentlich aufzutreten: Ihr Drang nach Konzert-Applaus und Publikum sei ichsüchtig. Eifersüchtig auf ihre Erfolge wollte er ihr absichtlich wehtun, wollte ihre Freunde vergrämen und alles zerstören, was sie sich aufgebaut hatte. Er verdächtigte mit einem Schlag jeden, ihm übelzuwollen, Lili vorneweg. Sie stelle ihn bloß, behauptete er, sie rede hinter seinem Rücken über ihn, sodass jeder schlecht von ihm denken müsse, das spüre er ganz genau. Dabei wisse kein einziger Mensch, Lili schon gar nicht, wie es wirklich in ihm aussieht. Was er mitgemacht habe. Niemand wisse das.

Hat sie ihn nicht jeden Tag gefragt, wie es ihm geht? Und? Keine Reaktion. Als sei sie Luft. Oder eine Zumutung. Alle Katastrophen seien immer von ihr ausgegangen, dabei hatte sie nur sein Bestes gewollt. Jeder kann das bezeugen.

Wer hatte denn seinen Sohn Dietrich aus dem Haus geprügelt? Sie jedenfalls nicht. Ein Wunder, dass sie erst jetzt zusammengebrochen sei. Genau das wird sie beim nächsten Termin dem Herrn Doktor sagen müssen.

Braunlage, Sonntagmittag

»Mein lieber Johnny!

Heute Abend ist mein Auftritt. Das lange Kleid habe ich schon gestern zum Auffrischen gegeben. Ich werde Mutters Perlenkette tragen.

Lampenfieber statt Mittagsruhe.

Auf meinem Schreibtischchen steht – trotz allem – in einem schmalen Ebenholzrahmen der Adam von Michelangelo. Du weißt, wem er so ähnlich sieht. Ich erzählte dem Arzt, wie sehr mich die Ähnlichkeit zwischen Dir und Deinen Söhnen rührt (auch wenn die beiden Großen leider viel von ihrer Mutter haben). Er weiß inzwischen auch von dem schweren Zusammenstoß zwischen Dir und Dietrich – nicht aber, dass Dietrich seitdem nichts mehr von sich hören lässt – und meinte, dass man oft straft oder ablehnt, was einem besonders ähnlich ist. Ob ich dem beipflichten könne. Da musste ich leider alles auspacken, konnte einfach nicht an mich halten, denn die Sache mit Dietrich beschäftigt mich sehr. Ich beschrieb euer aufbrausendes Temperament, aber auch eure Unentschlossenheit und diese Scheu vor Verantwortung. Betonte, dass Dietrich ziellos und antriebslos ist, so wie seine Mutter, dass das geerbt ist, und dass Dietrich nichts dafür kann. Und schließlich, dass ich ihn zwar von der Schule nehmen musste, weil er faul und frech war, dass er aber einen Vaterersatz im Klumpfuß-Beheim hatte, der sich um seine Lehre kümmerte, und wie dieser Alte ihn sogar für Theater interessierte. »Shakespeare«, sagte Beheim ja oft, »lies einfach Shakespeare, da steht alles drin.« Ich erzählte dem Arzt auch, dass Dietrich beim Beheim das Schuhmacherhandwerk erlernte, und extra zu Deiner Rückkehr seine Lehre abschloss. Leider musste ich auch sagen, dass Du dieses Begrüßungsgeschenk kaum gewürdigt hast.

Ich glaube, da liegt der Hund begraben. Von Anfang an gab es nichts als Reibereien zwischen Euch. Bis zum Eklat, wo Du nur noch rot gesehen hast. Weil Dietrich Dir Widerworte gab. Erinnere Dich bitte: Du hast mich gedemütigt, weil ich singen und musizieren wollte, auch um Geld zu verdienen, denn Du verdienst ja nicht so viel, dass es reicht. Dass Dietrich patzig geworden ist, für mich Partei ergriffen hat, weil Du ungerecht und sehr gemein warst, das hast Du nicht ertragen. Und dass Du ihm, nur weil Du der Vater bist, das Wort hast verbieten wollen. Du hast Dir von Deinem Vater doch auch nichts bieten lassen! Zugegeben, Dietrich war unverschämt, hat sich im Ton vergriffen. Aber das ist doch kein Grund, den großen Jungen zu verprügeln wie ein freches Kind! Dietrich ist achtzehn, in drei Jahren volljährig! Fast ein Mann! Und er kann Unrecht nicht vertragen. Du hättest stolz auf ihn sein können, statt ihn mit dem Rohrstock durch die Wohnung zu jagen und zu verprügeln. Vor unseren Augen! Eckart, Wolf und ich mussten das mit ansehen. Es war furchtbar.

Ich sollte jetzt nicht daran denken und mich auf meinen heutigen Auftritt konzentrieren.

Andererseits muss ich mir wohl erst mal alles von der Seele geschrieben haben, ehe Ruhe in mich einkehren kann.

Jetzt ist Mittagszeit, ich schreibe nachher weiter.

Der Arzt ließ mich beim letzten Mal reden, bis alles gesagt war. Im Nachhinein fühle ich mich ausgehorcht. Denn nach einer Pause fragte er mich, regelrecht hinterhältig, ob ich selbst vielleicht gewollt hätte, dass Dietrich verjagt wird.

Ich habe mir diese Verdächtigung sofort verbeten. Wollte trotzdem wissen, wie er auf diese Idee komme. Der Arzt redete sich raus, er meine nichts, er frage nur. Das sagte er mit diesem freundlich interessierten Unterton in der Stimme, als habe er nichts Schlimmes gesagt. Ich werde nicht schlau aus ihm. Na, ich hatte einiges klarzustellen und musste ihm sagen, Dietrich sei Dein Sohn, nicht meiner. Als Vater müsstest Du Dir schließlich ein Bild von Deinem Sohn machen können, gerade auch in puncto Fehlverhalten. Das habe auch Dietrich leider einsehen müssen, der von mir wissen wollte, woher der Vati das immer alles weiß, wenn er doch nie dabei ist. Sollte ich Dir etwa verschweigen, was Dietrich angestellt hatte? Das wäre ein schlechtes Beispiel für den jungen Mann gewesen!

Der Arzt hakte nach. Ob nicht meine Berichte an den Vater ursächlich für das Zerwürfnis zwischen Vater und Sohn gewesen seien. Dietrichs Missetaten wären doch tatsächlich vorbei und bestraft und gesühnt gewesen, und mit dem Abschluß der Lehre habe die schwierige Entwicklung doch eine glückliche Wendung genommen. Ob ich mich damit nicht hätte zufriedengeben konnen?

Bin jetzt ich wieder die Schuldige, nur weil ich Dir immer mal wieder beschreiben musste, wie unsäglich schwierig Dein Sohn in Deiner Abwesenheit zu führen war? Ich habe nur meiner Erziehungspflicht Genüge getan. Und dass Dietrich den letzten Streit zwischen Dir und mir so wahrgenommen hat, dass er mich verteidigen wollte, das ist wohl auch wieder meine Schuld! Und auch der Streit, der dann diesen Aufenthalt im Sanatorium notwendig machte, auch der, ja?

Nur noch zwei Stunden bis zu meinem Konzert. Ich weiß nicht, ob ich diesen Brief abschicken soll. Jetzt muss ich mich erst ein wenig warmsingen: *Zum Leiden bin ich auserkoren* …«

Sonnabend, sechs Uhr abends

»Lieber Johnny,

es ist nicht zu fassen! Mein Konzert ist abgesagt! Soeben war der Direktor persönlich bei mir. Eine Patientin hat eine Kanne Kaffee in den aufgeklappten Flügel geschüttet. Wie sie das hingekriegt hat, ist mir ein Rätsel. Wieso hat diese Frau überhaupt eine Kanne voll Kaffee? Wie konnte sie die mit an den Flügel nehmen? Was hatte sie überhaupt dort zu suchen am Tag meines Konzerts? Das war Absicht.

Diese Frau hat immer genau dann selber spielen wollen, wenn ich für meinen Auftritt üben musste. So ein Konzert schüttelt man ja nicht aus dem Ärmel.

Ihr sei das ›Malheur‹, wie sie das nannte, schon am Vormittag passiert und sie habe vor lauter Schreck leider erst jetzt Bescheid geben können. Sie sei wie in Trance gewesen. So eine intrigante Person! Hier hält man sie für krank, sie gilt als ›Hysterikerin‹, dabei ist sie bloß eine bösartige, neidische Scharteke, die sich für Gott weiß wen hält.

Jetzt kann nur noch ein Experte den Flügel retten. Das dauert. Mein Konzert soll trotzdem am nächsten Sonnabend stattfinden, und wenn dazu ein Flügel extra herbeigeschafft werden muss, das hat mir der Herr Direktor in die Hand versprochen.

Im Augenblick spüre ich nichts als eine große Leere. Ich muss an meinen Taufspruch denken. Den habe ich nie wirklich verstanden, jetzt glaube ich, zu wissen, was er mir sagen will:

›Und will einen ewigen Bund mit ihnen machen, dass ich nicht will ablassen, ihnen Gutes zu tun; und will ihnen meine Furcht ins Herz geben, dass sie nicht von mir weichen; und soll meine Lust sein, dass ich ihnen Gutes tue; und ich will sie in diesem Lande pflanzen treulich, von ganzem Herzen und ganzer Seele.‹

Mein Konzert wird stattfinden, und es wird allen im Gedächtnis bleiben! Meinem Taufspruch habe ich, als Du noch in Gefangenschaft warst, einen Vers aus der Offenbarung hinzugefügt: ›Halte was du hast, dass niemand deine Krone nehme.‹ Das wurde in der schweren Zeit mein Lebensmotto. Ein königliches Lebensmotto, zugegeben. Voll Zuversicht, dass mir gelingt, was ich mir vorgenommen habe, herzl. Grüße, D. Lili.«

Lili brachte am Konzertabend wie geplant die Mozart-Arien in der umgekehrten Reihenfolge. Erst Paminas bedingungslose Liebe, dann die Kränkung und Verzweiflung der Königin. Zum Schluss die Rachearie, den Furor.

Die Pamina-Arie sei ihr »innig und warm timbriert« gelungen, schreibt Lili, alle ihre Liebessehnsucht habe sie hineinfließen lassen und »der Applaus brachte alles zurück.« Als Einführung gab sie kurz ihre Sicht von der Königin zum Besten, dass die in ihrer Jugend der Pamina ähnlich gewesen sei. Und sang dann »zum Beweis« die erste Arie der Königin, den innig-dramatischen Schmerz um den Verlust der Tochter. Die hohen Koloraturen bei ihrer verzweifelten Hoffnung auf

Rettung, die sang sie nicht ganz aus. Sie »überspielte die heiklen Stellen dramatisch. Auch dafür gab es heftigen Applaus.«

Und »nach der Pause wieder ein kurzer Überblick. Denn selbst Kenner der »Zauberflöte« wissen oft nicht, dass die nächtlich sternflammende Königin vormals an der Macht des siebenfachen Sonnenkreises teilhatte. Sarastro hatte sich dessen bemächtigen können und dann ihre Tochter geraubt, um sie in seinem Sinne umzuerziehen. Die Königin hatte also sehr gute Gründe zur Rache.«

Sonnabend, gegen Mitternacht 21. April 1950

»Lieber Johnny!

Es war ein phantastisches Konzert. Das will ich noch festhalten, ehe ich mich beglückt niederlege. Ein riesiger Erfolg. Der treue Franz Schmitt war eigens angereist, hatte sich dezent unter die Zuhörer gemischt. Erst nach dem Konzert hab ich ihn bemerkt, als er neben mir stand und mit mir auf meinen Erfolg anstoßen wollte. Ich habe mich so gefreut. Er wohnt in einem Gästehaus und hat mir morgen etwas Wichtiges mitzuteilen. Bin gespannt! Vielleicht ist da was zwischen ihm und Mathilde?

Gute Nacht und einen herzlichen Gruß von Deiner Lili.«

»PS: Lieber Johnny, schnell noch diese Nachlese!

Der Vortrag der Arie gelang brillant. Wie gesagt, niemand hat die gekappten Höhen bemerkt, und ich war so sehr mit meiner eigenen Begleitung auf dem Flügel beschäftigt, dass ich nicht nachdenken musste, wie ich den tonalen Betrug bewerkstellige. Es ging alles wie von selbst. Ich bin erschöpft, aber glücklich wie lange nicht mehr.

Gute Nacht und schöne Träume, Deine Lili.«

Diesen Brief gab sie noch vorm Frühstück zur Post und freute sich auf Franz, der zum Frühstück angemeldet war. Erwartungsvoll wollte sie mit ihm den Abend durchgehen, ihren Auftritt. Aber Franz war gar nicht wegen Lilis Konzert angereist, und auch nicht, weil sich zwischen ihm und Mathilde etwas angebahnt hatte. Er war gekommen, um über etwas ganz anderes zu sprechen. Etwas, das alle Freude über den gelungenen Abend zunichtemachte.

Am Freitag, 20. April, erschienen ein Mann und eine Frau in der Wohnung der Ohnes, Mathilde war gerade da, um nach dem Rechten zu sehen. Tatsächlich Mathilde.

Die beiden Personen hatten ein achtjähriges Mädchen bei sich. Sie kamen von einer Hilfsorganisation und suchten einen Herrn Johann Ohne, hatten auch Papiere mit seinem Namen, Briefumschläge. Aus allem ergab sich, dass dieses Mädchen Johnnys Tochter war.

Lili witterte Betrug, wollte sich empören. Franz bestätigte jedoch: Das Mädchen, Signy, das sehe Wölfchen sehr ähnlich. Signy nur hellblond und blauäugig, Wölfchen dunkel. Signy gut drei Jahre jünger als Wolf. Im Dezember einundvierzig in Norwegen geboren. »Die Tochter vom Pelzhändler? Die mit den Silberfüchsen?«, Lilis Frage kam wie aus der Pistole. Franz sprach von einem kleinen Kaff bei Trondheim. Lili wusste sofort, da war Johnny stationiert, dort hatte er die Pelze gekauft.

Es hieß, die Norwegerin, auf den Tod erkrankt, habe verfügt, dass ihre Tochter Signy zu dem Vater gebracht werden sollte, als sie spürte, dass es mit ihr zu Ende ging. Der Vater sei ein freundlicher Mensch gewesen, er werde sich bestimmt um seine Tochter kümmern, und sie habe Namen und Dienstgrad des Johann Ohne angegeben und auch belegt, wo er damals stationiert war.

In Norwegen hasse man die Deutschen, soll Signys Mutter erklärt haben, und das ließe man an den Besatzungskindern aus. Ihre Tochter müsse nach Deutschland, deshalb habe sie ihr Kind der Organisation in Fürsorge gegeben. Lili war fassungslos.

Franz war selber ratlos. »Vieles ist noch ungeklärt.«

Lili, außer sich: »Johnny und ein Besatzungskind! Glaub ich nicht!« Franz musste einwenden, dass Signy zum Beweis Liebesbriefe ihres Vaters an ihre Mutter bei sich hatte, Briefe von einem Uffz. Johann Ohne an eine Solveig Sunde.

»Die will ich sehen!« Lili schrie das fast.

»Auch Johnny ist außer sich gewesen«, sagte Franz, »und Mathilde hat das Mädchen vorsichtshalber erst einmal zu sich genommen.«

Johnny habe alles bestritten. Doch die Ähnlichkeit, die amtlichen Papiere und die Briefe mit seiner Handschrift: eindeutig. Franz musste bis zum Mittag in Braunlage bleiben, denn Lili konnte sich nur schwer beruhigen. Er redete, holte den Arzt, bis Lili klar war, dass sie bis zum Abschluss ihrer Kur zu bleiben hatte. Dass in Düsseldorf nichts war, in das sie sich hätte einschalten können, im Gegenteil. Die gesamte Kur wäre dann überflüssig, und an der Lage zu Hause könne sie sowieso nichts ändern. Alles müsse seinen Gang gehen, nur noch ein paar Tage, auch ohne Lili. Mittags konnte Franz wieder zurück nach Düsseldorf. Lili blieb eine zusätzliche Woche und litt.

Sonntag, 22.4.1950

»Johnny!

Du hast mir nicht nur meine Kraft, mein Hab und Gut und meine Ehre genommen. Du hast mir auch die Tochter geraubt. Du hast die Tochter, die ich mir immer gewünscht habe, mit einer anderen Frau!

Hätte ich das vor dem Konzert gewusst, ich hatte die Rachearie bis zum dreigestrichenen F singen können.

Ich weiß nicht, wie es nun noch weitergehen kann.

Am 7. Mai reise ich hier ab.

Lili.«

Nachkrieg
1950

Johnnys norwegischer Verrat zerfraß Lili. In ihr machte sich eine Pamina-Verzweiflung breit, die sie hegte und pflegte. War niemand im Haus, rezitierte sie mit belegter Stimme: *– O kränke mein Herz nicht noch mehr. – Bei dir such' ich Trost – Hilfe – und du kannst mein liebevolles Herz noch mehr kränken? … O, das ist mehr als Kränkung – mehr als Tod!*

Dabei richtete sie ihren Blick fest auf den Kopf des Adam von Michelangelo, der über dem Flügel hing. Sang bewegt und innig Paminas Schmerzensarie: *Ach ich fühl's, es ist verschwunden! ewig hin der Liebe Glück! – ewig hin der Liebe Glück! – Nimmer kommt ihr Wonnestunden meinem Herzen, meinem Her - - - - - - - zen mehr zurück!*

Hatte sie sich nicht tapfer geschlagen, für ihn? für seine Kinder? all die Jahre während seiner Abwesenheit. Und auch schon davor. Er, ewig gehetzt und immer kein Geld, und immer musste ein Auto sein, um jeden Preis! Sie stand da, allein mit den Schulden, mit seinen Schulden! Und mit seinen Kindern. Im Krieg wie im sogenannten Frieden, in dem nichts war als Mangel, Schwarzmarkt, Denunziation und Heuchelei. Als fremder Mann war er aus Russland gekommen. Hatte schweigend Platz genommen, am Kopf der Tafel, immer er zuerst, er allein ein Stück Butter extra, das größte Stück Fleisch, war ja nur gerecht, so mager, wie sie ihn vom Russen zurückbekommen hatte.

Hätte sie ihn nur zurückbekommen. Er hatte wie selbstverständlich den Platz am Kopf der Tafel beansprucht und von da aus die Herrschaft übernommen, über ihr Klavierspiel, über ihre Liederabende, ihren Freundeskreis. Er habe es nicht nötig, dass seine Frau arbeiten gehe. Woher aber kam denn das Geld?

Mit einem Fremden zu leben wäre einfacher gewesen.

Ihre Liebe hatte lange Zeit alles zusammengehalten, das wurde ihr immer klarer. Jetzt war sie erschöpft, zerbrochen. *Sieh Tamino! Diese Tränen fließen Trauter dir allein, dir allein, fühlst du nicht der Liebe Sehnen so wird Ruh' im Tode sein!*

Nur ein Zeichen von Johnny, eine Geste, und sie würde wieder an ihn glauben. Aber Johnny hatte einen neuen Wagen, einen Jahreswagen, der war wichtiger als alles andere. Sie konnte nicht mehr. Hatte nicht auch sie hochfliegende Wünsche? Sehnte nicht auch sie sich nach Erfüllung, die irgendwo anders zu finden sein musste als bei Johnny? Sollte sie ihn verlassen?

Er war ihr fremd geworden, war es vielleicht immer schon. Lange vorbei die Zeiten, in denen das nicht zählte, seit er aus dem Krieg zurück war, wurde anders gerechnet. Johnny, äußerlich unbeschädigt, war innerlich versehrt, das sah sie sehr wohl, sie verzieh ihm auch manchmal, so gut es ging, sein tagelanges Schweigen. Brach aber sein Jähzorn aus, sein plötzliches Wüten ohne erkennbaren Anlass, dann erlosch alles Gefühl. Nicht einmal Mitleid blieb übrig. Und dass Johnny sie belogen und betrogen hatte, das wollte sie nun nicht mehr hinnehmen.

Sollte sie sich Franz zuwenden, ihrem zuverlässigen, ihrem unverbrüchlichen Franz Schmitt? Schon in Braunlage, in den fürchterlichen letzten Tagen im Sanatorium, in der Johnnys Lüge sie umtrieb, hatte sie sich ausgemalt, wie sie Franz Schmitt bitten, wie ihn fragen, wie ihm das nahebringen, dass sie sich so unendlich nach Freundlichkeit sehnte, nach einem Menschen wie ihm, Franz Schmitt, dem es ernst war mit ihr. Sie schreckte vor der Demütigung, vor ihrem Gefühl, vor dem Geständnis, das aus der Not kam, und wieso nicht schon viel eher?

Seine Zusage zum Rendez-vous, gleich bei ihrer Anfrage, ohne Reserviertheit, ohne Zögern, da war Lili der liebe Franz plötzlich nicht mehr ganz geheuer. Doch der Schritt war getan.

Sie hatten sich am Schwanenspiegel verabredet, wo mit Johnny nicht zu rechnen war. Lili überquerte die Haroldstraße, vom Schwanenmarkt zum Schwanenspiegel hinüber, ordnete auf dem kurzen Weg dorthin schon mal die Wörter, die sie Franz sagen wollte. Der kam ihr leichtfüßig entgegen, überraschend anders als erwartet. Sie redeten Belangloses, guten Tag und wie geht's. Beim Fischerhäuschen verlangsamte Lili ihre Schritte, hielt an, sagte dann doch wieder nur, wie hübsch jetzt, das Fischerhäuschen, so neu aufgebaut. Hätte beinahe eine Kahnpartie vorgeschlagen, hielt sich rechtzeitig zurück, nein, das jetzt nicht, das war etwas für junge Leute, für richtige Liebespaare. Noch ein paar Schritte, hin zum Kaiserteich, dort würde sie Franz ihr Herz öffnen. Der schien tatsächlich in gelöster Stimmung zu sein, geradezu überschwänglich. Ihretwegen? Jedenfalls schien es, als sei er voll Erwartung. Fühlte er etwa wie sie? Hatte auch er im Sinn, zu gestehen, was sie selbst ihn fragen wollte? Das wäre ein wunderbares Glück. Sie könnte freudig gewähren, müsste nicht Bittstellerin sein.

Franz sprach zuerst. Er habe ein Geständnis zu machen.

Lili ganz Ohr.

Franz, heiter und Lili zugewandt: »Ich werde heiraten.« Lili, atemlos: »Heiraten?« »Ja. Endlich ist es soweit. Willst du …«, »Ja?« »… meine Trauzeugin sein?« Lilis Herz stockte. Sie atmete tief ein und aus, ein und aus. Dann noch einmal tief ein und aus: »Wen willst du denn heiraten?« Betonung auf »du«.

»Dein altes Pflichtjahrmädchen. Mathilde.« Er lachte: »Ich bin diesmal der Bräutigam. Willst du meine Trauzeugin sein?«

Lili atmete wieder tief ein und aus, das hatte sie bei Claire Fischer gelernt, im Gesangsunterricht. Sie wollte sich nichts anmerken lassen, schlug vor, sich auf eine Parkbank zu setzen mit Blick aufs Wasser, wo die schwarzen Schwäne kreuzten. Da endlich konnte sie antworten, mit ironischem Zungenschlag: »Ja. Ich will.«

Franz Schmitt, ahnungslos vergnügt: »Das hättest du nicht gedacht, oder?«

»Doch«, meinte Lili. »Irgendwie hatte mir was geschwant.«

Wer denn den zweiten Trauzeugen gebe.

»Ein Arbeitskollege von Mathilde, Fremdsprachenkorrespondent wie sie, Hobbymusiker.«

»So heißt das also heute: Hobbymusiker.«

»Er ist Deutsch-Amerikaner.« Franz beließ es dabei und Lili fragte nicht weiter. Franz musste der Verstand abhandengekommen sein. Mathilde! Warum heirateten die beiden? Mussten die etwa? Franz wäre für Lili die Rettung gewesen in ihrer misslichen Lage, eine Rettung hatte sie sich auszudenken gewagt, als er im Sanatorium aufgetaucht war mit dieser schrecklichen Botschaft von Johnnys Tochter. Sie war so weit gegangen, sich so etwas auszumalen, ja, fast hätte sie ihm das vorgeschlagen: Es müsste auch gar nicht intim werden zwischen ihnen, eher kameradschaftlich, geschwisterlich, zuverlässig.

In diesem Moment war das zerschlagen. Wie gut, dass sie nichts gesagt hatte. Franz würde also, mit ihrer Hilfe, vor ihren Augen, diese fade, stille Mathilde zur Frau nehmen. Fremdsprachen-Korrespondentin. Passender Beruf für so eine Person. Die brauchte dabei ihren Mund nicht aufzumachen, ging ja alles schriftlich. Irgendwie praktisch. Und Franz Schmitt hatte Verwendung, feste Anstellung sozusagen. Ganz schön schlau.

Johnny war auch eingeladen, und sehr zu Lilis Überraschung kam er zur Hochzeit. Er war seltsam aufgeräumt, tanzte sogar mit der Braut. Und auch mit ihr, Lili, sie war ja immer noch seine Frau, würde es ja wohl auch bleiben. Auf jeden Fall tat sie so als ob. Schon wegen Wolf. Der brauchte mit seinen dreizehn Jahren noch die Eltern. Dass Johnny für Dietrich und Eckart und für Signy andere Frauen gehabt hatte, das würde sie schlucken müssen. Und jetzt flüsterte er ihr tatsächlich ins Ohr: »Du tanzt noch immer wie eine Feder.« Sie spürte ein Ziehen im Unterleib, angenehm unangenehm. Das hatte er lange nicht mehr gesagt. Beinahe gefiel ihr die Hochzeit. Wären nicht diese Personen gewesen.

Schon deren Anwesenheit. Vorneweg Franz und Mathilde. Franz als Mann über fünfzig, heiratet die halb so alte Mathilde, quasi eine eigene Tochter. Unangenehm. Peinlich. Aber so etwas passiert, häufiger als man denkt.

Selber Kinder kriegen, das könnten die schon auch noch, bei Mathilde war ja schließlich nicht Matthäi am Letzten und beim Mann zählt das Alter nicht, aber, wie Lili gehört hatte, machten die es sich bequem. Die beiden wollten Signy adoptieren. Ein fertiges Kind. Brauchten selber gar keins zu machen. Und konnten vor aller Welt beweisen, was für gute Menschen sie waren. Zeigten Johnny, welch ein Unmensch er war, als er Signy zurückwies. Wollten vielleicht sogar ihr, Lili, Herzenskälte unterschieben, weil sie sich nicht für Signy eingesetzt hatte. Am schlimmsten zu ertragen war die augenfällige Ähnlichkeit der Kinder. Lili brach fast das Herz, als sie sah, was Franz schon angedeutet hatte: ganz der Vater. Signy hell. Wolf dunkel.

Unheil ging auch vom Trauzeugen der Mathilde aus, den Lili bei der Hochzeit zum ersten Mal sah. Morris, der Hobbymusiker mit einem unaussprechlichen Familiennamen. Der war nicht nur halb amerikanisch, sondern auch Halbneger. Lili hatte in echt noch nie einen gesehen. Und der spielte Saxophon. Negermusik. Typisch.

Eckart schien den schon zu kennen. Offensichtlich hatte der ihr die Bekanntschaft mit diesem Kerl voraus. Wieso hatte sie nicht gewusst, dass Eckart plötzlich selber Saxophon spielte. Hinter ihrem Rücken hatte er das bei diesem Morris gelernt. Der unmusikalische Eckart, der beim Klavier immer gebockt hatte! Der spielte Negermusik, und das sogar halbwegs virtuos, soweit Lili das beurteilen konnte. Beide töteten irgendeine Ami-Schnulze, furchtbar laut, unerträglich. Sollte wohl eine Überraschung sein. Die war ihnen gelungen. Unseliges schwang da in der Luft und drohte sich auszubreiten, wie eine biblische Plage.

Lili sollte Recht behalten.

War ja klar, so einer wie Morris hatte leichtes Spiel mit Eckart. In diesem Alter findet jeder Junge alles gut, was nicht ist wie zu Hause, was anders ist als in Deutschland. Wahrscheinlich spielte auch eine Rolle, dass Dietrich abgehauen war, geflohen vor Johnnys Jähzorn. Jazz und all das Schräge zog den ohnehin schon frechen Eckart an: die exaltierte Musik, Kaugummikauen, wo man ging und stand, das unverfrorene Benehmen der Amis, keine Kultur hatten die, keine Bildung.

Es kam sehr bald, wie es kommen musste: Eckart wurde aufsässig, schmiss die Schule und hielt sich an diesen Morris, wie an einen väterlichen Freund. War ja wohl auch einfach für so einen. Der trat als Mentor auf, stand zwischen den Generationen, ein großer Bruder mit Welterfahrung, ein Rattenfänger mit seinem ordinären Instrument. Das imponierte. Obendrein nahm der Kerl den jungen Eckart mit in Bars, in Spelunken, dorthin, wo dieser Jazz gespielt wurde und Eckart eigentlich noch gar nicht hingehen durfte. Außer mit einem Erziehungsberechtigten. Lili hatte Eckart beiseite genommen und versucht, ihn aufzuklären, dass er nicht in einen Sog geraten solle: »Beim Jazz und beim Neger kommt alles allein aus dem Trieb«, erklärte sie, »und es endet alles in Ekstase.«

»Eben!«, hatte Eckart zurückgerufen, war türenknallend zu Morris verschwunden. Abartig, fand Lili. Das durfte man ja wohl noch sagen, abartig! mit Ausrufezeichen, so war das. Morris mit seiner Krachmusik habe Eckart das Gehör verdorben, habe ihn auf dem Gewissen, erklärte sie Johnny. Der zuckte nur mit den Schultern. Und irgendwann war es zu spät, um noch formend einzugreifen.

Nur Wolf, ihr Wölfchen, der würde ihr bleiben.

Der Wagen
14. November 1962

Lili fuhr mit dem Mittagszug nach Essen. »Essen die Einkaufsstadt«, ein Begriff. In großen Lettern war das auf dem imposanten Hotel »Handelshof« in Leuchtschrift zu lesen, und das versetzte Lili in vorweihnachtliche Stimmung. Hier, in der Fülle der Angebote, sah sie sich nach Weihnachtsgeschenken um. Die Auswahl in Essen war vielfältiger und preiswerter, jedenfalls günstiger als in Düsseldorf.

Wie jedes Jahr so schwelgte sie auch diesmal im Glanz der »Lichtwochen«, für die Essen berühmt war: die Kettwiger und die Limbecker Straße als erste deutsche Straße frei von Autoverkehr und überspannt mit Lichterketten, mit leuchtenden Vorhängen und Motivbildern. Alle Kaufhäuser waren geschmückt. Ein Lichtermeer. Essen die Einkaufsstadt. Dieses Jahr mit Wintersportmotiven von der Olympiade, was Lili nicht weihnachtlich fand, was sie aber an die glorreichen Zeiten erinnerte. Noch vor dem Krieg muss das gewesen sein, dass der Führer mit dem italienischen Duce nach Essen gereist kam und der »Handelshof« die beiden mit einem ganz anderen Schriftzug empfangen hatte:

»Herzlich Willkommen in der Waffenschmiede des Reiches.«

»Essen die Einkaufsstadt« war jetzt doch mehr nach Lilis Geschmack. Nur die Motivbilder mit den Eisschnellläufern und Skifahrern, krampfhaft modern, die gefielen ihr nicht.

Trotzdem wieder schön, hier zu bummeln, sich treiben zu lassen. Am Nachmittag gönnte sie sich im oberen Stockwerk von Café Overbeck ein Kännchen Kaffee und Buttercremetorte. Bei Overbeck wurde man auch als Frau allein nicht schräg angesehen. Dort konnte man nett sitzen und von oben herab die Kettwiger überblicken, die Sternenbeleuchtung, das Geschiebe der Leute und die Motivbilder der »Olympiade«. Sie hing ihren Gedanken nach: Eckart, der schon länger nicht mehr zu Hause lebte und irgendetwas mit dem Saxophon trieb. Seit dem Wintersemester auch Wolf aus dem Haus, ab und zu auf Besuch, so wie jetzt, um mit Johnny zu Hause in Düsseldorf den Wagen auf Vordermann zu bringen, Johnnys neuen Mercedes, wieder ein Jahreswagen, weinrot, auf Raten. Dieser Wagen, der sie soviel Nerven kostete, brachte Vater und Sohn miteinander ins Gespräch. Lili blieb zwangsläufig außen vor und beneidete Wolf um diesen Zugang zu Johnny. Eifersucht würde sie das nicht gerade nennen, denn zugleich war sie ja froh, dass Wolf regelmäßig von Aachen herüberkam, wo er Maschinenwesen studierte. Ja, ihr großer, ihr einziger, ihr irgendwie argloser Junge, der war nicht so wie Dietrich und Eckart, die irgendetwas Verschlagenes hatten.

Seit Wolf in Aachen studierte, galt zwischen Lili und Johnny die Abmachung, dass samstags jeder von ihnen tun und lassen konnte, was er wollte. Sie hatten sich in einer Art Stillhalten eingerichtet. Vermieden Vorwürfe, wie sie sich in der Folge von Johnnys norwegischem Betrug breitgemacht hatten. Man war vorsichtiger geworden, vernünftig miteinander, so gut es ging.

Am späten Vormittag, als Lili mitgeteilt hatte, dass sie nach Essen fahren würde, kündigte auch Johnny sein Vorhaben an. In einem Ton, als stünden sie in einem Wettstreit: »Ich werde die Reifen wechseln. Ölwechsel, Abschmieren, Unterbodenschutz. Den Wagen winterfest machen. Längst überfällig.« Lili war in Gedanken schon in Essen, freute sich auf die großstädtische Festbeleuchtung und hörte Johnny nur mit halbem Ohr zu. »Montieren werden wir selbst, beim Onkel in Stoffeln. Werkstatt kostet bloß Geld.« Sie war dabei, sich stadtfein zu machen für den Einkaufsbummel, Johnny redete einfach unentwegt weiter: »Früher hab ich sowieso alles selber repariert.« Musste wohl auch eine Spitze loswerden gegen sie: »Improvisieren mit Kraftfahrzeugen, das ist mein Künstlertum. Meine Musik, das sind die Motoren!« Lili war überrascht, hörte einen Moment genauer hin. »Wenn der Motor rund läuft, wenn die Ventile nicht pfeifen, die Achsschenkelbolzen nicht schlagen, die Kardanwelle gleichmäßig dreht, die Kompression in der richtigen Frequenz klingt: Das ist Musik.« Lili nickte, hörte jetzt hin. »Du hast den Flügel. Ich habe den Wagen«, sagte Johnny mit Nachdruck, als habe er Widerspruch erwartet, »und irgendwie ist das gerecht.« Das waren fremde Töne für Lili, sie überprüfte trotzdem, ob ihr Hut richtig saß. »Ist ja gut«, meinte sie, hörte wieder nur mit halbem Ohr Johnnys Gerede über den neuen Wagen. Zuverlässig, ausdauernd, schön, gediegene Eleganz. Seine letzten Worte, als Lili die Wohnungstür hinter sich zuzog.

Wieder zu Hause am Abend wunderte sie sich, dass niemand in der Wohnung war. Sie hatte damit gerechnet, dass jemand Abendbrot verlangte. Auch gut, dachte sie, wenn keiner da ist, und streckte sich wohlig erschöpft vom Bummeln und Konditern auf dem Sofa aus, tat die Decke um die Beine, konnte aber die Stille nicht genießen. Dann das Telefon. Wolf am Apparat: »Du musst kommen!« »Wohin?« »Ins Krankenhaus! sofort!«

Adresse, Zimmer, Arzt. Lili mit dem Taxi dorthin. Am Haupteingang wartete Wolf, rief: »Endlich!« Schon mehrmals habe er versucht, sie zu erreichen. Im Eilschritt liefen sie zur Notfallstation: »Was ist passiert?«, Wolf verhaspelte sich: Der Wagen … mit dem primitiven, mit dem blöden Wagenheber vom Onkel aus Stoffeln, das war das … alles Schrott … zusätzlich aufgebockt auf Ziegel … hätten sie aber immer so gemacht, Vati und der Onkel: »Organisieren, improvisieren! war immer schon unsere Stärke!«. Dann aber sei dieser Wagenheber verrutscht oder die Ziegel, und alles sei Vati auf den Kopf, auf den Brustkorb, habe ihn erdrückt. Den Wagen wieder hochzubocken, zu heben, das sei misslungen, auch, den Vati darunter vorzuziehen. Erst dann der Anruf beim Unfallkrankenhaus, Krankenwagen, Arzt. Alles sehr schnell und trotzdem viel zu langsam.

Im Krankenhaus hätten sie dem Vati einen Spiegel vor Mund und Nase gehalten, der Arzt habe sich hinter ihn gestellt und in die Hände geklatscht, an Geräte angeschlossen, dann geröntgt, operiert, er wisse nicht genau, er habe das selbst nicht gesehen, er denke das nur.

Lili folgte Wolf zur Station. Ein Arzt sofort auch bei ihr, bei Frau Kordewan. »Noch kann man nichts sagen. Funktionen undeutlich. Instabil.« Lili wurde es schwummerig, schwindelig, hörte ihn sagen »oft wird mit größtem Einsatz ein pathologischer Zustand nur in einen anderen verwandelt, und das auf die Gefahr hin, dass dem Patienten dann nur noch Monate eines fragwürdigen Daseins verbleiben.« Einen wirklich rabenschwarzen Bass hat der Arzt, dachte Lili, sank auf einen Stuhl, *Man zischelt viel sich in die Ohren von dieser Priester falschem Sinn. Man sagt, wer diesem Bunde schwört, der fährt zur Höll mit Haut und Haar …*

Sie fasste sich wieder. Ein anderer, ein älterer Doktor war hinzugekommen, nahm Lili beiseite, winkte auch Wolf zu sich her: »Sie beide müssen jetzt auf alles gefasst sein. Bitte Frau Kordewan.« Sie hörte sich sagen: »… der Krieg hat meinen Mann hart gemacht.« »Darum geht es jetzt nicht«, unterbrach der Arzt, »ihr Mann ist sehr schwer verletzt.« »Nach dem Krieg war er nur noch …« »Weshalb redest du so?«, fuhr Wolf sie an. Lili redete weiter: »Ich hatte gehofft, ihm ein neues Leben geben zu können. Er war immerhin als Mann ansprechbar, wenn sie verstehen, was ich meine … Auch Motoren … Aber künstlerisch und kulturell …« »Frau Kordewan, hören Sie mich?« Der Arzt suchte ihre Aufmerksamkeit. »Hören Sie, Ihr Mann ist ernsthaft verletzt und wir wissen nicht …«

»Ich geh nur schnell nach Hause, den Kulturbeutel holen.« Lili strebte entschieden weg, von dem Arzt, von Wolf, von der Notfallstation, von Johnny, weg aus dem Gebäude, aus allem hier. »Den Kulturbeutel, ja.«

»Bitte gehen Sie mit ihr«, sagte der Arzt.

Wolf nickte, ging aus dem Klinikgebäude, ging aber zum Rhein, und ziellos wieder zurück. Von einem Telefonhäuschen rief er schließlich Mathilde an. Seine Mathilde. Wie früher. Sie hob nicht ab. Sie war nicht da. Auch Franz nicht.

Unschlüssig nahm Wolf den Weg zum Bahnhof, kehrte um, setzte sich auf die Bank beim Schwanenmarkt, hörte noch einmal, wie die Mutti mit dem Arzt redete, »künstlerisch und kulturell«, hörte wieder seinen Vati an eben diesem Nachmittag genau diese Wörter sagen, in die aufgeklappte Motorhaube hinein: »Künstlerisch und kulturell. Nur das zählt bei der Mutti. Höherwertig ist man nur mit Klassik. Hier, mit dem Wagen und dem Motor, das ist niedere Tätigkeit. Wer seinen Wagen selbst repariert, kommt nicht in die Kreise.« Dann hatte Vati gelacht und gerufen: »Gib mal den Zündkerzenschlüssel«, hat beim Hantieren weitergeredet: »Hausmusik. Alle immer tief ergriffen. Weißt du, ein Kamerad in Russland, der hatte seine Zither im Tornister. Wenn der spielte, das war schön. War aber garantiert keine höhere Kunst.«

Großartige Sauer-Lastwagen habe er, der Vati gefahren, grundsolide Marke. Im Balkan habe er eine Ausbildung zum Energie-Ingenieur gewollt, aber nicht beendet, wegen der Tito-Banden.

Über den Balkan hatte der Vati gerne geplaudert, von muselmännischen Nachbarn und Freunden, die immer Obst brachten und kleine süße Äpfel und Feigen. Die Feigen saftig und groß wie Birnen. Oder vom Improvisieren. Das war sein Lieblingsthema: improvisieren und organisieren, das ging auf dem Balkan wie geschmiert. »Auf dem Balkan herrschte großes Geschick bei allem, was mit Motoren zu tun hat und mit Werkzeug. Rückwärts heißt rikverc, rostfrei heißt rostvraj und Schraubenzieher schurubnitza oder schrafziga. Überall auf dem Balkan.«

Einmal erzählte der Vati von Spezialaufträgen mit Lastwagen, die man nicht fahren musste, sondern nur im Standgas im Hangar laufen ließ. Das sei eine besondere Methode gewesen mit den eigens eingebauten Abgasverwertungsdüsen. Das habe auch immer gut geklappt, das schon. Der Wagen habe nicht gewackelt, nein, und die Leute hätten nicht geschrien. Aber was war das für eine Arbeit! Im Standgas im Hangar! Ohne Alkohol wäre das nicht gegangen. Das war das einzig Gute: Alkohol gab es da immer.

Sei ja dann auch bald vorbei gewesen. Aufträge mit Spezialwagen zügig durchgeführt und dann die Saurer-LKWs zurück ins Reich überführt. So etwas redete Vati in den Motorraum hinein, als sei Wolf gar nicht da. Der traute sich nicht zu fragen. Nie hatte er nachgefragt, wenn Vati vom Krieg erzählte. Fragen waren nicht Wolfs Stärke. Höchstens mal die Mutti traute er sich zu fragen. Ob sie ihm erklären könne, was für eine Fracht der Vati damals in den LKWs. Nein, Mutti wusste nichts. Wirklich nichts, Vati rede ja nicht mit ihr.

»Beim Autoreparieren kommt dem Vati eben vieles wieder hoch«, meinte Mutti, als sei sie eine Erklärung schuldig, lenkte dann um auf Norwegen, ob der Vati beim Reparieren nicht auch manchmal von Norwegen erzähle? Da habe es ihm doch gut gefallen. Nein, davon redete der Vati nicht. Nur von seiner Gefangennahme. Die sei im Balkan gewesen. Da sei er mit einem Motorschaden liegen geblieben, und die Tito-Banden, die hätten ihn überrumpelt. Es seien eben nicht alle so wie die muselmännischen Nachbarn gewesen, die mit den Trauben und den Feigen. Erst sei er in ein Lager gekommen, dann nach Russland. »Rikwerc«, habe Vati gesagt, »Nix schurubnitza«, und er habe dazu gelacht und angefügt. »Stattdessen rabotti, rabotti!«

Wolf kam durchgefroren und sehr spät nach Hause. Lili hatte gewartet, den Kulturbeutel auf dem Tisch. Kein Vorwurf. Nur die Mitteilung vom Krankenhaus, erst am nächsten Tag sollten sie wiederkommen. Lili hatte mit dem Arzt noch einmal telefoniert. »Morgen früh um elf können wir kommen. Wenn was Ernstes ist, rufen sie an.«

Wolf fand keinen Schlaf, fand auch kein Buch, in dem er hätte lesen wollen. Im Musikzimmer klappte Lili den Flügel auf, spielte aber zum Glück nicht. Stand dann plötzlich in seinem Zimmer, weckte ihn, der mit Absicht so tat, als ob er schliefe. »Hilf mir«, flehte sie. »Ich weiß nicht weiter.« »Ich auch nicht«, knurrte Wolf, »ich auch nicht.« Stand trotzdem auf und zog sich einen Pullover über den Schlafanzug. Er versuchte, Worte zu finden, behauptete, er habe schlimm geträumt. Hatte er geträumt? Er hatte doch gar nicht geschlafen. Die Mutti hakte sich in seine Ellenbeuge ein, ging mit ihm in der Wohnung hin und her, Musikzimmer, Esszimmer, Flur, Küche, Flur, wieder Musikzimmer. »Wenn ich daran denke, was Vati beim Autoreparieren alles erzählt hat, was ihm da wieder hochgekommen ist, sein Idealismus, und wie der letztendlich missbraucht worden ist«, »Mutti, was redest du da!« Sie ließ sich nicht unterbrechen: »Das alles hat er nicht verwunden.« Wolf schwieg ratlos. Lili, heftig: »Mir hat er meine Fragen nie beantwortet.«

Wolf leise: »Ich hab schlecht geträumt.« Möglichst unauffällig wand er sich aus dem innigen Armschluss.

»Was hast du geträumt?«

»Ich hab Vatis Hand gehalten, als er ohnmächtig war und hab gesagt: Vati schwitzt. Du hast geantwortet: Er schwitzt immer, wenn er lügt. Ich: Wie kann Vati lügen, wenn er doch gar nicht redet. Du wieder: Vati schwitzt, anstatt zu reden.«

Mutti ging zwei Schritte zurück, starrte Wolf an.

»Sie können ihren Mann jetzt nicht sehen«, empfing sie der Arzt am Morgen. »Noch nicht. Erst sollten Sie entscheiden, was so schwer zu entscheiden ist.« Wolf und Lili saßen im Arztzimmer, richteten sich aufs Warten ein, konnten nicht wirklich denken. »Ansprache sinnlos«, hatte der Arzt sie wissen lassen. »Aber er ist doch noch da, oder?«, hatte Wolf ihn gefragt. »Nur ein Reflex«, so der Arzt. In einer Stunde käme er zurück, dann sollten sie entscheiden, ob mit den Apparaten, ob noch weitere Maßnahmen, er wisse, wie schwierig das sei. Wenn sie Hilfe bräuchten, einfach klingeln.

Sie warteten nun in einem hellgrün-beigen Niemandsland. »Selbst, wenn er zu sich käme, das wäre kein Leben mehr. Er würde das selber nicht wollen«, sagte Lili. Wolf sagte nichts. Wolf war nur da. Und als der Arzt nach einer Stunde kam und fragte, sagte sie: »Ja.«

Später noch mal dieser Arzt. Er legte ihnen ans Herz, sich ein unversehrtes Bild von dem Ehemann und vom Vater zu bewahren. Der Herr Ohne habe noch irgendetwas vor sich hin gesagt, das meinte die OP-Schwester gehört zu haben. Es habe geklungen wie: Hellweiß ist mir kalt. Aber sie könne sich auch getäuscht haben. Man erwarte ja immer irgendwie ein letztes Wort.

Lili nickte. »Er hat immer schnell gefroren.«

Am 2. Dezember 1962 wurde Johann Ohne beigesetzt, in aller Stille. Nur Lili und Wolf begleiteten ihn. Von Dietrich wusste niemand, wo er war. Eckart hielt sich zu dem Zeitpunkt in Chicago auf, »in diesem Saxophon-Untergrund«. Mathilde und Franz machten vierzehn Tage Urlaub in Paris, wo sie Signy vom Flughafen abholen wollten. Die war nach dem Abitur für ein halbes Jahr im Senegal gewesen, in dem Staat, der sich befreit hatte von der Kolonialmacht Frankreich und einen Dichter zum Präsidenten hatte, den Lyriker Leopold Sédar Senghor. Das hatte Wolf in Erfahrung gebracht und Lili hatte das blasiert gefunden. »Muss wohl immer was Besonderes sein für dieses Mädchen.«

Signy
1962

Wer in Ruhe zum Stoffeler Friedhof gehen will, der nimmt am besten den Weg durch den Volksgarten, wo in den hohen Bäumen die Krähenvögel hausen. Da zankt sich dieses schwarze Pack, ist missgünstig, aber auch listig und komisch und will nichts Böses vom Menschen, dachte Signy, als sie am neunundzwanzigsten Dezember zweiundsechzig zum Friedhof ging. Zum Grab ihres Vaters. Sonntagnachmittag. Die Krähen fetzten liederlich durch das Wintergrau und beschimpften sie. Außer ihr niemand unterwegs. Feiner Nieselregen legte sich auf die Pflanzen, das Gras, die Erde und kroch ihr in die Kleidung.

Das alte Jahr war vorbei, ereignisreich. Es hatte ausgedient. Signy musste aber vor dem Jahreswechsel noch etwas loswerden. Das hatte sie beschlossen, als sie, vom Senegal zurück, ins kalte Deutschland kam und erfuhr, dass ihr leiblicher Vater verunglückt und schon beerdigt war. Höchste Zeit, ihren Part zu Ende zu bringen. Zu Johann Ohnes Lebzeiten hatte sie das nicht geschafft. Dann eben jetzt. Die Krähen lärmten ungeniert, verstummten jedoch am Friedhofseingang.

Das frische Grab war bald gefunden. Signy hielt sich zunächst auf Entfernung, trat dann entschlossen näher, sah sich um, blickte auf das Holzkreuz, neigte sich nur ein wenig und las laut: »Johann Ohne. Geboren. Gestorben.« Die Lebensdaten ließ sie weg.

Den schwarzen Pelzkragen hochgeschlagen, die Arme verschränkt und die Hände wechselseitig in die Ärmel des Wintermantels gesteckt, umrundete sie langsam, mit hochgezogenen Schultern, das Grab. Blieb an der Kopfseite stehen. Nahm dann die Hände aus den Ärmeln und zerrte ein Päckchen aus der gebeulten Manteltasche. Fingerte einen der Briefe aus dem dicken Umschlag und faltete ihn auf. Und las, halblaut. »Meine liebe Geliebte. Liebste Solveig.« Das o sprach sie mit einem Hauch von u und das g am Ende des Namens nur wie gedacht. Sie wiederholte den Namen. »Sulvei …, wenn ich nur an Dich denke, bin ich glücklich … immerfort … unvorstellbar hart ist das Leben hier in Russland, auch hinter der direkten Front … der Winter ist wesentlich erbarmungsloser als in Norwegen. Vor allem, weil Du nicht da bist. Du fehlst mir so sehr. Ich blicke zum Sternenzelt …«

Signy zerknüllte den Brief, ließ ihn vor ihre Füße fallen. Blätterte einen neuen auf. »… mit einem kleinen Feuer bequem gemacht … habe einen Wolfspelz auftreiben können, der mich warm hält … ich denke immerzu an Dich … Dein Dich liebender, Dein Dich vermissender Johann.« Signy knüllte auch dieses Blatt zusammen. Ebenso das nächste.

Viele Briefe waren es nicht, die Johann Ohne an Solveig Sunde geschrieben hatte. Nur eine schräg geschnittene Manteltasche voller Liebesbriefe, Sehnsuchtsbriefe. Erinnerungen an Norwegen, wo der Krieg noch ein Abenteuerspiel und bald gewonnen schien, von Johann Ohne, dem Wikinger auf großer Fahrt. Für Solveig Sunde ein deutscher Prinz. Johann auf einem weißen Pferd mit Namen »Kurt.«

Vom nordischen Langlauf und von Nachtritten unter Sternen in den russischen Winter geworfen, so fror der Kriegsingenieur Johann Ohne hinter der Front mit seinem Trupp, in seinem Lastwagen und bei den ewigen Reparaturen. Zum Erwärmen buchstabierte er sich in seinen Briefen zurück in die kurze Zeit mit seiner norwegischen Geliebten. Seine sanfte Solveig hatte ihm seinen richtigen Namen wiedergegeben: Johann. Nicht mehr Johnny. Und sie hatte keine Fragen gestellt, keine Forderungen. Er war warm aufgehoben gewesen in ihrer Kammer bei Trondheim. »Wenn wir beide jetzt jeden Abend den Polarstern ansehen, dann werden sich unsere Blicke dort oben treffen. Du musst es spüren, so wie ich es jetzt spüre. So wie in den Nächten, als wir gemeinsam das Sternenzelt …« Signy verzog das Gesicht, sie hatte das alles schon mehrmals gelesen. Nahm den nächsten Brief: »Könnte ich nur ungeschehen machen, was ich alles so vermasselt habe in der Heimat! Verstehst Du, was ich mit vermasselt meine, süße Solveig? Das sagt man, wenn man dumm gehandelt, wenn man Fehler gemacht hat … Wenn wir erst den Krieg gewonnen haben, werde ich alles tun, zu Dir zu kommen. Du wirst meine Heimat sein! Ich weiß nicht, wie lange das noch dauert, denn es wird nicht leicht sein. Ich muss vorher meine Familie versorgen. Aber zu Dir, meine sanfte Solveig, zu Dir wird es mich immer hinziehen, immerzu. In Dir möchte ich ertrinken, mich ausruhen und nicht mehr denken.«

»Als hättest du jemals wirklich gedacht«, mischte Signy sich laut in den Briefwechsel. Sie war die Dritte in dieser Liebesgeschichte zwischen Solveig und Johann. Ihres Vaters Liebesbriefe waren ihr Pass gewesen, als sie mit ihren achteinhalb Jahren nach Deutschland kam, zu dem einzigen Menschen auf der Welt, dem sie noch angehörte nach dem Tod ihrer Mutter. Niemand in Norwegen wollte Signy Sunde, das Deutschenkind, das »Tyskerbarn«. Mit ein paar norwegischen Urkunden und mit den Liebesbriefen ihres Vaters war sie an die Adresse in Düsseldorf geschickt worden, in Empfang genommen von freundlichen Fremden an verschiedenen Stationen und weiter expediert bis vor die Wohnungstür mit dem Messingschild »Dipl.-Ing. Johann Ohne«. Sie hatte sich die deutschen Wörter, die die Mutter wusste, ständig wiederholt als Sesam-öffne-dich zur Vatertür. Jetzt wiederholte sie die ihrem Vater in der Erde. »Guten Tag … ich heiße Signy Sunde … meine Mutter heißt Solveig Sunde … ich bin acht Jahre alt … mein Vater heißt Johann Ohne … ich komme aus Norwegen, bei Trondheim …«

Und dann der nächste Brief. »Du wirst ein Kind von mir haben, liebe, liebe Solveig? Was für eine Freude! Auch wenn wir noch nicht wissen, was die Zukunft uns bringt, so liebe ich doch dieses Kind schon jetzt so sehr wie die Sterne über Norwegen …« Auch den Brief zerknüllte Signy und ließ ihn fallen. Dann der letzte. »Signy heißt unsere kleine Tochter! Endlich eine Tochter! Möge die Kleine gedeihen … Signy! … ein Zeichen des Himmels, ein Geschenk … Wie sehr ich Dich liebe, meine sanfte Solveig! Warte auf mich, bis hier alles vorbei ist. Immer und ewig, Dein Johann.«

»Immer und ewig«, sagte Signy zu dem Grabhügel des Johann Ohne. »Das hättest du nicht gedacht, wie kurz das ist, dein Immer und Ewig!

Ein Zeichen des Himmels? Ein Geschenk? Das ist so gelogen, dass die Erde dich wieder ausspucken müsste! Ein Geschenk verschenkt man nicht weiter!«

Und dann murmelte sie mit Männerstimme. »Signy Sunde? Ach ja, ich habe mal eine Solveig gekannt, Solveig Sunde. Ja, genau, bei Trondheim war das. ›Trondheim bei Norwegen‹, ist das nicht nett, wie die Kleine das sagt?«

Sie schaute hoch in die Bäume, von wo aus die Krähen nun doch den Friedhof heimsuchten. »Ruhe da oben, jetzt bin ich dran!«

Wieder mit Männerstimme: »So? Ein Johann Ohne soll der Vater sein? Da muss eine Verwechslung vorliegen. Ich habe dort oben mal Felle gekauft. Aber eine Affäre? Vaterschaft? Nein, das wüsste ich, ich bitte Sie! Da will mir jemand was anhängen. Ein fremdes Kind? Ich, der Vater? Kann nicht sein. Freche Lügen. Nichts bewiesen.« Und weiter, in diesem Ton: »Briefe? Ich soll Liebesbriefe nach Norwegen geschrieben haben? Mitten im Krieg? Ich bitte Sie, ich hatte Familie. Hatte ganz andere Sorgen …«

Dann, überrascht: »Tatsächlich, das ist meine Schrift. Wo haben Sie die her?«

Dann aber überlegen. Und anbiedernd. »Das war einmal … Ein großer Irrtum war das, tut mir leid. Wie so vieles, was damals geschah. Eigentlich ist da gar nichts gewesen. Haben doch alle damals. Man weiß doch, wie das ist im Krieg. Wir waren jung.«

Entschlossen: »Ich will das Kind nicht. Ich wohne hier nicht allein. Wie sollte das gehen? Nehmen Sie dieses Kind wieder mit.«

Signy machte ein paar Schritte. Drehte sich dann wieder um: »Das Geschenk des Himmels wird nicht angenommen. Zurück an Absender. Geht nicht? Dann schenke ich es einfach weiter. Es gibt Leute, die wollen unbedingt ein Geschenk des Himmels. Mathilde zum Beispiel, die ist zufällig hier. Das ist doch praktisch. Die ist eine gute Seele. Mathilde kann das.«

Mit der Männerstimme ruft Signy über ihre Schulter in den menschenleeren Friedhofspark: »Mathilde, komm doch mal her. Nimm die Kleine mit, so wie sie ist. Muss nur noch richtig Deutsch lernen. Wer könnte das besser als eine Fremdsprachenkorrespondentin. So. Und jetzt ab die Post!«

Signy trat gegen einen Erdklumpen. »Drittseck! … Feiges Arschloch! … Dra til helvete!«

Sie sammelte die zerknüllten Briefe ein. »Und jetzt hör mir mal gut zu, auch wenn du nichts mehr sagen kannst. Meine ›sanfte‹ Mutter Solveig, die hatte mich glauben gemacht, mein Vater in Deutschland, der wäre wie der Vater im Himmel, der würde mich mit offenen Armen empfangen, wenn ich nicht mehr wüsste, wohin. Der Papa ist der Papa, hat sie immer gesagt. Was so klang, als würdest du gleich auftauchen. Und? Was war? Die Mutter tot. Der Vater ein hohler Klotz, mit einem feigen Herzen.«

Mit bloßen Händen schaufelte sie eine Vertiefung am Fußende des Grabes. »Acht Jahre lebte mein Glaube an einen liebenden Vater. Alles perlte an mir ab: Tyskerbarn, Deutschenkind. Solveig, meine Mutter, hat mir ein sicheres Zuhause zurechtgeliebt. Vater, Mutter, Kind. Ich sah dir so ähnlich. Wenn erst der Vater kommt, die Leute werden staunen. Sie war sich sicher, und ich mit ihr. Johann, Solveig und Signy. Familie Sunde.«

Legte das zerknüllte Papier in die Vertiefung, machte eine kleine Verbeugung: »Gestatten, Familie Sunde aus Norwegen bei Trondheim verabschiedet sich«, kramte aus der Manteltasche ein Streichholzbriefchen. »Noch was: Ich hätte sowieso nicht Ohne heißen wollen. Ehrlich.«

Signy riss ein Streichholz an, hielt die kleine Flamme ans Papier, der kleine Haufen brannte sofort. »Da. Kannst dir die Füße dran wärmen.«

Ein Friedhofswärter näherte sich, fragte, was sie da mache. »Liebesbriefe verbrennen«, sagte Signy, ohne aufzusehen. »Das ist aber verboten«, ermahnte sie der Mann. »Ich weiß.« Signy lächelte.

Zeitraffer bis 1985

Das Leben der anderen wurde von Lili mit Argwohn bedacht. Besonders das Leben von Franz, Mathilde und deren Hätscheltochter Signy. Sie selbst konnte nur aus der Ferne zusehen, doch dank Wolf bekam sie einiges mit. Allerdings, seit er in Aachen studierte, spärlicher. Immerhin, Wolf pflegte losen Kontakt zu Mathilde und Franz, wohl auch zu Signy. Und Lili hütete sich, das zu kommentieren. Was zum Beispiel hatte diese Göre von Signy, gerade mal volljährig, im Senegal zu suchen? Togo oder Deutsch-Südwest, das hätte sie noch verstanden, das war mal deutsch. Überhaupt schien es Mode zu sein, ins große Ausland zu reisen. Eckart zum Beispiel war nach Chicago geflogen, hatte sich dort Ecki Schuster genannt und gab mit seiner Saxophon-Tröte »Konzerte«. Er komponierte Stücke, in denen er sie, Lili Kordewan, als Königin der Nacht persiflierte. »Stepmother« hieß eins davon, »Stiefmutter«, eine Paraphrase der Rachearie. Mit Saxophon! Was machte dieser Schulabbrecher denn nun in Chicago? Noch dazu mit diesem Halbneger Morris. Zwei Männer miteinander, das war ja wohl verboten, da gab es schließlich Paragraphen, bestimmt auch in Amerika. Und Dietrich? Woher nahm der sich das Recht, absolut nichts von sich hören zu lassen, unerreichbar zu sein? Selbst als der Vater gestorben war. Keiner von seinen beiden Söhnen war zur Beerdigung gekommen!

Auch nicht mal Franz. Nicht einmal ihretwegen. War der überhaupt noch für sie da? In den Händen von Mathilde war der völlig willenlos geworden. Wegen Lili auf irgendetwas zu verzichten, so etwas kam für ihn von nun an offenbar nicht mehr infrage! Franz habe Signy in Paris abholen müssen, zusammen mit Mathilde – in Wahrheit hatten die sich einen schicken Urlaub in Paris gemacht und Düsseldorf Düsseldorf sein lassen. Dabei hätte Signy auch ohne elterliche Begleitung die Heimreise von Paris aus machen können. Mit dem Flieger von Dakar nach Paris, das hatte dieses Mädchen ja auch alleine geschafft.

Auf Franz war nicht mehr zu bauen.

Sie hatte allein mit Wolf Johnny zu Grabe tragen müssen. Sie allein.

Und jetzt? Niemand mehr da, der noch ihr zuliebe alles stehen und liegen lassen würde oder nur einen Botengang erledigen. Oder wenigstens Gesellschaft leisten. Warum wurde sie so hart bestraft von ihren Nächsten? Im Sommer war sie sechsundfünfzig geworden, kein Alter, jetzt aber in den letzten Dezembertagen, da kam sie sich vor wie eine Greisin.

Jeden Tag ging sie zum Friedhof, wandelte durch die Gräberreihen, näherte sich geradezu heimlich Johnnys Grabplatz, wie eine Fremde, eine Diebin. Und dann sah sie Signy. Seine, Johnnys, Tochter! Braungebrannt vom Senegal, soweit man das erkennen konnte in der Wintervermummung.

Lili Kordewan hielt sich im Hintergrund, wollte nicht erkannt werden. Leider verstand sie aus der Entfernung nichts von dem, was das Mädchen da an Johnnys Grab murmelte und inszenierte. Sie konnte nur sehen, dass der Friedhofswärter eingriff. Und erfuhr dann von dem, die Person habe Liebesbriefe verbrannt. Was für Liebesbriefe denn? Was eigentlich maßte diese Signy sich an?

Unerkannt gelangte sie unter ihrem Regenschirm nach Hause. Fühlte entschieden, es war an der Zeit, sich wieder ihr ledergebundes Album vorzunehmen. Mit einem Glas Wein am Flügel stehend, in der schützenden Einbuchtung, so wie früher, als sie Dithyramben schrieb, blickte sie in den Regen. Und nahm den Stift.

> 29. 12. 62
> Ich liebte dich mit
> Allen meinen Sinnen
> Als du lebtest.
> Es war nie genug.
>
> Ich liebte dich im Sterben
> Stumm und hilflos
> Es war nicht genug.
>
> Nun bist du tot
> Schon viele Tage,
> War mein Vertrauen nicht genug?

Sie legte den Stift beiseite, trat ans Fenster, es war längst dunkel draußen. Ging dann auf und ab, und wieder an den Flügel, in seine Bucht, nahm einen Schluck Wein und warf die letzten Zeilen aufs Blatt:

Ich liebte dich
Mit jedem Atemzug
Das sei genug.

Nach dem wütigen Abschied von ihrem Vater »Johann Ohne unter der Erde« stand für Signy auch der Abschied von den Eltern an, von Mathilde und Franz, die sie liebte, die sie immer behütet und ihr alle Freiheiten gelassen hatten.

Für Signy war die Zeit gekommen, zu entscheiden, wohin es gehen sollte. Sie musste weg von zu Hause, Düsseldorf hinter sich lassen. Sie wollte wieder Sunde heißen, Signy Sunde. Das ging nicht gegen Mathilde und Franz, aber jetzt war der Moment, diesen Schritt zu tun, und die beiden würden sie verstehen.

Im Senegal war ihr das klar geworden. Fort vom Gewohnten, vom Liebgewonnenen, etwas Anderes, Praktisches, Sinnvolles. Medizin. Heidelberg oder Montpellier. Erst einmal Arbeit in einer Klinik, Geld verdienen und dann studieren, unabhängig sein.

Zum Abschied gab es bei Mathilde und Franz rheinischen Sauerbraten mit rohen Klößen. Das fühlte sich rundum harmonisch an, das war sättigend und ließ Wehmut aufkommen. Man saß noch und redete von Plänen und war doch mit den Gedanken ganz woanders. Franz und Mathilde schienen nicht recht bei der Sache zu sein, bis Signy von sich aus nachfragte, ob etwas mit ihnen nicht stimme.

Mathilde zögerte, sah zu Franz hin, »Sollen wir?«

Franz überließ Mathilde die Entscheidung, wie immer. »Wenn du meinst.« Signy wollte ungeduldig werden, wurde aber von Mathildes Antwort gebremst. »Ich bin schwanger.« Signy erschrak. »Eigentlich wollten wir dir das schon in Paris gesagt haben.« Signy hatte sich alles Mögliche vorstellen können, weshalb Franz und Mathilde in Gedanken woanders sein könnten, dies aber fühlte sich an wie ein Schmerz, der stach, der brannte, wie schon einmal, als sie achtjährig von ihrem himmlisch erhofften Vater abgelehnt worden war. Das fühlte sich an wie eine körperliche Verletzung. Doch nun gab sie sich gelassen und brachte heraus: »Wenigstens etwas mit Hand und Fuß.« Und dann wusste sie nicht weiter. »Ja, wir werden noch ein Kind haben«, sagte Mathilde. Und dass sie nicht sagte »ein eigenes«, sondern »noch ein Kind«, das würde ihr für immer im Ohr und im Gedächtnis bleiben.

Anfang Januar reiste sie ab.

Selten kamen Lebenszeichen von ihr. Franz und Mathilde sollten sich keine Sorgen machen, telefonieren sei teuer, sagte Signy einmal am Telefon, und auf einer ihrer wenigen Ansichtskarten stand: »Keine Nachrichten sind gute Nachrichten. Der bewährte Spruch. Herzliche Grüße, Signy.« Postkarten aus Heidelberg, Paris, Montpellier. Einmal sogar aus Norwegen/Trondheim und dann wieder Heidelberg. Selten ein Brief. Und manchmal, meist unangekündigt, Signy selbst. Sie verdiente ihren Lebensunterhalt mit Nachtwachen, war unabhängig und neugierig. Furchtlos, ohne tollkühn zu sein. Sie trampte, lief nachts allein herum, auch in einsamen Gegenden. Wenn mir einer krumm kommt, der kriegt so eins auf die Fresse, dass der sich nie wieder traut. So sagte sie das für sich und fühlte sich gut mit ihrer schlummernd großen Wut.

Ihr kleiner Bruder Jan kam im Juni dreiundsechzig auf die Welt. Es rührte sie, wenn sie an diesen Jan dachte. Und seinetwegen kam sie nun häufiger nach Düsseldorf, wollte ihn wachsen sehen.

Als Erstes ging sie aber immer zum Rhein, sah gern zu, wie der Fluss dem Meer zustrebte, und meinte, auch schon Salz zu riechen, wenn Nordwestwind Meeresluft vor sich hertrieb und die Wellen gegen den Strich bürstete. Da ließ sie sich willkommen heißen von den Möwen mit ihren auffliegenden und herabstürzenden kleinen Gemeinheiten und Streitereien und Flugkünsten. Dazu die Schiffsgeräusche im Wind.

Bei den Rheinterrassen bog sie ab vom großen Fluss, hinüber zum Victoriaplatz, Cecilienallee, Golzheimer Friedhof, oder bei schönem Wetter bis zum Anleger, zum Rheinpark und dann zur Zietenstraße und Mauerstraße. Schon im Voraus hörte sie Mathildes Begrüßung: »Signy Sunde, unser Kind mit dem eigenen Namen.« Fragte sich schon jetzt, was Jan inzwischen Neues konnte, saß in Gedanken schon am Tisch.

Das waren die Konstanten in ihrem Leben: der Rhein und bei Mathilde und Franz der Sauerbraten mit rohen Klößen. Und nun auch Jan, ihr Bruder, mit dem sie nicht wirklich verwandt war. Und bei Tisch dann das ausführliche Erzählen: Vertellekes machen. Sie liebte die Gewissheit, dass auch ihr kleiner Bruder so heranwachsen würde, umsorgt von großzügigen Eltern, bedacht von seinem Paten Morris und von ihr selbst, von Signy Sunde.

Dass im Hintergrund ab und an Lili Kordewans Kommentare grummelten wie ferne Gewitter, wie zum Beispiel noch immer wegen der Patenwahl für Jan: die eigene Schwester, blutsverwandt oder nicht, das gehe überhaupt nicht! Und dann noch der Halbneger Morris, der ihren

Eckart, ihren lieben Stiefsohn, zum Saxophon verführt habe und zu was wohl noch, dergleichen wetterleuchtete manchmal am Horizont ihres ahnungslosen Jan, erreichte ihn aber kaum. Jan gedieh unbekümmert und außerhalb von Lilis Einflussbereich, ließ sich aber die Aufmerksamkeiten seiner Paten gern gefallen und fühlte sich sichtlich aufgehoben unter den Fittichen seiner nicht mehr jungen Eltern, nahe bei dem großen Fluss und schon früh vertraut mit all den Vertellekes bei Tisch. Wenn man da anstieß auf das gegenseitige Wohl, horchte auch Jan dem gläsernen Pling nach und den Schluckgeräuschen. Zu Hause. Dies Sitzen miteinander, nicht reden müssen, aber alles sagen können, nirgends Peinliches. So schien es auch für Jan zu sein. Schön das. Von klein auf. Sie nannte ihren kleinen Bruder Janni, nannte ihn Fuchtelmännchen und Wetzer und Stadtmaus. Bis er nur noch Jan genannt werden wollte.

Als er in die Schule kam, suchte Signy die Erinnerung an ihre eigene Einschulung in dem Ort bei Trondheim. Aber sie hatte keine Bilder mehr im Kopf. Als Jan acht Jahre wurde, schenkte sie ihm Rollschuhe und verglich: So alt war ich, als ich nach Düsseldorf kam. Ach Janni, dachte sie, ohne es zu sagen, und beneidete ihn ein wenig. Er war so behütet, so arglos. Und in solchen Momenten trauerte sie um ihre Mutter, bedauerte sich selbst, und wurde für eine Weile sentimental, bis ihre alte Wut hochkam, unverbraucht, als sei es erst gestern gewesen, dass ihr Vater, dieser Johnny, sie nicht hatte haben wollen.

Zum zehnten Geburtstag bekam Jan Post von seiner großen Schwester aus Portugal »mit herzlich farbenfrohen Grüßen aus der Nelkenrevolution.« Morris kam zum Geburtstag vorbei und brachte einen Fußball mit Autogramm von Paul Breitner. »Ein tolles Geschenk«, strahlte er, »einen Fußball braucht man immer.« »Wirst schon sehen, was man sonst noch braucht«, lachte Morris und freute sich mit Jan.

Zur Konfirmation übergab Vater Franz dem Sohn seine alte, seine große Rolleiflex, die mit den zwei Linsen. Jan freute sich unbändig, Vaters Kamera! Kompakt und trotzdem leicht zu handhaben. Selten schön! Seine große Schwester war inzwischen Ärztin und wieder mal nicht im Lande. Jan bekam von ihr einen Gruß aus Guinea Bissao, wo sie ein medizinisches Projekt betreute und wo die portugiesische Kolonialherrschaft beendet war. Er bewunderte Signy, die immer unterwegs war. Trotzdem, schön wäre es, sie hätte kommen können.

Dafür war Jans Pate Morris gekommen, »jazzig befreundet« mit Ecki Schuster, Signys Halbbruder, der auch gleich mitkam und der den Morris manchmal Moritz nannte, den Mohren, was Jan erheiterte. Mit deren Hilfe behielt Jan den Überblick im Geschwistergeflecht von Halbbrüdern und einer Schwester, mit der Jan nicht verwandt war, nicht blutsverwandt, wie das hieß. »Macht nichts«, fand Jan, »Hauptsache, wir mögen uns.«

Zu Vaters Rolleiflex schenkten Morris und Ecki ihm eine Reise nach Paris, versteckt in einer aufwändigen Glückwunschkarte, die beim Aufklappen einen Musette-Walzer spielte, was die kleine Konfirmationsgesellschaft entzückte. Franz Schmitt hatte Jan für einen zusätzlichen Tag in der Schule entschuldigt, damit das Paris-Wochenende gehörig lang werden konnte, gab noch einen seiner väterlichen Merksätze mit auf die Reise. »Fotografieren ist Synästhesie, das heißt mit den Augen hören, mit den Ohren sehen«, und zu einer Erklärung angehoben, was Jan abzukürzen vermochte: »Wenn du mir das nicht erklärtest, könnte ich es verstehen.« Man trennte sich gut gelaunt.

Im neuen Centre Pompidou fuhr Jan fast den ganzen Tag auf und ab in den durchsichtigen Rolltreppen-Röhren, die im Zickzack diagonal an der Gebäudefront klebten. Im Stehen fotografierend zwischen den Besuchern, den Sprachen, auf und ab. Und wie berauscht: Nahsicht, Fernsicht, Aufsicht, Pause. Auch die Metro, die Cafés, Notre Dame und die Seine mit ihren Brücken, aber nichts im Vergleich zu den Rolltreppen in den Röhren. Spät abends dann im »Caveau de la Huchette«. Große Klasse. Jan fühlte seine Ohren so groß wie Suppenlöffel werden, seine Augen wie Untertassen. Namen umschwirrten ihn. Michel Attenoux, Manu Dibango, Dany Doriz. Und zum Einschlafen brummte ihm alles noch einmal durch den Schädel.

Und streng fotografierte er nach Vaters Synästhesiegebot: Licht, Rahmen und Winkel, Perspektive, Kontrast und Hintergrund. Ihm wuchs eine Ahnung von Geschichten unter der Oberfläche und er fühlte sich sehr, sehr jung, ihm spross ja noch kaum der Bart.

Zu Hause bearbeitete Jan seine Bilderschätze mit dem Vater und es machte ihn stolz, wie sehr der im väterlichen Tabakduft seine Paris-Ausbeute lobte, dass sein Vater sich in Jans Fototrunkenheit selbst wiederfand und deshalb sogar eigene Serien hervorholte, seinen Düsseldorf-Zyklus »Klein-Paris«. Als suche der Vater umgekehrt Bestätigung von ihm.

Jan sah im Düsseldorf-Zyklus sehr oft diese Lili Kordewan. Fast immer in ihrer speziellen Pose, wie sie mit der rechten Schuhspitze vor den linken Fuß tippt, als ob sie vorne ausbrechen würde, hielte nicht ihr angewinkelter Arm sie vorm Losstürmen zurück. Immer wieder dieser Sprung ins Bleiben. Vom Vater fotografisch fixiert. Und mehr und mehr trat für Jan diese Frau aus dem »clair-obscur« heraus und nahm Gestalt an. Doch vorerst noch nicht so viel, dass Jan wirklich hätte wissen wollen, wer sie war.

So wie Signy Jahre zuvor ihre Senegalreise, so bekam auch Jan zum bestandenen Abitur eine Reise nach Wunsch. Er entschied sich für die USA, nach Chicago, zum Jazz! Mit Morris und Ecki. Morris war ja dort geboren und zum Jazzer geworden, bevor er als Dolmetscher für die Army nach Heidelberg kam und dann nach Düsseldorf als Mathildes ziviler Kollege. Jan wusste nicht viel über Morris. Ihm gefiel es, so einen Patenonkel zu haben, von Natur aus fröhlich und ungewöhnlich, der sich genau deshalb so gut mit Leichtfuß Ecki verstand. Dass die Familie von Morris aus einem Armenviertel in der Southside von Chicago stammte, aus dem Schwarzenviertel im dreckigen und gefährlichen Hinterhof Chicagos, in dem Gangs und Drogen immer noch herrschten, und dass der Groß- oder Urgroßvater der Mutter, ein Zimmermann, aus dem westfälischen Westenborken nach Amerika ausgewandert war, das erfuhr Jan erst vor Ort in Chicago. Gefunden hatten sich Morris' Eltern über die Musik. Sie war Managerin in einer Schifffahrtsgesellschaft, die Vergnügungsfahrten auf dem Michigan-See veranstaltete, und hatte ihn, den Jazz-Pianisten, für eine Fahrt engagiert. Große Liebe. Große Mesalliance! Energischer Widerspruch seitens ihrer deutschstämmigen Eltern, die um den Ruf ihrer vielversprechenden Tochter fürchteten, aber einlenkten, als ein Kind unterwegs war. Ein uneheliches Enkelkind hätte den Ruf noch mehr beschädigt. Lieber eine Mesalliance, hieß es schnell, plötzlich gebärdete man sich aufgeklärt. Immerhin waren in Illinois gemischtrassische Ehen nicht mehr verboten wie noch in anderen US-Staaten. Der praktischen Mutter hatte Morris seinen Vornamen zu verdanken. Vielsprachig, wie sie war, deutsch von zu Hause, amerikanisch vom realen Leben und französisch für die kanadischen Teilnehmer der Vergnügungsschifffahrten, da wollte sie einen Namen, der in allen drei Sprachen vorkam: Morris, Moritz, Maurice, was tatsächlich »der Mohr« bedeutete.

Morris hatte von seinen Eltern alles geboten bekommen. Tourismus, Schiff-Fahrt, Sprachen, Jazz. Studierte Business Management und die Sprachen, die er ohnehin konnte, bezeichnete sich als »allrounder, der vieles kann und nichts richtig.« Auch das verband ihn mit Eckl. Zur Vorbereitung auf die Reise in den Jazz versah Morris seinen Patensohn Jan mit kleinen Kopfhörern. Eine demokratische Maßnahme, sagte er, zur Schonung der Mitbewohner, wenn Jan seine Jazz-Kassetten rauf und runter hörte, den weißen wie den schwarzen Chicago-Jazz, den Morris von Kindheit an um die Ohren hatte. Chicago? Chicago! Jan wusste sich kaum zu lassen.

Doch dann wurde Franz plötzlich krank, hatte Schwindel und bedrohlich hohen Blutdruck, wo er doch sonst zu Niedrigdruck neigte. Mathilde sorgte sich, der Arzt schwieg, Franz musste zur Beobachtung in die Klinik.

Bisher war für Jan sein Vater alterslos gewesen, im Vergleich zu anderen Vätern immer schon alt. Jetzt sah er zum ersten Mal einen gebrechlichen Mann von über achtzig und erschrak. Jan zögerte, wollte die Reise nicht antreten, wollte aber doch auch unbedingt nach Chicago. Wollte bleiben. Wollte fort. Stand am Bett seines Vaters, im Flur schon das Gepäck. Sollte er lieber doch nicht? »Worauf willst du warten?«, fragte der Vater, »warten, dass ich sterbe? Das kann dauern. Und dann bist du nicht gereist. Oder ich müsste mich beeilen, dass du endlich reisen kannst. Das geht auch nicht.« Jan schluckte, fühlte sich ertappt. »Zieh los. Mach gute Fotos«, forderte sein Vater ihn auf, »geh so dicht ran wie möglich ohne Teleobjektiv. Denk dran: Das Teleobjektiv verkürzt den Winkel, verkleinert den Rahmen.« Franz Schmitt sprach, als bestünde keinerlei Zweifel an der Reise, »bring mir Bilder und Geschichten. Ich warte solange.«

Derart beruhigt reiste Jan ab und erkundete mit Morris und Ecki die irrwitzige Stadt im Wind und am Wasser. Sie verbrachten Nächte in »The Velvet Lounge« des Fred Anderson, dem Maurer und Tenorsaxophonisten, dessen weiche melodische Geschichten im bluesgetränkten Sound die drei Jazz-Fans schon im Juni achtundsiebzig auf der anderen Rheinseite beim Moers-Festival erlebt hatten. Jans erstes großes Sommerkonzert. Open Air, Juni-Hitze, *good vibrations*.

Jetzt hörte Jan das wieder, sah das Bekannte jetzt durch sein Kameraauge, hörte mit den Augen, ja, ja, Vater Franz, fotografierte aus der Hand, schlief kaum, ständig unterwegs, wie aufgedreht.

Gegen Ende der Reise machten sie dann auch ihren Abstecher nach Kanada. Ecki hatte Morris erzählt, dass Dietrichs Freiheitstraum »Holzfäller in Kanada« gewesen war, und Morris hatte ein paar »Leute aus Chicago« auf die Spur gesetzt: einen Dietrich Ohne sollten sie finden, vermutlich illegal eingereist per Schiff, wahrscheinlich schon 1950. Und sie hatten einen Didier Aulne gefunden, auf den die Beschreibung passte. Ecki wurde es mulmig beim Gedanken an einen Überraschungsbesuch, hatte Bedenken, den Bruder in seinem Versteck aufzustöbern. Der habe Gründe gehabt, sich aus seinem alten Leben abzuseilen, vielleicht wolle der nicht gefunden werden. Schließlich traute sich Jan, diesen Didier Aulne in Contrecoeur anzurufen. Und dann war plötzlich alles ganz einfach.

»Allô?«, meldete sich eine Stimme auf Französisch. Dann auf Englisch: »Hello?«

Jan gackste ein wenig herum, er sei Jan Schmitt, der Sohn von Franz und Mathilde Schmitt. Aus Düsseldorf.

»Jan Schmitt? Mathilde und Franz? Die haben geheiratet? Und haben ein Kind?«

»Ja. Das bin ich!«

»Das gibt's doch nicht! Und wo bist du jetzt?«

Eins gab das andere und auf der Stelle war der Besuch beschlossene Sache. Dietrich-Didier hieß sie alle drei ganz herzlich willkommen.

Didier Aulne also, der lebte in der Stadt Contrecoeur, was auf Deutsch »Widerwillig« heißt. Nicht gerade einladend. Aber er hatte ja nicht gefunden werden wollen. Es lebte sich gut in »Widerwillig« am St. Lorenz-Strom, mit Schuhfabrikation, Fischerei und einem kleinen Laientheater. Mehr brauchte ihr Dietrich nicht. Und die Düsseldorfer hörten zum ersten Mal, wie Didier dorthin geraten war: neunzehnfünfzig, als er vor Prügel und Jähzorn des Vaters Ohne rheinabwärts nach Rotterdam abgehauen war und auf dem klassischen Weg als Schiffsjunge an Bord eines Frachters nach Kanada gelangte. Dreißig Jahre her. Jeden Job habe er gemacht, Jobs, die es in Deutschland gar nicht gab. Aber, wie man sieht, inzwischen zu solidem Wohlstand gekommen. »Lebt Beheim eigentlich noch?« »Nein.« »Hab alles dem Beheim zu verdanken, dem Altgesellen aus Großvaters Werkstatt. Gott hab ihn selig.« Didier geriet ins Schwärmen. »Der war immer anständig, immer freundlich. Und Shakespeare hat der draufgehabt, nicht zu fassen! Das war meine Rettung.« Ecki und Didier wie aus einem Munde: »Shakespeare, da steht alles schon drin.« Auch Ecki bekannte sich: »Was meinst du, warum ich mich Ecki Schuster genannt hab, nach diesem poetisch-orthopädischen Schuster natürlich.« »Schuhmacher«, korrigierte Ecki.

Jan hörte mit großen Ohren zu. Die alten Jungs kamen vom Hölzken aufs Stöcksken. »Wenn ich ins Bett gemacht hatte«, erzählte Ecki, »dann dachte ich, so ist das eben: alle, die ins Bett machen, kriegen Schläge und nichts zu trinken. Man kann aber nichts dafür. Bettnässen kommt von selbst, nachts im Schlaf.« So unbekümmert konnte Didier nicht davon sprechen. Für ihn sei die Bettnässerei beschämend gewesen, mit Angst vor der Strafe. Den Eckart habe er um sein sonniges Gemüt beneidet. Dem war alles »Verpönte« egal.

»Verpönt«, fiel Morris ein, »das war das erste Wort, das Ecki mir erklären musste.« Im »Bobbys«, vielleicht auch im »Kreuzherreneck« versuchte Ecki eine Erklärung. Verpönt, das sei »alles, was Spaß macht: Saxophon, Rauchen, Trinken und Frauen.« Und Morris habe wissen wollen, wie »verpönen« denn geht und Ecki habe gelacht: »Bestrafen, verachten, hä bäh!« Morris solle Lili Kordewan befragen, die sei Expertin in Sachen hä bäh. Die sei nämlich die Königin der Nacht. Jetzt lachten alle.

Morris versprach, Didier die Schallplatte mit den ersten Stücken von Ecki und ihm zu schicken, »Stepmother« auf der A-Seite, auf der B-Seite »Frowned Upon Sax«. Kostete damals vier Mark fünfzig, war viel Geld und trotzdem ein Erfolg im Umkreis von Düsseldorf, Krefeld, Mönchen-Gladbach und Viersen, und das war nicht nichts.

Didier hatte manche Wörter vergessen, redete nun trotzdem um die Wette mit seinem Bruder Ecki. Jan und Morris hörten staunend, wie die dreißig vergangenen Jahre schrumpften und die Bitterkeit der deutschen Zeit für Didier »ausgeblichen« war, »stone-washed«.

Erinnerungen, zwei Tage und zwei Nächte lang. Stiefmutter Lili, die dem Vater, wenn er frühabends nach Hause kam, die Tagesunarten der Söhne verpetzte. Das Warten auf Vaters Dresche. Die Eintracht zwischen Brüdern, die wie Hühner auf dem Geländer am Grafenberger Platz hockten, den Zeiger der Normaluhr im Blick, um nur ja pünktlich nach Hause zu kommen, um sich ihre Tracht Prügel abzuholen. Ihre Kinderangst davor. Wie bei Wilhelm Busch: nur scheinbar lustig, in Wahrheit voller Gewalt und Häme. Beim Erzählen lachten Didier und Ecki über ihr Wetteifern, wie sie nach dem Rohrstock auf die nackten Hintern ihre blauen Striemen verglichen und sich zankten, wer die größeren hatte. Dies alles und dazu Stiefmutter Lilis Drang zum Gesang, das könnte ein Ministück sein fürs Théâtre Populaire, für Didiers Laientheater.

Kommt zum Beispiel Mutti mit prallvollem Rucksack vom Hamstern aus Kappes-Hamm nach Hause. Dietrich,

Eckart und Wölfchen starren auf den Rucksack, neugierig, hungrig, gierig. Mutti hat für ihren Gesangsauftritt Lebensmittel gehamstert und schwelgt nun: Den Applaus, den hättet ihr hören sollen! Mehrere Zugaben! Und wirklich gute Akustik! Und ein erstaunlich gutes Klavier, nicht verstimmt, das will was heißen in Kappes-Hamm! Demnächst wahrscheinlich Wiederholung. Jedenfalls Riesenbeifall, das könnt ihr mir glauben! Mutti schwärmt und schwärmt, statt den Rucksack zu öffnen. »Mensch, hatten wir einen Hunger!«

Und dann diese Eifersucht, wenn man nicht selbst, sondern wenn ein anderer bei Mutti im großen Bett schlafen durfte! Dietrich zuletzt noch mit vierzehn, Eckart mit zwölf. »Dann kam ihr Johnny aus Gefangenschaft. Und das große Bett war belegt. Was waren wir wütend auf den Kerl. Eifersüchtig! Mein Gott, waren wir blöd.«

Am meisten gefiel ihnen aber, dass jedes Kind des Johann Ohne inzwischen einen eigenen Namen hatte. Didier Aulne, Ecki Schuster, Wolf Ohne, Signy Sunde. Das sorgte für Heiterkeit. Großartig sei das und folgerichtig. Und so lobten sie schließlich sich selbst: »Unser Glück.« »Unsere eigenen Namen sind schwer erarbeitet!« »Zum Wohl, Ecki Schuster! Das klingt doch richtig nach Saxophon, oder?« »Zum Wohl Didier Aulne, Maître de Plaisir du Théâtre Populaire!« Und sie stießen an auf Contrecoeur. Genau der richtige Platz für ihr Treffen, zum Wohl!

So wie bei diesem Treffen hatte Jan nie vorher fotografiert, diskret und dennoch stetig, das war wie atmen in einer unbekannten Welt, bis dahin unvorstellbar und doch schon lange vorhanden: zu erfahren, dass seine, Jans Mutter »Pflichtjahrmädchen« bei Lili Kordewan gewesen war, die »heiß geliebte

Mathilde der Jungs«, und dass sein Vater für die Sängerin der Papageno war. Und was alles »verpönt« war.

Extra und besonders für Didier erzählten sie von Jans Konfirmation: Ein Bote klingelte und gab ein Päckchen ab. Absender Lili Kordewan: »Mit den besten Wünschen für Jan Schmitt«. Eine Schallplatte mit Arien, gesungen von Edda Moser. Die Arien der Königin der Nacht. Nicht gerade nach dem Geschmack des vierzehnjährigen Jan. Ecki pfiff die verjazzte Rachearie seiner »Stepmother«, Morris runzelte die Stirn, sagte »Frowned Upon Sax«, und Tante Lisbeth hatte damals konstatiert: »Typisch Lili. Wenn man sie nicht einlädt, gibt sie die dreizehnte Fee.« Und Signy stimmte ihr zu und fauchte: »Eine Menschenfresserin.« Der versöhnlerische Vater Franz tadelte Signy, die aber setzte noch eins drauf: »Die will doch jetzt den Jan. Die krallt sich ins lebendige Fleisch, die Blutsaugerin!« Dabei hielt Signy die Edda-Moser-Schallplatte hoch und zitierte Lili: »Die Stimme ist eine herrliche Waffe! Damit kann man den Feind an die Wand singen!« Lisbeth wieder: »Interessante Methode«. Der Konfirmand Jan war damals genervt von den *bad vibrations*, ging an den Rhein und probierte Vaters Rolleiflex aus.

Didier staunte und schwieg eine Weile. Nickte. Ihm fiel wieder Wilhelm Busch ein. Die schräge Versgeschichte vom Spießer Tobias Knopp.

»In der Wolke sitzt die schwarze
Parze mit der Nasenwarze«

Und Ecki ergänzte:

»Und sie zwickt und schneidet, schnapp!
Knopp sein Lebensbändel ab.«

Die älter gewordenen Jungs lachten Tränen, lachten sich warm an der Kälte ihrer Kinderzeit, lachten sich in die Gegenwart, lernten sich neu kennen. Jan fotografierte zwei gut gelaunte Männer um die fünfzig, auf einer der Inseln im St. Lorenz-Strom vor Contrecoeur. Man sah, dass Didier und Ecki Brüder waren, die gerade Nase, die graugrünen Augen vom Vater, bei beiden die dichten Haare, wild abstehend im Wind. Ausgelassen und vertraut, als wären sie auf Abenteuerurlaub.

Und für Jan öffnete sich damals der Blick auf Lili Kordewan. Eckis und Didiers »Mutti« und Stiefmutter, die Sängerin, eine Pamina, eine Königin der Nacht. Wo immer er hinkam, hinhörte und hinsah: Sie war schon da. Er war der Hase, Lili Kordewan der Igel. In Düsseldorf war ihm das nicht aufgefallen. Jetzt wunderte er sich, dass selbst Morris, wenn der seine Geschichten erzählte, oft einen Hauch Kordewan hineinwürzte. Nicht nur die verjazzte Phrasierung der sternflammenden Rachearie, sondern auch ihr Indigniertsein bei verpönter Musik. Plötzlich konnte Jan das auch in »Frowned Upon Sax« heraushören. Und das Stück zum Tod von Johann Ohne »Johnny Under Ground«, für Signy komponiert, von Fred Anderson gespielt, das hatte einen Anti-Lili-Sound. Wie überhaupt diese ganze große Reise zum Chicago–Jazz. Ecki und Morris spielten zum Abschied die drei Stücke life und exklusiv, nur für Didier Aulne.

Jan hörte nachdenklich zu. Hatten Franz und Mathilde ihm diese Frau Kordewan absichtlich vorenthalten? Wollten sie ihn vor ihr schützen? War da was zu verbergen? Fürchteten sie die? Neugier begann zu knistern. Welche Gründe hatten Franz und Mathilde für ihr Vermeiden?

Auf dem Rückflug, dösend, wachträumend, überflutete Jan, was er alles gehört hatte und noch unbegriffen war. Beim Abheben des Flugzeugs, in den Sessel gedrückt, meinte er, Wilhelm Buschs gereimte Schadenfreude zu hören:

»Heißa!! rufet Sauerbrot –
Heißa! meine Frau ist tot!«
»Knarr! – da öffnet sich die Tür.
Wehe! Wer tritt da herfür!?
Madam Sauerbrot, die schein-
tot gewesen, tritt herein.«

Zwölftausend Meter über Atlantik und Grönland hakten sich seine Gedanken an den Begräbnisgeschichten der Familie Kordewan fest. Was stimmte, was war erfunden?

Bei der Trauerfeier für Lotte soll Lili sich mit der Hand auf die Brust geschlagen und ausgerufen haben: »Mea culpa, mea culpa, mea maxima culpa«, sodass man sich schließlich mehr um sie kümmern musste als um Lottes Mann, den armen Heinrich Heisterkamp, um den Einzigen, der wirklich trauerte.

Die etepetetene Leonie dagegen, die sei tatsächlich gestorben »wie eine Dame«, so hieß es. Die hatte noch unbedingt zum Friseur gehen müssen, obgleich ihr nicht gut gewesen war. »Lieber sterbe ich, als auch nur einen Tag länger so grauenhaft auszusehen«, soll sie geseufzt haben. Der Frisörtermin sei schwer zu bekommen gewesen. Also, um halb elf Haare waschen, tönen, Dauerwelle, Trockenhaube, ausbürsten, Augenbrauen justieren, Rouge auflegen, Lippen nachziehen. Um ein Uhr mittags endlich mit dem Taxi nach Hause, die Pumps von den Füßen, zum Ausruhen kurz aufs Kanapee. Eine Sofarolle im Rücken, eine in den Kniekehlen. Und dann? Für immer eingeschlafen. Frisch frisiert, so fand sie Ehemann Albrecht. Und so, frisch frisiert, lag sie dann auch im Sarg. Lili soll laut und deutlich den Satz von Schneider Wibbel geflüstert haben: »Nä, wat is dat für ene schöne Leich.«

Jan überlegte, woher der Vorschlag gekommen war, er könne doch seinen Zivildienst bei Lili Kordewan absolvieren. Kam die Idee vom Vater Franz? Von Lili Kordewan selbst? Von Wolf? Auf jeden Fall fand Vater Franz das gut. Lili Kordewan suche Begleitung für Konzerte, Theater, Kino, um auf der Kö zu flanieren, im Hofgarten, am Rhein und um Konditern zu gehen. Franz gab zwar zu bedenken, sie sei schwierig und kapriziös, aber sie sei auch großzügig. Und sie liebe eben die Inszenierung. Sie sei gut zu fotografieren. Mit ihren Schülerinnen habe sie gerne »Tableaux« gestellt, »Lebende Bilder«, sie habe einen sicheren Instinkt für Posen. Jan könne viel bei ihr lernen.

Signy hatte davon Wind bekommen und Jan eindringlich gewarnt: »Mach das nicht! Warte mit der Kriegsdienstverweigerung. Vielleicht wollen die dich gar nicht.« Signy hatte Recht. Jan wurde ausgemustert, leichte Skoliose, Sehschwäche rechts, Knick-Spreiz-Senk- und Plattfuß. Das Thema »Leib-Zivi bei Frau Kordewan« hatte sich damit erledigt. Jan schlief bis zur Landung in Deutschland.

Zu Hause sichtete Jan mit Vater Franz die Fotostrecken. Der war wieder genesen, »medikamentös richtig eingestellt«, und umhüllte sich gegen jeden ärztlichen Rat wieder mit Tabakduft. Jan hätte diesen Duft auch vermisst. Und so wagte er die Frage, welche Rolle denn diese Lili Kordewan eigentlich in Vaters Leben habe spielen können. Wieso ihre Wirkungskraft bis ins jetzige Leben ihrer Stiefsöhne ausstrahlen konnte, bis nach Contrecoeur. Und auch bis zu ihm, seinem Vater, dem »Papa Geno«.

Jan merkte sehr wohl, wie sein Vater stutzte, wie er ihn nicht ansah und dann nur altersweise in seinem Dunst vor sich hinlächelte. Unangenehmes löste sich da scheinbar im Rauch auf. Stattdessen kommentierte er Jans Bilder, als hätte Jan keine Frage gestellt.

Erst sehr viel später, und weil Jan keine Ruhe gab und gezielt nach Lili Kordewan fragte, ließ Vater Franz sich zu einer Art Geständnis bewegen. Er sei »der Einzigste« gewesen, ja, er sei der Papageno, der Lili Kordewan beigestanden habe, weil er die Ursache all ihrer Dramatisierungen kannte, all ihrer Herzbeschwerden, ihrer Migräneanfälle, Wenn-Ihr-Wüsstet-Wie, ihrer Drehschwindel, ihrer künstlichen Aufregungen, ihrer Kapricen.

Er allein habe Verständnis gehabt für Lilis Sehnsucht nach großer Bühne, kenne die vergrabenen Ängste, die ihre Stimme nicht hatten groß genug werden lassen für den einen, für den ganz besonderen Auftritt.

»Der Einzigste!« Vaters aufgedröhnte Steigerungsform war Jan peinlich. Franz scheinbar nicht. »Lili Kordewan hat sich immer gesehnt. Und wäre ein wirklicher Prinz aus dem Nichts aufgetaucht, ein wahrer Tamino, ja, dann wäre sie vielleicht erlöst worden.« Jan hörte seinen Vater zum ersten Mal so reden, so traumverloren. Fast schämte sich Jan für diesen Vater. Wie hatte diese Frau es geschafft, den so an sich zu binden? Meinte der allen Ernstes, in Frau Kordewans Leben seien nur Pappkameraden aufgetreten? Und was sollte das heißen, sie habe immer etwas opernhaft Überhöhtes gesucht? »Wie du selbst?«, hätte Jan fast gefragt. Brachte aber den Mut nicht auf.

Im Frühsommer fünfundachtzig starb Franz Schmitt. Er hatte morgens einfach seine Augen nicht mehr aufgemacht, obgleich die Vögel lärmten. Die Luft war durchsichtig. Man begrub ihn in leichter Erde. Franz Schmitt hatte, da waren viele sich ganz sicher, auch Mathilde, er hatte ein gutes Leben gehabt.

Lili trauerte Franz Schmitt nur aus der Entfernung nach. Der Zigarrenfranz hatte schon zu seinen Lebzeiten nicht mehr daran gedacht, ihr als Tamino den sternflammenden Umhang über die Schultern zu legen. Lilis Trauer galt der früheren Zeit, der verlorenen Zeit.

Das Jahr, in dem Franz Schmitt gestorben war, brachte ihr andere Enttäuschungen. Außer ihrem Wolf gab es niemanden mehr, der sich um sie kümmerte, und wie der das machte, das war hanebüchen! Der wohnte inzwischen weit weg in Hamburg, aber das entschuldigte nicht alles. Zwar war ihr Wölfchen zu Weihnachten gekommen, war mit ihr am Heiligen Abend auch zur Christmette in die Neanderkirche gegangen. Sehr schön, aber auch sehr traurig. Früher hatte sie selbst dort gesungen!

Wolf hatte ihr zur Bescherung ein modernes Abspielgerät für Filme installiert und dazu gleich »Die Zauberflöte« mitgebracht, eine Kassette mit Film von einem Ingmar Bergmann. Sehr nett. Sie hatten das am ersten Weihnachtstag auf dem Fernseh-Videogerät angesehen. Interessant, auch das Publikum und dieser Blick hinter die Kulissen, wo die Akteure Schach spielten. Das war am späten Nachmittag gewesen. Dann aber, nach der »Zauberflöte«, da hatte Wolf gesagt, er werde sich nun um ein Wohnstift kümmern. Um einen schönen Platz. Wie nebenbei hatte er das gesagt. Das war ungeheuerlich. »Ein schöner Platz!« Und wie er ihr das dann schmackhaft machen wollte: Er wohne weit entfernt, in Hamburg, und sie wäre dann in einem Wohnstift nicht mehr allein. Das war so was von Hintenherum, dass es zum Himmel schrie. Der Gipfel jedoch war, dass er gleich am nächsten Morgen, am zweiten Weihnachtsfeiertag, wieder abreisen musste. Nach Hause, hatte er gesagt, zu sich nach Hause. Als sei sein zu Hause nicht bei ihr!

»Noch einmal nett frühstücken zusammen«, mein Gott, wie verlogen! Wenn Lili nicht ihren »Gustav Fiedler« hätte, sie wäre verloren. Ihr Schreibzeug lag schon bereit auf dem Rücken des Instruments, der Mont Blanc-Füller neben ihrem Poesiealbum. Dazu ein Möselchen, ausnahmsweise schon um elf morgens. Lili stand in der halbrunden Flügelbucht, lehnte sich an ihren alten Tastengefährten, der sie tröstete wie früher. Sie nahm den Füller zur Hand und schrieb:

Düsseldorf, 26. Dezember 1985

Zwischen den Jahren

Ich will nicht mehr am Fenster warten,
Ich will nicht in den Regen starren,
Ich will nicht das Telefon umklammern

Und hoffen, dass jemand sich meiner erinnert
Und mit mir spricht.

Ich will nicht die Menschen da unten zählen,
Ich will auch keinem die Zeit fortstehlen,
Ich will nicht ins Altersheim mich begeben,
wo die Leute nur noch rückwärts leben!

Eine Gedankenlänge Pause. Ein Schluck Wein. Das Glas auf dem Brokatuntersatz absetzen. Weiterschreiben:

Wenn dann der Bus kommt
Stolpere ich schön.
Sie werden es schon ertragen,
Das Unglück tief bedauern
Und trauern.

Sie sah hinüber zum Video-Fernseh-Gerät, auf die milchige Fassade. Kein Trost dort. Kein Friede.

Erst wenn sie selbst mal am Fenster warten,
erst wenn sie selbst in den Regen starren,
wenn sie das Telefon umklammern und
hoffen, dass jemand mit ihnen spricht –
erst dann werden sie wissen
was lieblos ist.

Ihr Blick fiel auf die Kopfhörer. Noch so ein Geschenk von ihrem Wolf. Die waren schon an den Fernseher angeschlossen, mussten nur aufgesetzt werden. Aus Rücksicht auf die Nachbarn, hatte Wolf gedrängt. Konnte sie etwas dafür, dass sie schwerhörig war und manchmal lauter drehen musste? Das war einfach gemein von Wolf! Hätte er nicht zu den Nachbarn gehen können und um Rücksicht für sie bitten? Ihr zuliebe? Auch er wird eines Tages wissen, was er ihr angetan hat.

Flügel. Finale
1986 – 1988

Wolf rief an. Ob Jan fotografieren wolle bei Lili Kordewans Achtzigstem im August. »Die Lage ist folgende«, sagte Wolf in seinem sachlichen Tonfall und berichtete: Seit Frühjahr sechsundachtzig lebe Lili Kordewan in dem feinen Wohnstift am neuen Hafen in einem Zwei-Zimmer-Appartement für sich und ihren Flügel. »Es ging nicht anders. Sie hat Absencen, hatte einige Male den Weg nach Hause nicht mehr gefunden, hatte sich mit den Bewohnern ihrer früheren Wohnungen gestritten und energisch Einlass begehrt, sowohl im Haus ihrer Kindheit in der Kirchfeldstraße als auch in der Atelierwohnung in der Scheibenstraße. Im Tabakgeschäft auf der Schadowstraße hat sie verlangt, deinen Vater zu sprechen. Den ›Geschäftsführer Franz Schmitt‹, es sei dringend. Ehe noch Schlimmeres passiert, habe ich den Heimplatz für sie besorgt, und in einem lichten Moment hat sie zugestimmt und den Vertrag mit dem Wohnstift unterschrieben. Gefragt, ob auch ihre weitere Familie, die anderen Söhne, informiert werden sollen, hat sie geantwortet: Die anderen Söhne? Vergessen Sie die. Die sind vom Ohne. – So ist jetzt die Lage.«

Wolf stellte sich Jan als Überraschungsgast vor. Zu ihrem Achtzigsten, im Restaurant des Fernsehturms, zu Kaffee,

Kuchen, vielleicht auch Wein. »Für Großmutter«, sagte Wolf, »wie bei Rotkäppchen.« Er, Wolf, habe sofort an Jan als Fotografen gedacht, das werde Mutter Lili sehr freuen. Und Jan lerne sie dann endgültig kennen. Jan sagte zu.

Bei seiner Ankunft im Panorama-Restaurant über der Stadt sah er sofort, wie Lili sichtlich den Rundumblick über Düsseldorf genoss, den Blick bis zum Niederrhein und im Norden nach Duisburg, in der anderen Richtung bis nach Köln. Der Blick von oben herab aus einhundertsiebzig Metern Höhe auf den winzigen Schlossturm, auf den schiefen Turm der Lambertus-Kirche und auf Kappes-Hamm, Stoffeln und Himmelgeist richtete sie auf, kerzengerade, wie eine Königin auf dem Thron.

Und dann erblickte sie auch ihn, Jan Schmitt. Sie stutzte, sah Wolf an, und dann wieder Jan, überrascht, vielleicht sogar erschrocken. Dann ungläubig und plötzlich erfreut: »Franz? Nicht möglich! Franz Schmitt ist wieder da!«

Man ließ manches im Ungefähren, man redete durcheinander, während sich im Turm stündlich einmal Düsseldorfs Horizont vorüberdrehte. »Alles ist anders geworden«, rief Lili ein ums andere Mal. »Alles anders! Aber ich erkenne trotzdem immer noch alles!«

Jan fotografierte »offiziell«, das hieß mit Pose: wie ihre knochige Hand mit dem Witwenring auf den Rhein zu ihren Füßen zeigte, auch wie sie acht Kerzen auspustete, eine für jedes Lebensjahrzehnt. »Ich hätte auch achtzig Kerzen geschafft«, tönte sie vergnügt.

Sie hat Charme, sie ist nicht ohne Witz, dachte Jan. Am

Abend ging es zurück in ihre Alten-Residenz, zu einem großen Essen, ihr ausdrücklicher Wunsch: ein richtiges Geburtstagsessen, Cordon bleu, Speckböhnchen, Prinzesskartoffeln. Sie aß mit großem Appetit. »Und natürlich Möselchen! Greift zu! Ihr seid eingeladen.« Lili schien glücklich und in gelöster Stimmung. Nahm immer wieder den jungen Jan Schmitt mit ihren wachen, neugierigen Augen fest in den Blick, lachte auch immer noch mal im inzwischen sehr verminderten Septimakkord, und selbst um zehn Uhr abends schien sie noch nicht müde zu sein. Im Gegenteil. Sie setzte sich an den Flügel, haute Goethes Trinklied in die Tasten und sang, einigermaßen angetütert: »Mich ergreift, ich weiß nicht wie, himmlisches Behagen …«. Weiter kam sie nicht. Wolf ging dazwischen, »Mutti, es ist weit nach zehn!« Lili kicherte: »Ich bin eine Nachteule, das weißt du doch.« Sie sträubte sich, den Klavierhocker zu verlassen, wandte sich plötzlich Jan zu und forderte ihn auf, sie zu besuchen: »Sie gefallen mir.«

Man könnte meinen, Jan wäre an diesem Tag in das Vermächtnis seines Vaters hineingestolpert. Dem war nicht so. Er war neugierig geworden. Leibfotograf statt Leib-Zivi. Es gefiel ihm sogar, derart leicht und spielerisch in die Nähe dieser Frau gelangt zu sein, die alle in Atem gehalten hatte und deren Wirkungskraft so weit reichte, dass sogar seine Mutter Mathilde sie auffällig unauffällig beschwieg. Sein Engagement als Fotograf und Gesellschafter ließ Mathilde unkommentiert.

Jan gewöhnte sich an, Lili Kordewan jedes Mal zu besuchen, wenn er in Düsseldorf war. Sie zog ihn in eigentümliche

Stimmungen, in eine zeitlose Wirklichkeit. Manchmal hatte sie überhöht pathetische Phasen. Ein andermal war sie nickelig und gereizt. Sie wies ihn zurecht, wenn er ihr in den Mantel half und etwas zupacken musste, weil sie nicht in den Ärmel fand: »Das wollen wir doch jetzt schön sein lassen, junger Herr.« Oft war sie misstrauisch, seltener überraschend unverstellt. Sie siezten sich, blieben in höflicher Distanz, in Respekt. Außer wenn Lili Kordewan ihn wieder mit seinem Vater verwechselte und zum Papageno machte. Dann war sie fordernd und kokett. Jans Hinweis, sein Vater sei tot, brachte sie dann wieder in die Gegenwart zurück: »Ihr Herr Vater? Das tut mir leid. Ich hab ihn gut gekannt. Wussten Sie, dass man hier dachte, Gustav Fiedler sei mein Mann? Dabei hieß mein Mann ganz anders! Außerdem ist auch der längst verstorben. Schade, das mit Franz Schmitt. Der war ja nun auch viel älter als ich.« Jan war manchmal wie betäubt von den vielen kleinen Botschaften in all diesen Wörtern und Gesten, auch von den Dingen, die sie umgaben. Und er war beeindruckt von ihrer Musikalität.

Er machte Portraitaufnahmen nach Anweisung: Frau Kordewan an ihren Flügel gelehnt. Am Fenster, ihr Blick in die Ferne. Am Schachtischchen mit den Figuren aus Jade, schwarz und grün, ein kostbares Stück. Dann sinnend, ihr Kinn in die Hand geschmiegt. Auf dem Kanapee, leicht ausgestreckt wie Madame Récamier, ein Möselchen auf dem eleganten Couchtischchen mit den zierlichen Löwenfüßen.

»Ich goutiere diese Portraits außerordentlich. Sie sind ein ausgezeichneter Fotograf«, lobte Lili, und erbat sich Abzüge, für Wolf.

Fremde Erlebnisse erzählte sie, nicht ohne Geschick, wie selbst erlebt. Sie war zielstrebig und verlor nur manchmal den Faden, was sie mit Gegenfragen überspielte. Unablässig neugierig wollte sie immer alles wissen, hörte aber nicht zu. »Haben Sie eine Freundin?«, fragte sie unvermittelt, fuhr aber gleich fort: »Immer gut hinsehen! Die guten Pferdchen findet man im Stall, die schlechten aber überall.«

Und überrascht: »Franz Schmitt hat einen Sohn? Das hätte ich nicht gedacht.« Von Mathilde schien sie nichts zu halten. »Ihre Mutter heißt Mathilde? Mathilde? Ich selbst hatte mal ein Mädchen, so eine Hausgehilfin, auch die hieß Mathilde.« Der Name Signy allerdings, der brachte sie durcheinander: »Ihre Schwester heißt Signy? Seltener Name. Merkwürdig. Ich hatte eine Tochter. Die hieß ebenfalls Signy. Die ist aber abgegangen, einfach weg, ohne Erklärung. Eine Tochter hätte ich immer gern gehabt. Jetzt hab ich nur einen Sohn. Kennen Sie den? Ich selbst sehe ihn ja nur noch selten.«

Frau Kordewan konnte fliegend wechseln zwischen hellwach und abwesend fern. Bei Themen, die ihr unangenehm waren, bekam sie einen glasigen Blick, sah dann durch Jan hindurch und verschwand in einem Zwischenzustand, aus dem sie übergangslos auch wieder auftauchen konnte. Das war ihre Art, Themen zu wechseln. Jan konnte nicht erkennen, ob sie das absichtlich inszenierte, oder ob ihr bei bestimmten Reizwörtern die Gegenwart automatisch verschwamm.

Seit Jan sie kannte, war Lili Kordewan Feuer und Flamme für Werner Höfer, für dessen »Internationalen Frühschoppen« am Sonntagmorgen.

Das sei ihr Gottesdienst, pflegte sie zu scherzen. Schon mit ihrem Mann habe sie das zelebriert: von zwölf bis eins am Radio mit Werner Höfer und dazu ein Möselchen. Nun, mit dem Fernsehgerät, sei das ein doppelter Genuss, jetzt könne sie den Herrn Höfer sehen und ihm zuprosten. »Brillanter Mann. Brisante Themen! Lässt sich die Butter nicht vom Brot nehmen.« Jan pflichtete ihr bei. »Interessant aber auch die Gäste. Roshan Dhunjibhoy, eine Inderin. Trotzdem: blitzgescheit! Ein Genuss! Und mit dem Höfer bin ich stets rundum orientiert.«

Von Besuch zu Besuch verwirrte sich jedoch die Welt der Lili Kordewan. Sie beschwerte sich, sie sei eingeladen gewesen und man habe die ganze Zeit auf der Heizung sitzen müssen, ja, die ganze Zeit. Jan empörte sich mit ihr: »Das ist wirklich unmöglich. Hat sich wenigstens jemand entschuldigt?« und schon war Lili zufrieden. Bis ihr ein neues Ärgernis in den Sinn kam: »Der Professor hat mich zu sich zitiert, hat mich getadelt.« »Welcher Professor?« »Professor M. natürlich. Ich soll mehr üben. Sonst käme aus meiner Kehle nur Bänkelsang. Und ich könnte gleich in einer Klitsche auftreten.« »Ist eigentlich unverschämt«, meinte Jan. Fragte noch mal nach dem Professor. »Also, diesmal hat er sich entschuldigt. Hat mir den Flügel vermacht. Alles wieder in Ordnung.« Auf Jans Einwand, den Flügel habe sie doch schon vor dem Krieg gekauft, fiel ihr ein: »Genau. Eben. Von Professor M. Der ging ja dann nach Amerika. Mit seiner ganzen Familie. Das kostete natürlich.« Ob sie wisse, was aus ihm geworden ist? »Nein. Wüsste ich selbst gerne. Wo der wohl steckt. Weiß nicht mal mehr, wie der wirklich hieß. Komisch, was?«

Um Weihnachten herum trafen sich Jan und Signy bei Mathilde. Mit Mathilde bei Sauerbraten, Klößen und Vertellekes. Jan brachte immer viel Zeit mit, Signy eher wenig. So auch Weihnachten siebenundachtzig. Signy war erst an Heiligabend aus Heidelberg nach Düsseldorf gekommen, Jan war schon da. Es gab viel zu erzählen. Denn zwei Tage zuvor war Werner Höfer »gegangen worden«. Der WDR hatte den Internationalen Frühschoppen aus dem Programm gestrichen, weil Höfer nicht freiwillig gehen wollte, aber die Rechte am Frühschoppen besaß. Die »Kreiten-Affaire« hatte ihn eingeholt. Signy berichtete, was sie wusste, hatte den »Spiegel« vom 14.12.87 mitgebracht, den Jan dann spät in der Heiligen Nacht in seinem Bett las. Diesen Artikel von Harald Wieser würde er am nächsten Tag mitnehmen, zu Lili Kordewan, zum Fünfuhrtee.

Der junge Pianist Karlrobert Kreiten war am 3. September 1943 von Freislers Volksgerichtshof wegen »Wehrkraftzersetzung und Defätismus« zum Tode verurteilt und vier Tage danach hingerichtet worden. Gegenüber einer Freundin seiner Mutter hatte Kreiten erklärt, der Krieg sei sowieso bald vorbei und Hitler wahrscheinlich verrückt. Diese Frau musste das unbedingt ihren beiden Freundinnen weitererzählen, eine von ihnen eine stramme BDM-Frau, der Tratsch fiel auf fanatischen Boden. Die drei Damen denunzierten Karlrobert Kreiten. Fragten mehrmals nach bei SS und Kulturministerium, empört, dass nicht gleich etwas geschehen war, der reise ja immer noch herum und gebe Konzerte! Sogar in Florenz! Ihr stetiges Drängeln hatte Erfolg. Festnahme. Urteil. Hinrichtung.

Nach der Ermordung des jungen Pianisten Kreiten schrieb der damals dreißigjährige Werner Höfer in der Nazipostille »Das 12-Uhr-Blatt« einen beifälligen Artikel zur »strengen Bestrafung des ehrvergessenen Künstlers«. Unter dem Titel »Künstler – Beispiel und Vorbild.«

Beim Weihnachtsfrühstück fragte Signy, ob Jan den Artikel inzwischen gelesen habe. Ja, und Jan war schockiert, dass der Höfer alles abstritt mit windigen Ausreden, man habe ihm damals in seinen Artikel hineinredigiert, auch sei in dem Artikel der Name Kreiten gar nicht genannt, da sei nur vom »Künstler« die Rede. Und dass Werner Höfer auch nach vierzig Jahren und nach allem, was man inzwischen wisse, keinen Anlass sah, wenigstens ein Bedauern zu äußern. Oder Scham. Oder Reue. Jan war ratlos und wütend. Und Signy: »Das ist das Holz, aus dem die Globkes und Filbingers und Schleyers geschnitzt sind. Auch deine Frau Kordewan. Frag sie doch mal«, sagte sie, »die weiß Bescheid. Verkehrte die nicht in den Düsseldorfer Musikerkreisen?« Jan war unschlüssig, zögerte. Blickte zu Mathilde, die zugehört hatte, aber in Gedanken schien. »Was meinst Du?«, wandte sich Signy an Mathilde, »soll Jan sie mal fragen?« »Weiß nicht«, antwortete Mathilde, sagte das eher ins Leere. Und es war etwas in ihrer Stimme, eine Erinnerung, eine Hilflosigkeit, etwas, was wohl wieder aufgetaucht war und was Jan und Signy seltsam berührte.

Noch am selben Nachmittag ging Jan zum Wohnstift. Als er in Lili Kordewans Appartement trat, saß sie an ihrem Flügel. Die knochigen Hände einsatzbereit auf den Tasten, die Füße am Pedal. Sie trug ein langes, cremefarbenes Kleid, hatte Rouge aufgelegt, die Haare keck onduliert. Als sie ihn erblickte, intonierte sie den Chor der Priester aus der »Zauberflöte«, brach ab und forderte ihn auf, mitzusingen, gab ihm mit erhobenem Kinn den Einsatz: *Oh Isis und Osiris, welche Wonne!*

Jan kam sich vor wie in einem falschen Film, komisch-feierlich, grotesk. Er sang nicht mit, sah sich nur um. Auf dem Löwenfußtischchen vor dem Sofa lag der Adventskranz mit vier brennenden roten Kerzen.

… bald, … bald, … bald … wird er unsrer würdig sein, … würdig sein, … würdig sein … Sie ließ die Fermate wirken, stand dann übergangslos vom Klavierhocker auf, munter und kregel. Nötigte Jan in einen der Cocktailsessel und nahm selber Platz auf dem Sofa.

Erst jetzt konnte er sie begrüßen: »Wie geht es Ihnen? Alles in Ordnung?«

»Wieso?«, fragte sie misstrauisch zurück. Dann: »Ein Möselchen? Ein Wasser?«, und war schon wieder auf den Beinen, holte Gläser, Wasser, Wein.

Sie habe eine Idee, den Flügel betreffend. Wollte Jans Meinung dazu hören. »Ich hab es mir überlegt und überlegt. Niemand ist meines Flügels würdig. Ich will, dass er mit mir beerdigt wird, mein Flügel.«

Jan nahm das nicht ernst, meinte, im Flügel sei zwar Platz, aber solche Beerdigungen gebe es höchstens in Amerika. »Einäschern«, fuhr sie dazwischen. »Einäschern geht. Und die Asche dann mit mir ins Grab.« Jan traute sich dann doch zu fragen, was mit dem Metall geschehen solle. Mit dem Rahmen, mit den Saiten. »Daraus kann man meinetwegen ein Gitter schmieden. Nur die Asche ist mir wichtig.« Das ließe sich überlegen, sagte Jan. Das sei sicherlich machbar. Damit gab sich Lili Kordewan fürs Erste zufrieden.

Und von der Sache mit Werner Höfer fing sie von sich aus an, auch sie hatte davon gehört und war erregt: »Man hat Höfer genötigt. Da wollen andere auf seinen Platz. Neid, Intrigen, Denunziation. So geht das doch immer. Wer so gut ist wie Höfer, der hat Feinde. Höfer ist ein fähiger Mann. Einer der Besten!«

Jetzt war es an Jan. Sie hatte mit dem Thema angefangen, es war nicht seine Schuld. »Intrige gegen Höfer? Hat Höfer nicht die Hinrichtung von Karlrobert Kreiten gutgeheißen? Ich hörte, Sie selber, Sie hätten Kreiten ein Genie genannt.«

Jan wartete. Frau Kordewan bekam diesen abwesenden Blick. Jan nahm Anlauf für die nächste Frage, angestachelt von Signys Zorn und Mathildes Groll. Doch Frau Kordewan fiel Jan ins Wort: »Hören Sie mal zu, junger Mann. Sie können sich gar nicht vorstellen, wie das war. Sie haben doch keine Ahnung. Alles war damals schrecklich. Und was da geschehen ist, ja, das ist furchtbar, und nicht wiedergutzumachen.«

Sie fasste sich an die Stirn, sah durch Jan hindurch. »Ich kannte eine von diesen drei Damen. Flüchtig. Eine Zimtzicke. Immer Seidenstrümpfe. Und parfümiert! Furchtbar. Und eine Stimme wie Himbeerbonbon.«

Jan setzte noch einmal an, wollte sie nicht so einfach davonkommen lassen mit ihrem Klatsch. Er hatte den »Spiegel«-Artikel mitgebracht, zog ihn hervor. Las dann aber doch nicht vor, legte ihn nur auf das Tischchen. Fragte dann immerhin: »Frau Kordewan, sehen auch Sie sich irgendwo in dieser Kreiten-Affäre?« Sie verzog keine Miene. Regte sich nicht. Saß sehr aufrecht. Aber auch wie abwesend.

Thronte auf ihrem Sofa. Ihr Blick hielt nichts fest, ihr Gesicht war wächsern geworden. Und dann rutschte sie ab, in Zeitlupe. Stürzte nicht, sondern glitt auf die Knie. Kniete sekundenlang, an den Couchtisch gelehnt. Die Zeit stand still, ihr Kopf lag jetzt auf den Armen, und es dauerte, bis Jan begriff, dies war keine Inszenierung. Frau Kordewan hatte das Bewusstsein verloren.

Er bugsierte sie zurück auf das Sofa. Fasste sie ungern so an, rief den Notarzt. Schob dann den Sessel vor das Sofa, damit sie nicht runterfiel. Auf dem Zettel neben ihrem Telefon fand er die Nummer vom Hausarzt, der sie seit Jahren behandelte, vermutlich seit Jahrzehnten. Der war sofort am Apparat. »Beine höher legen«, empfahl er, »auf die Atmung achten, nicht dass Frau Kordewan erstickt. Geben Sie ihr kleine Schläge auf die Wange.«

»Frau Kordewan, hören Sie mich?«

Der Notarzt war eingetroffen und machte sich zu schaffen, prüfte den Puls. Dann erschien auch der Hausarzt, der wusste, was sie jetzt brauchte: »Immer zur Stelle für Frau Kordewan«, verkündete er. »Guten Tag, Gnädigste, wie geht es Ihnen?« Sie lag auf dem Sofa, er ergriff ihre Hand, der Notarzt hatte sie gut versorgt. »Ausgezeichnet, Herr Kollege«, lobte der Hausarzt, applizierte der Patientin einen Handkuss. »Gut sehen Sie aus!«

Sie schlug die Augen auf: »Wie schön, Sie zu sehen! Ein Möselchen? Wasser? Was ist passiert?« Schon schien sie wieder auf dem Quivive. »Alles in Ordnung? Ich weiß von nichts. Warum?« Jan verabschiedete sich. Zwei Ärzte bei ihr, Wolf Ohne benachrichtigt. Für Jan Schmitt gab es hier nichts zu tun.

Bisher hatte Jan Frau Kordewan irgendwie bewundert, beeindruckt von ihrer Energie, ihrem Einfallsreichtum, ihrer Unverwüstlichkeit, so unheimlich das auch manchmal erschien. Er kannte niemanden sonst mit solcher Willenskraft. Nun aber veränderte sich sein Blick. Er sah wie durch ein umgedrehtes Fernglas eine alte, kleine, zähe Frau, die zwischen Orten und Ereignissen hin und her wieselte, abwechselnd hellwach und weggetreten. Immer misstrauisch. Er schämte sich ein wenig für seinen distanzierten Kamerablick.

Auf dem Nachhauseweg musste er an seinen Vater denken, hörte, wie der mit seiner letzten Kraft noch entbrannt war für eine Videokamera: »So ein kleines Maschinchen! Kann man überall hin mitnehmen. Man filmt, man löscht, man beginnt von vorn, man lernt laufend dazu. Das Material ist billig, das Gerät leicht, man kann einen Film von Anfang bis Ende selber produzieren.« Ein zukunftweisendes Vermächtnis. Gleich nach den Feiertagen würde Jan sich so eine Kamera kaufen. Auch wegen Lili Kordewan.

Für Jan war die Zeit des unbedarften Gesellschafters der Frau Kordewan vorbei. Signy, die Ärztin, diagnostizierte: »Typisch für Lilis Dauerzustand. Partielle Amnesie. Demenz als Flucht aus verweigerter Verantwortung. Dass die sich das einfach so leistet, dass die sich einfach verpisst!«

Jan, eher ratlos, fand in dieser Nacht keinen Schlaf. Nahm sich die Tasche mit Didier Aulnes szenischen Versuchen vor. Und las von der SS-Uniform des Johann Ohne, von verhängten Transporten und von Lotte, vom Lager in Stoffeln und Mathilde, deren Geliebter erschossen wurde. Las das, als wäre Mathilde nicht seine Mutter. So genau hatte er das nicht wissen wollen. Er las flüchtig, wie mit halb geschlossenen Augen, las sich durch bis zu Didiers zerschlissenen Reclam-Heftchen, Shakespeare, Hamlet, Kaufmann von Venedig, Macbeth. Fand auch drei Lurchi-Hefte. »Müdes Fleisch gibt keinen guten Braten«, hieß es, und darüber schlief er ein.

Jan ließ am zweiten Weihnachtstag beim Abreisefrühstück für Signy durchblicken, dass in Dietrichs Segeltuchtasche denkwürdige Dokumente seien. Er habe nur flüchtig darin geblättert. Er sei kein Germanist, kein Theatermann, es scheine sich um Theaterstücke zu handeln. Groteskes habe er da angelesen, zum Beispiel über die Anprobe einer SS-Uniform.

Mathilde sah Jan fest an. »Verbrenn es«, sagte sie. »Das geht keinen mehr was an. Das kann man gar nicht erzählen. Verbrenn es.« Damit hatte Mathilde alles gesagt.

Signy aber wollte nicht nur Jans Fotos haben und Franz Schmitts Fotoalben, sondern vor allem Didiers Versuche. Und Jan war froh, das Mitbringsel aus Contrecoeur loszuwerden.

Erst ein halbes Jahr später sah Jan bei Frau Kordewan wieder vorbei. Es ging ihr erstaunlich gut. »Franz Schmitt ist tot? Entsetzlich! Jetzt habe ich niemanden mehr.« Sie legte die Hand aufs Herz. »Außer Ihnen, mein lieber Junge«, sagte sie. Dann bekam sie diesen vagen Blick, den Jan kannte und den er fürchtete. Er sah nach dem Alarmknopf im Zimmer, wollte aufstehen, aber da kehrte sie aus ihrer Abwesenheit wie erfrischt zurück in die Gegenwart und blickte Jan fest an, zupackend: »Das mit dem Höfer, das haben nicht Sie sich ausgedacht.« Sie wusste also noch, was vor einem halben Jahr war. »Das kam von Signy. Stimmt's?«

Jan nickte. Und kam sich vor wie ein Verräter.

»Die glaubt wohl, ich sei so gebrechlich, dass sie sich mit mir anlegen kann.«

»Das sehe ich nicht so.«

Frau Kordewan war nicht zu beirren: »Da hat sie sich getäuscht. Die Sachlage gegen Höfer ist nicht eindeutig.«

»Wie bitte?«

»Alles war sehr, sehr bedauerlich. Unberechenbare Zeiten. Viele haben damals ihr Leben gelassen.« Sie presste ihre Fingerspitzen fest gegeneinander, bis die Fingerkuppen bleich wurden: »Man konnte nichts wissen. Man durfte nichts wissen. Man hätte sein Leben gefährdet.« Und sie richtete sich sehr gerade auf, berührte mit den Knien das Couchtischchen, wie um ihre Position zu festigen: »Fragen Sie ihren Vater, der hat alles fotografiert. So ein Foto, wie es dieser Schreiberling vom ›Spiegel‹ behauptet, das gibt es gar nicht. Erst recht kein Foto mit mir. Alles Lügen! Ihr Vater wird Ihnen das bestätigen.«

»Mein Vater ist tot.«

Sie verknotete ihre Hände, suchte in ihrem Gedächtnis einen Anhaltspunkt. Und lachte dann, hatte etwas gefunden. »Eigentlich sind wir eine zähe Generation. Zwei große Kriege. Und ich bin die Einzigste, die überlebt hat. Wirklich die Einzigste.« Jan fiel ein, dass auch sein Vater so geredet hatte. Hatte der das von Lili Kordewan übernommen, auch das »Einzige« noch zu steigern?

»So, und jetzt mal zum Wesentlichen.« Jan wartete. »Morgen, junger Mann. Morgen am späten Vormittag kommt ein Spezial-Fahrzeug. Um den Flügel abzuholen. Ich möchte, dass sein letzter Gang gefilmt wird.« Wieder presste sie die Fingerkuppen aufeinander. »Mir ist so bang«, sagte sie nun.

»Mir ist so bang.« Sagte das mehrmals hintereinander. Und nach einem langen Blick auf ihn: »Würden Sie das für mich tun?«

»Aber Wolf?«, fragte Jan. »Will der nicht den Flügel?«

»Wolf hat das selbst organisiert. Das mit der Einäscherung. Mein Wölfchen kann so was.« Sie war, fand Jan, sehr geistesgegenwärtig.

»Und Dietrich? und Eckart?«, wollte er wissen.

»Ich höre schlecht. Sie müssen deutlicher sprechen.«

»Dietrich! und Eckart!«

»Die? die sind nicht von mir. Die kenne ich fast gar nicht. Die haben bekommen, was ihr Vater besaß. Ihr Vater war ein schöner Mann. Das haben die beiden geerbt. Das muss reichen.«

Und Jan filmte dann tatsächlich mit seiner Videokamera.

Zunächst ehe der Transporter kam.

Frau Kordewan streicht mit einem weichen Tuch über den Flügel. Sie legt den schmalen Filzschal über die Elfenbeintasten und klappt den Deckel zu. Sie streicht Gustav Fiedler über die Schenkelrundungen. Dann fährt der Spezial-Transporter für Klaviere und Flügel vor, Gustav Fiedler werden die Beine abgeschraubt und einzeln umwickelt. So auch der Korpus, der ganz besonders, mit Spezialdecken. Fünfzehn Millimeter dick.

Unter den Augen der Frau Kordewan und dem Blick der Kamera geschieht jeder Handgriff geradezu liebevoll. Eine Hebebühne hebt den Flügel hinüber in das Gefährt.

Lili Kordewan hakt sich bei Wolf Ohne unter, lehnt sich an ihn. Beide beobachten die Aktion. Sie flüstert ihrem

Sohn laut zu: »Es soll ja nicht so aussehen, als ginge es zum Schlachthof.« Der Flügel wird mit breiten Riemen gesichert. Frau Kordewan gibt ihre Unterschrift, unterstützt von Wolf, und ab geht der Transport.

Schluss-Szene. »Mir ist so bang«, sagt Frau Kordewan diesmal in die Kamera. Legt die Fingerkuppen aneinander und zieht sich zurück mit ihrem Sohn.

Vier Wochen später erneut eine Anfrage von Frau Kordewan, für einen Fototermin. »Statuarisch« sollte es diesmal sein, kein filmisches Geschehen, sondern ein »Lebendes Bild«:

Lili Kordewan und eine Art Bodenvase mit Deckel. Auf dem Vasenbauch eine Messingplakette: Gustav Fiedler. »Das ist seine Asche. Es darf nicht aussehen wie eine Urne, sonst kommen wir damit nicht durch«, erklärte sie Jan. Sie wünsche sich als Schlussbild für den Film folgendes Arrangement: sie selbst und dieses Aschegefäß. »Kein Problem.«

Lili Kordewan starb im Dezember achtundachtzig, am vierten Advent im Alter von zweiundachtzig Jahren. Sie trug ihr langes cremefarbenes Kleid, als hätte sie sich für eine Soiree zurechtgemacht. Kniete eingeklemmt zischen Kanapee und dem Tischchen mit den Löwenfüßen. Die Kerzen vom Adventskranz waren niedergebrannt, hatten auch den Kranz verbrannt, hatten die Kacheln vom Couchtisch geschwärzt, ohne weiteren Schaden anzurichten, das Feuer war erloschen. Ihr Kopf ruhte auf den Armen, sehr friedlich. Über ihre Kopfhörer war sie verkabelt mit dem Fernsehgerät, das den Videokanal anzeigte. Es war dunkel im Zimmer. Nur der Bildschirm forderte unbeirrt flimmernd eine Kassette. »Die Zauberflöte« von Ingmar Bergmann war nicht richtig eingeschoben, vielleicht auch automatisch nach dem Abspielen wieder ausgespuckt. Lili Kordewans Finale. Ihr persönliches Schlussbild, ein »Tableau«, die vollendete Kunst des Stillhaltens.

Der Vorhang konnte fallen.

Lili Kordewan hatte zwei Urnengrabstellen gekauft, eine für sich, eine für Gustav Fiedler. Der Platz für sie durfte doppelt belegt werden, Johann Ohne, ihr Johnny, wartete schon.

Wolf und Jan waren die »Einzigsten« bei ihrem letzten Gang. Als sei das Einzigstsein zu zweit die höchstmögliche Erfüllung eines schrägen Vermächtnisses, dachte Jan. Sie beerdigten sie auf Johann Ohne. Es war neblig feucht und die Erde schwer. Krähen krächzten. Wolf trug die Bodenvase mit dem Messingschild »Gustav Fiedler«.

Aber eine Beisetzung der Flügel-Asche wurde nicht vollzogen. Bestattungen von Sach-Urnen sah die Friedhofsordnung nicht vor. Wolf wusste das und hatte die zweite Grabstelle schon gekündigt. Seine Eile wunderte Jan. Frau Kordewan habe doch immer auf den einen gewartet, der sie erlöst. »Der kann ja dann den Grabplatz kaufen«, lachte Wolf. Er fand die Idee mit dem zweiten Grab zwar schön und sentimental, aber unnütz, und die Asche habe er nur dabei, weil es versprochen war. Jan fragte nach: »Ist das tatsächlich die Gustav-Fiedler-Asche?« Die Urnenträger waren außer Sicht. »Ich habe Nussbaum-Asche hineingetan«, sagte Wolf, »so viel Stil muss sein.« Und streute die Asche in Lili Kordewans offenes Grab.

»Was ist dann mit dem Flügel?«, fragte Jan, hellhörig geworden.

Wolf fasste ihn am Arm, führte ihn zum Friedhofsausgang. Dort parkte ein Oldtimer, ein roter DKW.

»Da steckt der Flügel drin. Den Fiedler hab ich verkauft und vom Erlös gab's diesen Oldtimer. Hab ihn Gustav genannt. Sportmobil Cabrio, aufklappbar wie der Flügel. Meisterklasse. Ganz im Sinne meiner Eltern. Die hatten früher auch so einen DKW. Auch in Rot.«

Jan fuhr mit Wolf Ohne zurück in Frau Kordewans Appartement, wo er sich widerstandlos die Sachen aufhalsen ließ, die Wolf nicht haben wollte: Briefe, Tagebücher, Schreibkram, Fotos.

Jan packte das alles in eine rote Reisetasche. Die Tasche passte zu Hause in ein Regal, ragte nur wenig hervor. Doch das reichte. Täglich mahnte ihn dieser rote Akzent im Regal an eine diffuse Verantwortung, drängte sich in sein Gemüt, meldete Ansprüche an. Betrat er das Zimmer, fiel sein Blick als Erstes auf diese Stelle, verließ er den Raum, gingen die Augen noch mal schnell zum Regal hinüber. Der Reflex wurde zum Tick, zum Alb. Als säße dort im Regal ein giftiges Tier, das etwas ausdünstete, die Gedanken lähmte.

Schließlich nahm er einzelne Papiere und las. Las mit wachsendem Widerwillen. Die Sprache, die Gefühligkeiten, das Pathos, der Schwulst, die Sehnsüchte, die Banalität, die Gier und die Ignoranz und was man für Liebe hielt. Das ganze Kondensat dieses Kordewan-Lebens, es legte sich über ihn und schlich sich bei ihm ein. Höchste Zeit für ein Treffen mit Signy.

Jan reiste mit der roten Tasche nach Heidelberg, setzte sich in der »free clinic« ins Wartezimmer, trank Tee und wartete auf Dr. Signy Sunde. Zwischen zwei Behandlungen entdeckte sie ihn.

»Hallo Janni! Schön dich zu sehen. Was treibt dich hierher? Was Ernstes? Liebeskummer?«

»Ein Trojanisches Pferd.«

»Oh«, meinte sie, »akut oder chronisch?«

Jan spürte, wie der Druck nachließ. Sie verabredeten sich zum Essen, im Löwenkeller bei Fetih Süd. Jan drückte ihr flugs die rote Tasche in die Hand, »eilige Arzneimittel«. Und fühlte sich auf der Stelle geheilt vom Vermächtnisdruck.

Löwenkeller
1989

Signy kannte »einen, der schreibt.« Der sei weit entfernt von dem Gemenge, der habe einen anderen Blick. Könnte nicht der das übernehmen, dieses Material? Jan drängte Signy. Sie solle dem Schreiber oder Erzähler doch einfach alles überlassen, die Reisetasche, den gesamten Ballast, dann könne er endlich wieder ruhig schlafen und wie entschuldigend phantasierte er sich in die Tätigkeit des Schreibers hinein: »Der wird am Ende herausfinden, aus welchen Brettern die Bühnen gezimmert wurden. Wer hier die Kulissen schob, die Bühnenmaschinen bewegte, die Fäden in der Hand hielt. Dazu bekommt er alle meine Fotos und meine Filme. Und vergiss nicht die Segeltuchtasche mit den deutschen Versuchen!«

»Den Schuhbeutel von Didier hat er schon«, sagte Signy.

Und tatsächlich, nach einer überschaubaren Zeit gab es vom Erzähler erste Auskünfte. »Das Übliche. Es wurde vertuscht und gelogen. Erfunden, beargwöhnt und geglaubt. Vor allem das: geglaubt. Den Dokumenten haften Geschichten an wie Fliegen dem Leimpapier, auf dem sie aber immer noch summen und zappeln.« Ja, er werde das übernehmen. Denn »was erzählt wird, wird wahr.« Und er machte sich an die Arbeit.

ISBN 978-3-86351-421-1

Lektorat: Petra Wägenbaur, Tübingen.
Umschlaggestaltung: Christiane Hemmerich
Konzeption und Gestaltung, Tübingen.
Titelfoto (Ausschnitt): Félix Edouard Vallotton
»Le Retour de la Mer« (1924)
Musée d'art et d'histoire, Genf.
Herstellung: Horst Schmid, Mössingen.
Satz: Alexander Frank, Ammerbuch.
Druck und Einband: Pustet, Regensburg.

Mehr über das Verlagsprogramm von Klöpfer & Meyer
finden Sie unter: *www.kloepfer-meyer.de*